La clé de la vie

l'Inconditionnel Amour

Micheline Descary

D1431575

Logo

Paul Rolland

©1997 Les Éditions L'Art de s'Apprivoiser Inc.
Micheline Descary

Typographie et mise en page : François Doucet
Conception de la page couverture : Carl Lemyre
Illustration : Louis Tremblay
Graphisme : Carl Lemire

ISBN 2-921892-12-X
Première impression : avril 1997

Les Éditions L'Art de s'Apprivoiser Inc.
172, Des Censitaires
Varennes, Quebec, Canada, J3X 2C5
Téléphone: 514-929-0296
Télécopieur: 514-929-0220
www.enter-net.com/apprivoiser
apprivoiser@enter-net.com

Diffusion
Canada : L'Art de s'Apprivoiser
Téléphone: 514-929-0296
Télécopieur: 514-929-0220
www.enter-net.com/apprivoiser
apprivoiser@enter-net.com
France : Messagers de l'Éveil-53.50.76.31
Belgique : Rabelais- 22.42.77.40
Suisse : Transat- 23.42.77.40

Imprimé au Canada

Note de l'auteur

Si l'amour n'a jamais fleuri dans le jardin de ta vie, cherche-le. Il existe. Le secret du bonheur réside dans le regard, tu y trouveras la limpidité de l'âme.

Agrandis ton champ de vision et tu verras que tout a sa raison d'être.

Souviens-toi que l'amour est patience, tolérance, honnêteté, respect. L'amour est beauté, musique, douceur, tendresse.

Pour que tu sois pleinement heureux, tue en toi le scorpion, (dualité). Ton pire ennemi est toi-même. Briser ses chaînes demande une longue préparation d'épreuves et de victoires sur nous-mêmes. Mais aussi longtemps que le but sera le pouvoir, les hommes ne seront que des esclaves au service de la société dans laquelle ils évoluent.

Beaucoup d'échecs sont dûs à l'ignorance de la nature humaine. C'est l'amour qui ouvre le coeur de toute chose. Il n'y a pas de transformation possible sans amour, et il n'y a pas d'amour sans sacrifice. Tout chante dans l'Univers. La vie n'est-elle pas une musique? Il suffit d'avoir une oreille musicale, de mettre un pied devant l'autre et de bien mener la danse.

Deviens ce rayon de soleil dont le monde a tant besoin. Sois heureux d'être ce que tu es, car bien d'autres n'ont pas encore assez vécu et ont tant besoin de toi!

Avec amour

CHAPITRE 1

Le hasard n'existe pas

Lorsque le Destin unit deux coeurs, il se crée une force capable de déplacer les montagnes.

Le printemps est là. Avec le réveil de la nature, Delphine est prise de l'envie soudaine de rénover son appartement. Sa récente déception amoureuse lui donne le goût de transformer son environnement, de tout repeindre. Elle veut mettre de la couleur autour d'elle pour chasser cette tristesse qui l'envahit. Encore une fois, elle se retrouve le coeur vide, amèrement déçue, désillusionnée. Elle est bien décidée cette fois-ci à repousser toute approche masculine.

La décoratrice lui présente un plan, la conseille sur le choix des couleurs :
- Maintenant vous n'avez qu'à vous trouver quelqu'un pour exécuter les travaux.
- Mais je ne connais personne, de répliquer Delphine.

Le lendemain, au retour d'une course, elle trouve sur le pare-brise de sa voiture, une carte d'affaires :

« Homme à tout faire, travail de qualité, prix intéressant. »

Le hasard n'existe pas, pense Delphine. Et le soir même, elle s'empresse de téléphoner au numéro indiqué. Ce monsieur est disponible et peut commencer à travailler le Vendredi saint.

Elle décide de débuter les travaux par sa chambre. Delphine imagine déjà son alcôve sur fond azur, découpée de blanc et lisérée d'or. Ses fils, Patrick et Philippe, déménagent les meubles dans la mezzanine, et commencent à sabler les murs avant l'arrivée du peintre. Ils seront donc quatre à travailler à concrétiser son rêve.

***

Une chevelure toute blanche donne à l'homme qui s'avance l'allure de la soixantaine. De plus près, Delphine constate qu'il a plutôt son âge, la quarantaine.

Il s'appelle Denis.

En deux temps, trois mouvements, il estime que ça lui prendra au moins un mois pour tout réaliser et il se met au travail.

Pour mener au balcon attenant à sa chambre, Delphine a commandé une belle porte de verre givré au motif d'un arbre. Des bras d'homme seraient bien pratiques pour en prendre livraison. Son peintre n'hésite pas à l'accompagner à la quincaillerie.

- Si j'me rappelle bien, c'est inscrit « homme à tout faire » sur votre carte. Est-ce que vous vous y connaissez en électricité?
Et Denis s'empresse de réparer cette petite lampe qui refusait de s'allumer. Une bouffée de tendresse monte en Delphine. Comment se fait-il qu'elle éprouve un tel sentiment de sécurité auprès de cet homme qu'elle connaît à peine? Comment se fait-il que les inflexions de sa voix, chacun de ses gestes, sa démarche éveillent en elle quelque chose de connu?
- Je reviendrai le lundi de Pâques.

A la télé, on joue l'opéra de Nelligan. Delphine se laisse envahir par les souvenirs qui l'assaillent quand sa mélancolie est interrompue par la sonnerie du téléphone.
- Je pourrais être là demain, lui annonce la chaude voix de son «homme à tout faire».
Et curieusement, Nelligan prend des airs de fête.

***

Pendant que Denis répare les murs de sa chambre, ses fils enlèvent la vieille tapisserie de la cuisine. Au fil des heures, Delphine remarque que cet homme a un humour extraordinaire, ponctué d'un rire chaud. A chaque fois qu'il rit, elle se sent pleine d'énergie, rajeunie, et en paix avec elle-même.

Louis, son ex-ami, l'invite à souper. Elle accepte, car elle sent qu'une dernière rencontre s'avère nécessaire. Le revoir lui fait un peu mal; elle sait que l'on ne quitte rien sans regret. Cette union aura duré trois ans. Que de patience et de tolérance j'ai dû développer! pense Delphine. A la fin de la soirée, ils se quittent, tout en sachant qu'ils ne se reverront plus, mais elle se sent libérée, sans aucune animosité.

En rentrant chez elle, elle apprend que Denis est venu travailler. Au dire de Philippe, en plus d'aimer rire, cet homme aime chanter. Un autre talent auquel Delphine n'est pas indifférente...

***

A l'école où elle enseigne depuis une vingtaine d'années, ses collègues la trouvent courageuse d'entreprendre des rénovations avant la fin de l'année scolaire. Partagée entre ses élèves et l'agence où elle est conseillère en voyages dans ses temps libres, il lui reste très peu de répit. Par contre, être occupée à ce point chasse ses idées noires. C'est tout à fait ce qu'il lui faut; elle n'a plus le temps de penser à son amour blessé.

***

Les travaux vont bon train. Denis travaille du matin au soir. Musique et humour sont de la partie. En dix jours, la chambre de Delphine s'est métamorphosée, prenant progressivement une allure romantique.

Un jour, en l'absence de Patrick et Philippe, la conversation s'amorce.

- Delphine, excuse mon indiscrétion, mais comment se fait-il que tu vives seule avec tes deux fils? Je n'ai vu aucun amoureux dans le décor.

- Pour l'instant, un homme dans ma vie n'est pas ma priorité. Je viens juste de terminer une relation difficile. Je t'avoue que j'ai de la difficulté à comprendre le comportement masculin.

- La solitude te plaît? Pourtant tu es pleine de vie. Je ne t'imagine vraiment pas finir tes jours seule.

- Présentement, c'est comme ça.

- Quels seraient tes critères pour qu'un homme t'intéresse?

- Je voudrais tout simplement un homme avec qui je pourrais vivre une grande complicité.

Sa réponse clôt la discussion et la soirée se termine en chansons. Juste avant son départ, Delphine veut lui payer son temps. À sa grande surprise, il lui charge moins d'heures de travail qu'il en a travaillées en réalité.

- Mais pourquoi?

- Parce que ça me plaît...

Quelle générosité, lui répond-elle, tentant d'interpréter ce geste.

Denis vient presque tous les soirs, incluant le samedi. Delphine se dit que son épouse doit trouver cela ennuyeux, ainsi que ses enfants.   Une drôle de vie de famille, mais il semble habitué à cela...

Un soir, tout en travaillant, il ne chante pas... il est plutôt volubile et se met à raconter sa vie.
- Je suis l'aîné d'une famille de cinq enfants.   J'ai trois soeurs et ma mère est veuve. Il y a quelques années, mon jeune frère est décédé dans un accident d'auto. Cette tragédie m'a beaucoup affecté.
Delphine l'écoute attentivement, elle sent qu'il a   grand besoin de se confier. Il finit par lui parler de son épouse.
- Je ne suis ni heureux ni malheureux, mais je ne l'aime plus. Je sais que je ne finirai pas mes jours avec elle.
- Mais alors, pourquoi continues-tu de vivre avec si tu ne l'aimes plus?
- Pour les enfants. J'adore mes enfants et ils sont encore bien jeunes pour que j'envisage une séparation.
Quelle drôle de façon de voir la vie, pense Delphine.
- Je n'ai pas d'amis. Parfois la solitude me pèse. Je trouve la vie bien compliquée.
- Pas d'ami? Pourtant tu as l'air sociable! Je ne pourrais imaginer la vie sans amitié...

***

Le frère de Delphine vient les aider à peindre le salon. Denis et lui ont à peu près le même âge. Ils discutent de musique et se remémorent la douce époque des années soixante. D'une oreille distraite, elle écoute ces grands garçons se rappeler leur jeunesse. Ce soir-là, Denis n'a vraiment pas envie de partir. Pendant que Delphine nettoie les pinceaux, c'est la rigolade avec les garçons jusqu'à minuit.

Le samedi suivant, les jeunes étant sortis, elle se retrouve seule avec cet homme qu'elle trouve de plus en plus sympathique. Une belle complicité teintée de respect mutuel se développe. La conversation bifurque sur les voyages. Elle lui raconte ses nombreux séjours en Europe, et surtout l'attachement à tous ses amis en Normandie.
- Si tu savais comme j'aime la France avec ses paysages colorés, ses odeurs régionales! J'aime aussi connaître toute l'histoire qui se cache derrière les magnifiques châteaux, la culture qui diffère d'une région à l'autre. J'éprouve une joie indescriptible chaque fois que j'y retourne. J'ai l'impression de retrouver mes racines, tellement je me sens chez moi.

Elle peut déceler dans ses yeux un mélange d'intérêt et d'admiration. Elle croit comprendre que Denis n'a jamais voyagé. Il se fait tard et c'est dans un état quelque peu mélancolique qu'ils se disent : « A lundi ! »

***

- Delphine, sois prudente, je sens ce monsieur accroché à toi. Tu as assez souffert comme ça, je ne voudrais pas te voir blessée à nouveau, lui conseille une amie qui est psychologue.

Delphine n'a pourtant pas pensé à cela... Denis est marié, il a deux enfants de huit et onze ans, et même si son union semble chancelante, il est tout à fait contraire à ses principes d'envisager une relation avec cet homme. Pour elle, être amoureuse d'un homme marié, c'est s'attirer des ennuis. La liberté d'aimer au grand jour est primordiale dans sa vie. D'ailleurs, il n'y a absolument rien d'autre entre eux qu'une belle amitié; que va-t-elle chercher là?

Son fils semble avoir la même intuition.
- Maman, je crois que Denis est amoureux de toi...

Philippe voue une admiration sans borne à cet homme qui sait tout faire.
- Qu'est-ce que tu dis?
- Il m'a demandé si tu parlais de lui quelquefois. Je lui ai dit: « Bien sûr; elle trouve que tu travailles minutieusement, que tu chantes à merveille et je pense que si tu étais libre, elle serait intéressée. »
- Philippe, comment as-tu pu dire une chose pareille?
- Il a répondu en souriant : « Ta mère me plaît de plus en plus Philippe. C'est vrai que je ne suis pas libre, mais on ne sait jamais...»

Delphine reste interdite... C'est vrai qu'elle le trouve attachant, mais il n'est pas libre.
- Philippe, à l'avenir, sois plus discret.

C'est la panne d'électricité, la soirée risque d'être à l'eau. Pourtant Denis arrive à l'heure habituelle. Il fait encore jour, mais pas pour longtemps. A vingt heures, c'est la noirceur totale. Delphine allume quelques chandelles. Quel décor romantique parmi les pinceaux, rouleaux et échelles... Elle se dit qu'il va s'en aller, que la soirée est fichue, mais il ne semble pas vouloir partir.
- Ça peut être long.
- Je préfère attendre encore...

Elle se sent à l'aise avec lui, comme si elle l'avait toujours connu.

- Delphine, quelle est ta vision d'un couple équilibré?
- Tu es pas mal indiscret... Où veux-tu en venir Denis, as-tu quelqu'un à me présenter?
- Peut-être...
Il part vers minuit, la laissant seule avec les chandelles.

***

Ce soir, congé de pinceaux. Elle écoute un film. Elle est tellement habituée à une présence masculine dans la maison depuis un mois, presque six soirs par semaine, qu'elle ressent un vide. Il manque quelqu'un...

***

Patrick travaille à l'extérieur et Philippe a des billets pour le base-ball. Delphine et Denis sont seuls. Elle se sent nerveuse, il y a une sorte d'électricité dans l'air. Elle pressent que quelque chose d'important va se passer.
- Delphine, il me reste une semaine ou deux à travailler ici. Je ne sais pas comment te dire cela, mais... je ne peux imaginer que je ne te verrai plus. Je vais m'ennuyer. Vois-tu, l'amour, je ne pensais pas que ça existait, mais en te regardant vivre, je suis tombé amoureux de toi. Euh... et puis je dors mal depuis plusieurs nuits, j'ai perdu l'appétit et j'ai des papillons dans l'estomac. Voilà : je suis en amour pour la première fois!
Delphine buvant ses paroles, en échappe son pinceau... Son coeur tourbillonne, veut sortir de sa poitrine. Elle a du mal à respirer. C'est la première fois qu'elle reçoit une déclaration d'amour aussi franche et directe. Leurs yeux se croisent et comme elle vient pour lui répondre...

- Maman, tu aurais dû voir l'ambiance au stade! Tiens, tu es encore là Denis? Vous avez manqué quelque chose tous les deux!

L'atmosphère redevient très terre à terre. Vers une heure du matin, elle l'aide à descendre ses outils à sa voiture. En lui souhaitant bonne nuit, Denis lui donne un baiser du bout des lèvres. Sans trop s'expliquer comment et pourquoi, Delphine sait qu'elle aime déjà cet homme et qu'elle l'aimera sa vie durant...

***

CHAPITRE 2

Un bonheur furtif

Une quête commence toujours par la chance du débutant et s'achève par l'épreuve du conquérant.

Paulo Coelho

Une nuit blanche à imaginer les sentiments de l'autre : Delphine sait qu'elle vient de rencontrer l'homme de sa vie. Elle est heureuse, elle flotte, elle déborde d'énergie. Elle fait des courses, enlève les vieux tapis, nettoie et prépare à nouveau pinceaux et rouleaux.

- Denis, tu partages la pizza avec nous? demande Patrick.
Ce soir, je vous fausse compagnie. J'ai un rendez-vous...
Denis jette un coup d'oeil à Philippe.
- Que dirais-tu d'emprunter ma voiture pour la soirée?
Celui-ci ne se fait pas prier; il appelle un copain et disparaît, les laissant seuls, après un regard complice...

Une musique des années cinquante meuble le silence. Ils travaillent dans la mezzanine, se croisant à plusieurs reprises. Pendant l'échange des pinceaux, leurs mains se frôlent. Une énergie toute spéciale semble habiter la pièce. La tension est palpable. Soudain, Delphine remarque que Denis ne bouge plus. Du haut de l'échelle, il la regarde intensément. Le temps semble s'être arrêté.

- Delphine, je ne suis plus capable de travailler!
Il saute de l'échelle, la soulève de terre et l'embrasse passionnément! En respirant son délicat parfum, il lui dit ce qu'il n'a jamais osé dire à aucune autre femme :
- Tu es la femme de mes rêves; j'aime ta douceur, ta bonne humeur. Toute ma vie, j'ai espéré connaître une femme telle que toi. Je suis si bien à tes côtés! Je ne trouve pas les mots pour exprimer les sentiments qui m'enflamment, mais j'aimerais vivre et finir mes jours près de toi! Sans toi, la vie n'est qu'un long voyage absurde.
Sous le choc d'un tel aveu, Delphine devient muette! Tout tourne dans la pièce. Avec une immense tendresse, il l'enveloppe de sa chaleur masculine. Elle se noie dans ses yeux... Dans les bras

l'un de l'autre, ils s'étreignent doucement, pleurent de bonheur, comme si des émotions longtemps réprimées venaient de naître.

Revenus à la réalité, Delphine remarque qu'ils se sont embrassés devant un éclairage de 400 watts, sans aucun rideau devant la fenêtre... N'ayant plus l'esprit au travail, ils quittent la mezzanine, gardant pour eux seuls les instants magiques à venir.

***

La voix de Denis lui arrive de loin.
- Delphine, as-tu bien dormi? Regrettes-tu ce qui s'est passé?
- J'ai dormi comme un ange! Comment veux-tu que je regrette un tel bonheur?

Le mois de mai est déjà là. L'attitude de Denis est étrange... Il semble perturbé.
- Ma femme pleurait quand je suis parti. Elle trouve que je ne suis plus le même, que j'ai beaucoup changé depuis que je travaille chez toi. Elle ne me reconnait plus... Je ne lui ai pas encore parlé, j'attends le moment propice. Delphine, avant de te connaître, ma vie n'avait aucun sens, je ne faisais qu'exister, mais depuis, je déborde d'énergie, j'ai le goût de faire plein de choses. J'aimerais tout partager avec toi!

Il doit bien y avoir une raison pour que tout se passe aussi vite? songe Delphine. Arrête-ça tout de suite, lui crie une petite voix, tu vois bien que c'est irréaliste! Mais son coeur lui dit : « Ecoute-moi Delphine, sois fidèle à toi-même, je te conduirai là où tu dois aller. »

Après son départ, elle téléphone à sa mère.
- Maman, je suis amoureuse! Tout va tellement vite... Je suis certaine que tu vas l'aimer. Il n'est pas encore libre, mais nous serons bientôt ensemble.
- La vie est courte, ma chère Delphine. Si tu es heureuse, je le suis aussi.
- Comme je te trouve compréhensive maman depuis que tu es amoureuse! C'est formidable de te voir apprécier la vie ainsi. Ça me rassure de savoir que tu prends soin de toi et de ton amoureux. Je t'aime tu sais!

Elle relit la lettre que Denis lui a remis la veille.

Je n'ai pas le goût de lire le journal ce midi. J'ai plutôt envie de te jaser ça pendant ma petite demi-heure de lunch.

Je ne sais pas comment j'ai pu résister au désir qui m'envahissait hier soir, mais j'en suis bien content! Le charme aurait été rompu. Il était tard et il aurait fallu que je te quitte tout de suite après. T'abandonner toute seule dans ce grand lit aurait été insupportable, j'en souffre déjà un peu...

Comme j'ai aimé te caresser pendant ces quelques minutes, parfois langoureusement, parfois avec un peu plus d'ardeur! Je me surprends encore d'avoir pu résister. Si j'avais cédé, je sais que je serais resté toute la nuit. J'avoue que ça m'a effleuré l'esprit. Quoiqu'il en soit, ce sont de merveilleux moments que je n'oublierai pas de sitôt.

Ma chère Delphine, vous me plaisez beaucoup.!

La journée s'étire... Finalement, celui qui fait battre son coeur arrive chez elle. Elle sent dans sa voix qu'il vient de se passer quelque chose...

- Je me suis ennuyé! J'ai avoué à mon épouse que je ne l'aimais plus et que j'avais rencontré la femme de ma vie. Delphine, j'ai une grosse décision à prendre. Mais tout d'abord je veux m'assurer d'une chose : m'aimes-tu vraiment?

- Si je t'aime? Mais Denis, je crois que je t'aimais avant même que tu ne viennes au monde! Tu es mon double, nous avons les mêmes intérêts, les mêmes goûts; je te ressens avec mon coeur, avec mon âme. Toute ma vie j'ai espéré rencontré un homme plein d'énergie comme toi. Tu ne penses pas qu'on est faits l'un pour l'autre?

- Je n'en doute pas un seul instant! Penses-tu que je prendrais une telle décision si je ne croyais pas en nous deux? Mais je veux vivre avec toi tout de suite, il n'est pas question que je loue un appartement. Penses-tu avoir de la place pour moi ici avec tous mes outils?

- Quand on aime quelqu'un, on trouve toujours de la place, voyons! A mon avis, les choses se déroulent un peu vite mais je te fais confiance, je fais confiance à la vie.

- Je n'ai jamais été amoureux comme ça! Dorénavant, tu devras t'habituer au bonheur!

Il emménagera jeudi; trois longues journées à attendre...
Au coeur de la nuit, Delphine écrit.

Mon Bel Amour,

J'ai encore des papillons dans l'estomac. Pour garder le contact avec toi, je t'écrirai tous les jours. Trois longues journées avant jeudi soir...

Comme tes yeux et ton rire me manquent! Je ne m'ennuie jamais lorsque tu es là.

Je sais que les prochaines semaines seront difficiles, c'est l'étape la plus pénible à traverser. Je comprends tes craintes, j'ai aussi les miennes; mais je garde confiance. Le destin a fait que nos routes se croisent, il ne peut nous laisser tomber ainsi.

J'ai vraiment l'impression de te connaître depuis longtemps. Les murs de la maison me parlent de toi tous les jours. Ils s'ennuient de tes coups de rouleau, mais sont contents d'avoir été les témoins de notre amour naissant.

J'aime ton sens de l'humour, ton regard subtil, ton énergie contagieuse. Tu m'as redonné le goût d'aimer, moi qui croyais que les hommes, c'était fini! Je veux t'aimer longtemps, t'admirer dans tout ce que tu es.

A demain, je t'aime...

Elle se dépêche de libérer la moitié de ses placards; elle range, jette toutes les choses inutiles.

Elle est soudain heureuse d'entendre sa voix.

- Delphine, ma famille est maintenant au courant de mes intentions...

- J'espère que tu as réussi à trouver les bons mots? Je sais que l'annonce d'une séparation est un choc douloureux.

- Ça été pénible dans ton cas?

- Bien sûr... Il y a déjà dix-huit ans de cela, mais je ne regrette rien; suite à cette épreuve, j'ai dû me prendre en main. J'ai compris aussi que lorsqu'il n'y a plus d'amour dans un couple, c'est néfaste pour les enfants de demeurer dans un tel milieu, car ils risquent de vivre dans le pouvoir et la manipulation.

- Ma femme m'a souvent répété qu'elle partirait un jour. J'ai peut-être seulement devancé ses intentions.

Tard dans la nuit, Delphine se surprend à prier :

- Mon Dieu, éclairez-moi sur la situation pour qu'il y ait le moins de souffrances possible. Je sais que tout s'est passé très vite, mais j'aime vraiment Denis. J'aimerais bien continuer ma route avec lui.

Mon Bel Amour,

Comme c'était bon de t'entendre hier au téléphone! J'entrevois de l'espoir pour nous. Que de bonheur nous attend! Je pense sincèrement que l'on se mérite tous les deux. En ce qui me concerne, depuis vingt ans, je n'ai pas eu une vie facile côté sentiments; j'ai été souvent exploitée émotivement. Depuis que tu es entré dans ma vie, c'est différent; je sens une complicité entre nous, un désir de vouloir être heureux dans une tendresse partagée. C'est facile de communiquer avec toi; j'espère que nous aurons assez confiance l'un dans l'autre pour que ça continue de la sorte.

A demain!
Je t'embrasse

A son arrivée, Denis affiche un air inquiet.
- Mes enfants ont refusé d'aller au cinéma avec moi...
Delphine ne s'attendait pas à cela...

- Je suis libre, je suis tout à toi.
Pleurant comme un enfant, il s'écroule dans ses bras. Elle respecte sa douleur, elle sait que rien ne peut calmer la souffrance d'une rupture aussi radicale, que le temps fera son oeuvre.
- Denis, tu peux compter sur mon amour et ma compréhension. Je sais qu'une séparation c'est comme un deuil. Je partage vraiment ta peine et ta souffrance.
Ils s'endorment dans les bras l'un de l'autre. Ce sera leur première nuit ensemble, une nuit mêlée de bonheur et de tristesse...

Au réveil, ils sont plutôt silencieux.
- Je dois passer voir mes enfants en fin de journée.
Delphine se sent nerveuse. Le début d'une relation amoureuse devrait être plus épanouissant pense-t-elle, mais étant donné les circonstances, elle doit vivre son deuil avec lui.

Le soir venu, elle tapisse les murs de la salle de bain lorsqu'elle entend la clé dans la porte. C'est Denis. Il est décomposé, il pleure. Sa fille Marie lui a écrit un petit mot : « Pourquoi es-tu parti papa? » Delphine est bouleversée. Les sanglots dans la gorge, elle lui demande :
- Veux-tu retourner avec ta famille? Es-tu certain d'avoir

pris la bonne décision? Je suis consciente que tout s'est passé très vite, même si je t'aime de tout mon coeur.

- Non! explose-t-il. Il n'est pas question que je retourne! C'est avec toi que je veux vivre, mais j'ai peur de perdre mes enfants...

Delphine l'admire pour cet amour. Ses fils, Patrick et Philippe n'ont vraiment pas eu la même chance : abandonnés très jeunes par leur père, celui-ci ne s'est jamais occupé d'eux. Son indifférence a été et demeure encore aujourd'hui un rejet pour ses fils. Il a fondé une deuxième famille, en oubliant qu'il avait déjà deux enfants.

***

- J'emmène Philippe faire des courses, lui dit Denis.
Ils ont l'air de bien s'entendre, pense Delphine.

- Patrick, je suis inquiète... Je trouve que tout s'est passé trop vite avec Denis. S'il fallait qu'il ait agit sur un coup de tête, je souffrirais beaucoup, car je m'attache à lui de plus en plus.
- Sois sans crainte maman, il semble très épris de toi et logiquement, il n'aurait jamais pris cette décision si ses intentions n'étaient pas sincères.

Lorsqu'ils reviennent, Denis semble cacher quelque chose derrière son dos...
- Delphine, aimes-tu les fleurs?
- Des roses? Denis, j'adore les fleurs!
Lorsqu'il la prend dans ses bras, Delphine sent qu'elle et lui, malgré toutes les embûches, ce sera pour toujours!

Il reçoit un appel de sa femme lui apprenant que ses enfants pleurent et s'ennuient.
- Je ne sais pas si je rentrerai cette nuit; tout dépendra de l'état des enfants, lui dit-il nerveusement.
Delphine l'attend en vain. Seule dans son lit, elle est angoissée...

A son arrivée en fin de journée, il est très amoureux, tendre.
- Je suis en amour, tu es la gagnante!
Surprise, Delphine n'aime pas cette réaction...
- Pourquoi dis-tu ça? Je ne suis pas du tout compétitive, je n'ai rien enlevé à personne. L'autre jour, à la télévision, un psychologue expliquait que lorsqu'un homme marié tombe

amoureux d'une autre femme, c'est parce que bien souvent le coeur est vide; il devient ainsi libre pour être rempli d'amour, si le destin le veut.

- Le mien était plus que vide, je dirais même qu'il était presque mort... Delphine, je dois t'avouer quelque chose. Germaine, ma femme, m'a fait une drôle de proposition : elle voudrait que je la garde comme maîtresse.

Delphine s'étouffe!

- Qu'as-tu répondu?
- Que c'était inconcevable!

Voyant son inquiétude, il la prend tendrement dans ses bras.

- Fais-moi confiance... lui dit-il.

Denis décide soudainement d'appeler sa mère.

- Maman, je suppose que tu as appris que je n'habite plus avec Germaine? Tu sais, ce n'est pas un coup de tête, je suis vraiment en amour! J'ai tellement hâte de te présenter Delphine.

- Tu mérites d'être heureux Denis, c'est toi qui dirige ta vie. Je te fais confiance.

Il ne s'attendait pas à autant de compréhension. Peut-être avait-il peur de se faire juger?

***

Delphine se décide enfin à le présenter à sa mère. En chemin, elle récupère des documents à l'agence de voyages où elle travaille.

- Denis, je te présente Louise, ma gérante et ma grande amie depuis plus de quarante ans.

- Je vous envie de partager cette amitié depuis si longtemps!

- Delphine, c'est comme ma soeur. On a partagé tellement de choses depuis la petite école! Elle m'a beaucoup parlé de toi Denis. Je vous souhaite beaucoup de bonheur à tous les deux.

Chez sa mère, le ton est un peu plus moraliste...

- Je sais que ma fille vous aime beaucoup. J'espère que votre décision a été bien réfléchie et que vous êtes sérieux dans vos intentions. Vous savez, Delphine a beaucoup souffert, mais elle m'a dit avoir trouvé le bonheur auprès de vous. Soyez assuré qu'elle prendra soin de vos enfants, elle adore les enfants!

Cloué sur place, Denis ne sait quoi répondre... Chère maman, comme elle s'inquiète encore pour sa fille! Par contre, Delphine est heureuse de lui avoir présenté l'homme qu'elle aime.

- Ta mère n'a pas à s'inquiéter Delphine, mes sentiments pour toi sont sincères, lui dit-il au retour.

Ils adorent bavarder au lit durant des heures. Une grande tendresse les enveloppe suite à ces moments d'intimité profonde. Ils s'endorment ce soir-là, l'un près de l'autre, comme si rien ne pouvait les séparer.

Il était prévu qu'il devait garder ses enfants toute la fin de semaine.

- Germaine est sortie. Je ne l'ai jamais vue aussi belle...

Delphine est étonnée de cette confidence... Elle réalise à cet instant, qu'il n'a pas tout à fait décroché de cette relation. Il aurait pu avoir un peu plus de tact, pense-t-elle. Quant à Germaine, elle a eu une réaction tout à fait féminine. Au dire de Denis, depuis plusieurs années, elle se négligeait; maintenant, elle veut lui montrer qu'elle peut être belle. C'est le jeu de la séduction, la stratégie classique. C'est sa façon à elle de lui dire: « Tu m'abandonnes! Regarde ce que tu perds! »

***

- Est-ce que tu veux venir manger avec nous au restaurant ce soir?

Delphine hésite à identifier cette voix d'enfant au bout du fil.

- Est-ce Marie qui parle?
- Non, c'est Francis.
- ... Euh, euh, bien sûr Francis!
- Nous serons chez toi dans une heure!

Elle raccroche, enchantée de cette invitation. Elle connaîtra enfin ses enfants.

Sur le pas de la porte, des bras d'enfants s'accrochent à Denis.

- Je suis très heureuse de faire votre connaissance, dit Delphine.

Les yeux de Francis brillent, et quand ils croisent les siens, elle y décèle un immense besoin d'amour. Elle constate tout de suite qu'il est très éveillé. A l'école, c'est un enfant considéré comme ayant un problème de comportement. A la maison aussi, semble-t-il. Pourtant, Francis lui est sympathique au premier regard. Marie, un peu plus âgée, demeure sur la défensive; elle l'observe et semble vouloir dire : « C'est pour toi que mon père nous a abandonnés... »

Au restaurant, Francis bouge continuellement. Marie sait très bien tenir une conversation. Celui qui semble le moins à l'aise, c'est Denis. Il est nerveux, il a l'esprit ailleurs...

- Tu n'es pas si laide que je pensais! dit Francis d'un air candide.
Surprise, Delphine éclate de rire.
- Tu croyais que j'étais laide?
- Bon, disons que j'étais fâché.
- Et maintenant, tu ne l'es plus?
- Pas mal moins!
Elle le prend dans ses bras et le serre fort. Il se laisse faire en la regardant avec un sourire magnifique. Revenus à la maison et profitant du fait que les enfants s'amusent dehors, Delphine ne peut se retenir :
- Comme ça, elle était belle Germaine aujourd'hui?
- Et comment qu'elle était belle! Je lui ai même dit : « Pourquoi me fais-tu ça maintenant? Il est trop tard! »

Delphine encaisse... Il semble totalement inconscient de ce qu'il dit; quand Dieu dans sa bonté distribua le tact aux humains, Denis devait être absent cette journée-là!

Heureusement, elle sait que :
« Le comportement n'est pas l'homme. »

Ça l'aide à dédramatiser la situation... Il retourne dormir avec les enfants, Delphine sera donc seule à nouveau cette nuit.

***

A l'école, les enseignants ont une journée de formation en secourisme. Dans le domaine de l'enseignement, ils doivent être polyvalents. Le quotidien de Delphine se résume à enseigner, écouter, conseiller, consoler et soigner. Sa tâche n'est pas toujours facile, car en plus de transmettre des connaissances, elle a aussi le devoir d'éduquer les enfants. Lorsque les enseignants véhiculent l'amour et le respect, la tâche d'enseigner devient la plus noble qui soit. Delphine est consciente qu'elle prépare la génération de demain et qu'il faut lui donner de solides points de repère.

***

Dans son lit, confortablement installée, Delphine est concentrée dans sa lecture. Soudain, la sonnerie du téléphone la fait sursauter.

- Puis-je parler à Denis s'il vous plaît?

- Il n'est pas là présentement, puis-je lui faire un message? Il doit rentrer bientôt.

- C'est sa soeur Cindy. Comme je suis contente de te parler Delphine! Tu sais, j'aime beaucoup mon frère. Ma mère m'a dit qu'il est heureux avec toi. J'ai bien hâte de te connaître!

- Je veux que tu saches que je l'aime de tout mon coeur. J'ai bien hâte de te rencontrer aussi.

La porte de la chambre s'ouvre. C'est Denis. Delphine lui passe le récepteur. Après avoir raccroché, il est tout joyeux, rassuré, se sentant probablement soutenu dans sa décision. Il la prend dans ses bras et lui dit:

- Je t'aime Delphine! Depuis que je te connais, je suis beaucoup plus affectueux. J'ai l'impression d'être un autre homme. Je ne pensais pas être capable d'autant de tendresse!

Delphine est touchée par cette confidence. Le regardant dans les yeux, elle murmure :

- Denis, tu as vraiment conquis mon coeur!

Tard dans la nuit, se parlant à elle-même, elle essaie de se rappeler la conversation avec Cindy.

« Comment se fait-il que j'aie été si bien acceptée par sa famille? D'habitude, dans ce genre de situation, c'est toujours l'autre femme qui est jugée... »

Ça lui rappelle une conversation avec son amie Sarah, concernant un homme du voisinage qui avait quitté sa femme et ses trois enfants.

- Tu te rends compte? C'est épouvantable! Laisser une femme et trois enfants! Sarah, qu'est-ce qu'ils ont les hommes?

- Dis donc, qui es-tu Delphine, pour juger les autres? Si cet homme n'était pas sorti de là, il serait peut-être mort! Il m'a fait plusieurs confidences. Il n'y avait pas d'amour dans cette famille. Il a passé quinze ans de sa vie à se faire critiquer, à se laisser contrôler, à tolérer une femme dépourvue de tendresse. Ils sont restés ensemble pour les enfants, mais les enfants étouffaient dans ce milieu. Finalement, il a compris que la séparation était peut-être la meilleure solution pour tout le monde. La santé physique et mentale de chacun a des chances de se porter beaucoup mieux, crois-moi!

Sur le coup, ses vieux schémas de pensée venaient de

dégringoler d'une marche. Par contre, tout ce que venait de lui dire Sarah semblait réaliste.

- Je ne voyais pas les choses ainsi Sarah.

- Je te rappelle un proverbe amérindien : «Avant de juger quelqu'un, mets tes pieds dans ses mocassins et marche durant trois lunes. »

***

Denis se demande bien ce qui peut faire sourire à ce point les gens qui attendent l'autobus. Lorsqu'il se retourne pour envoyer la main à Delphine, il fige en apercevant dans la fenêtre, un immense panneau sur lequel est écrit en très grosses lettres :

« DENIS, JE T'AIME. »

C'est le fou-rire collectif, et Denis est rouge jusqu'aux oreilles.

Aujourd'hui, il garde ses enfants. Habituellement, quand il est seul avec eux, il lui téléphone... Pourquoi n'appelle-t-il donc pas? Que fait-il? Delphine se couche en espérant son retour bientôt.

Elle se réveille seule...

- Pourquoi n'est-il pas près de moi? Que s'est-il passé?

Elle a une boule à l'estomac. Elle sent que la journée sera longue...

Lorsqu'il arrive, il est de bonne humeur. Ils discutent de la situation.

- Je crois que tu ne dois pas aller voir tes enfants pendant que leur mère est là. Tu leur donnes de faux espoirs. Ça risque d'aggraver la situation car la séparation est trop récente.

- Les enfants tiennent à ce que leur mère soit là. Ne t'inquiète pas.

- Je te fais confiance... Tu as l'air de savoir ce que tu fais.

- Delphine, je réalise que nous ne sommes jamais sortis en amoureux depuis qu'on se connaît?

- Que dirais-tu d'une cuisine marocaine?

Denis la regarde dans les yeux et lui dit :

- J'étais assis entre deux chaises, mais je sais maintenant que ma place est vraiment avec toi! Allons fêter ça!

Sortis du restaurant, Denis fait un détour vers le Tunnel

Ville-Marie. Il veut la présenter à d'anciens collègues de travail. Ces gars sympathiques sont heureux de le retrouver.

- Dis donc Denis, on ne t'a jamais vu aussi heureux et épanoui!

- C'est parce que je suis amoureux.

Après cette soirée inoubliable, Delphine est aux oiseaux!

Tôt ce matin-là, le téléphone sonne.

- Papa, je m'ennuie. Je voudrais que tu viennes tout de suite!

Se sentant manipulé, Denis part de mauvaise humeur.

***

Delphine doit sortir du bain rapidement :

- J'ai mis les points sur les "i" à Germaine. Je lui ai dit de ne plus espérer, que je ne reviendrai pas, que c'est toi que j'aime. Elle est partie en furie, emportant sa valise, me laissant seul avec les enfants. Je suis désemparé, je ne sais pas où elle est. Les enfants pleurent, je ne sais plus quoi faire!

- Ne panique surtout pas! Est-ce que je peux faire quelque chose pour t'aider?

- Continue de me parler, ne me laisse pas seul.

Elle sent à travers ses paroles, l'insécurité d'un enfant.

- Veux-tu que j'aille te rejoindre?

- Je n'osais pas te le demander, mais je n'ai pas mes vêtements de travail et il n'y a plus rien dans le réfrigérateur. Qu'est-ce qu'elle fait avec l'argent que je lui donne, peux-tu me le dire? Quatre cent cinquante dollars par semaine et rien à manger!

- Essaie de te calmer, pour l'amour du ciel, tu vas énerver les enfants! Je devrais peut-être attendre qu'ils soient au lit?

- Dépêche-toi, je n'en peux plus!

Elle ramasse quelques vêtements, lui prépare un casse-croûte pour le lendemain et file en direction de sa demeure.

Marie est encore debout.

- Papa, laisse-moi lui présenter mon oiseau, s'il te plaît!

Après l'oiseau, c'est la collection de gommes à effacer.

- Ta fille ne doit pas me détester pour agir ainsi...

- Allez Marie, au lit! s'impatiente Denis.

En allant la border, Delphine lui dit :

- Tu sais Marie, je t'aime bien.

Et alors elle voit dans ses yeux le même regard que celui de son frère, un besoin intense d'amour qui lui va droit au coeur...

Revenue chez elle, elle décroche l'appareil :

- Cindy, c'est Delphine. Tu ferais peut-être mieux d'appeler ton frère. Je pense qu'il aura besoin d'aide. Germaine a quitté la maison, le laissant seul avec les enfants.

Elle se couche anxieuse. Je me demande bien ce que va faire Germaine? songe-t-elle.

La réponse arrive plus vite qu'elle pensait.

- Durant la journée, Germaine est venue remplir le réfrigérateur et elle m'a laissé une lettre. Je suis désemparé, elle ne reviendra pas avant une semaine. Qu'est-ce que je vais faire? J'ai peur de ne pas tenir le coup. Je m'ennuie beaucoup, j'ai hâte de te retrouver.

- Les enfants doivent être terriblement inquiets?
- Pas vraiment... ils ne pensent qu'à se chamailler.

***

Avant de partir pour l'école, elle entend la porte de derrière s'ouvrir. Une tête blanche apparaît :

- Bonjour mon rayon de miel! Je suis venu prendre ma dose de Delphine. Comme c'est bon de te voir et te serrer dans mes bras!

À la bibliothèque de l'école, elle ne peut s'empêcher d'écrire ce qu'elle ressent.

Mon Bel Amour!

Le mois de mai se termine aujourd'hui. Lorsque je t'ai vu arriver ce matin, je n'en croyais pas mes yeux! Quelle belle surprise!

Je sais que je te le dis souvent mais je te le redis encore : j'aime ton rire, il me fait chavirer le coeur. J'aime quand tu es là tout simplement, silencieux ou chantant; ta présence me donne de l'énergie, me rajeunit. A ton contact, je peux être moi-même; c'est si bon de ne pas se sentir sur la défensive.

Avant tout, je veux être ton amie en qui tu peux avoir une confiance absolue. Je veux tout partager avec toi, les joies comme les peines, et je respecterai aussi ton jardin secret.

Je veux te dire aussi que les beaux jours s'en viennent! Sache que je t'aime fort!

Delphine

***

Delphine se rend chez un encadreur. Elle a apporté trois

belles gravures représentant des scènes de la ville de Rouen en Normandie. Elle en profite pour faire encadrer une lithogravure que Denis lui a offerte. L'image représentée ressemble à une fenêtre ouverte, avec tout autour une épaisse fumée; un bel arbre semble enfin surgir de ce décor aux teintes douces. Cette oeuvre est titrée : **« L'attente et la magie de nos rêves. »**

Vers minuit, elle ressent une présence dans la chambre... Elle ouvre les yeux, et Denis est là, tout près d'elle, lui souriant. Surprise et heureuse à la fois, elle s'exclame :

- Mais que fais-tu là?

- Delphine, j'avais tellement hâte de te voir! Ma mère et ma soeur sont arrivées ce soir. Elles m'ont dit de venir te rejoindre, de ne pas m'inquiéter et elles te font dire qu'elles ont bien hâte de te connaître.

Elle lui saute au cou.

- J'ai vraiment hâte de connaître ta mère!

Le lendemain, son amie Sylvie écoute ses confidences et lui dit :

- Tu mérites bien d'être heureuse après toutes ces années où la vie ne t'a pas particulièrement choyée. J'ai hâte de connaître cet homme qui te rend si heureuse!

Delphine a confiance en son amie. Elle évolue à son contact, car Sylvie n'a pas peur d'aller à la recherche de connaissances qui font avancer sur le chemin de la vie. Delphine aime bien les gens déterminés.

- J'aurai peut-être besoin des services de ton ami; je pense faire repeindre toute la maison.

***

Pourquoi ne pas fêter la fin des travaux? pense Delphine.

Les invités arrivent.

- Qui doit-on féliciter pour l'agencement des couleurs et des accessoires? Quel talent dans le découpage!

Delphine éprouve une grande satisfaction. La soirée se passe à discuter, à trinquer, à manger autour d'une table bien garnie. Au fil des conversations, elle surprend Denis qui confie à la décoratrice :

- Notre rencontre est vraiment un coup du destin! Je frissonne à l'idée qu'on aurait pu passer à côté de cela.

Quand le destin s'en mêle! Je suis au coeur d'un changement qui va sûrement transformer ma vie, pense Delphine. Denis a-t-il foncé aveuglément? Elle sent que ce qui est arrivé ne semble pas dépendre seulement de leur volonté personnelle, mais d'un destin beaucoup plus vaste.

***

C'est jour de fête chez Yves, le frère de Delphine.
- Bienvenue dans la famille! lance Anne, sa belle-soeur.
Leur fille a cinq ans aujourd'hui.
- Merci pour ton cadeau Delphine, je t'aime beaucoup!
Et regardant Denis, elle ajoute :
- Et toi aussi!
Quelle soie cette petite! Elle a déjà le souci des autres. Denis lui sourit, mais il semble triste.
- Tes enfants te manquent, n'est-ce pas?
Il n'en parle pas, mais Delphine le ressent.
- Je suis un peu angoissé d'avoir rencontré tant de monde en si peu de temps...

***

Sa fille Marie téléphone. Sans vraiment écouter, Delphine devine qu'il parle maintenant à Germaine à mots couverts. A-t-il quelque chose à cacher?
- Je dois partir, j'ai un meeting ce soir. Je passerai voir les enfants d'abord.
Delphine ressent de mauvaises vibrations...

A son retour, elle dormait.
- Delphine, réveille-toi! Je suis déchiré entre ma famille et toi...
Que va-t-il arriver? Elle a la gorge nouée. Il la tient dans ses bras toute la nuit. Au réveil, l'angoisse est toujours présente.

Il part pour la journée retrouver ses enfants. Delphine attend son retour avec anxiété.
- Denis, je n'en peux plus; on ne peut pas continuer ainsi. Je sens que quelque chose ne va pas.
- Je t'aime tu le sais, mais ils dépendent de moi. Germaine me demande de lui donner une deuxième chance.
Delphine sent le sol se dérober sous ses pieds.
- Je partirai demain. Laisse-moi dormir à tes côtés une dernière fois, je t'en prie!
Le coup qu'elle ressent au coeur la laisse interdite. Ils

25

s'enlacent, et sur leurs corps coulent des larmes de désespoir. Toute la nuit, Delphine étouffe ses sanglots.

C'est l'homme de ma vie, je le sens, pense Delphine. Comment vivre et dormir sans lui?

Le petit matin surprend Delphine confuse :

« Je n'arrive pas à croire que tout est terminé. Je suis convaincue qu'il m'aime... Je n'ai jamais éprouvé une telle certitude auparavant. Mais pourquoi, connaissant mes sentiments a-t-il fait ça? J'étais sereine avant qu'il ne vienne bouleverser ma vie! »

Elle plie ses vêtements et fait ses valises.

-Tout s'est passé trop vite... Tu as raison Denis, il est préférable que tu ailles vérifier si c'est possible de renouer avec ta femme.

- Je ne sais plus où j'en suis... Delphine, où prends-tu ta force pour ne pas m'en vouloir?

- Il paraît qu'aimer quelqu'un, c'est le laisser libre. Si nous sommes faits l'un pour l'autre, on se retrouvera bien un jour.

Delphine n'ose pas lui montrer qu'elle est déchirée par cet abandon. Ils remplissent la voiture de ses effets et elle le regarde partir le coeur gros. Son fils Philippe qui s'était beaucoup attaché à lui, lui dit :

- Maman, il n'est pas honnête, il a profité de toi.

Il croyait enfin avoir trouvé un père et encore une fois, la vie lui enlève.

- Je sais que tu as autant de peine que moi Philippe, mais Denis est vraiment tourmenté. Il est préférable qu'il aille vérifier maintenant avec qui son coeur veut vivre.

***

CHAPITRE 3

Cayo Coco

Au fond de soi,chacun éprouve le besoin
d'établir des liens durables avec autrui.

Anthony Robbins

Le sommeil fait parfois des merveilles, et la nuit porte souvent conseil. A sa grande surprise, Delphine réussit à enseigner dans un climat détendu. A l'heure du dîner, Philippe lui annonce joyeusement :

- Maman, Denis a téléphoné! Il travaille chez ton amie Raymonde. Il avait l'air malheureux. Il m'a dit qu'il s'ennuyait, qu'il pensait souvent à nous trois, et que l'avenir peut réserver bien des surprises.

Comme elle est trop fragile pour vouloir lui parler, Delphine décide de lui envoyer un télégramme chez Raymonde.

« Je vais bien, je ne pleure plus, ne t'inquiète pas pour moi. Delphine. »

Au retour de l'école, il y a un message sur le répondeur.

« Delphine, c'est Denis; j'ai reçu un télégramme aujourd'hui qui m'a beaucoup touché. J'avais les yeux plein d'eau en travaillant. Je m'ennuie, je pense à toi souvent, je t'aime, et puis, on ne sait jamais... Je dois travailler chez ton amie Cybel ce soir; j'arrêterai chez toi quelques minutes. »

Que d'émotions dans sa voix! pense-t-elle.

Il l'a quittée samedi, et déjà lundi soir, il est à sa porte. Delphine voit la détresse sur son visage.

- Je t'aime tellement Delphine. Hier, je voulais t'écrire une lettre avec seulement les mots "I love you beaucoup" jusqu'à épuisement. Je n'aurais jamais dû te quitter, je suis malheureux sans toi. Je me suis confié à Cybel. Elle comprend ma situation, mais selon elle, personne ne peut aller contre son coeur.

Il la prend dans ses bras, la serre très fort en la regardant dans les yeux. Jamais Delphine n'a vu autant d'amour dans un regard! Elle sent que c'est le début de toute une vie. Vers minuit, elle le regarde partir. Ils ont le coeur gros tous les deux.

- Je t'aime, ce n'est pas terminé Delphine...

Après une nuit bercée par l'espoir, elle se rend à l'agence.

- Louise, connaîs-tu l'île de Cayo Coco? On y annonce un éductour à un prix vraiment intéressant...

- Je sais qu'elle est située au nord de Cuba, mais je n'ai pas encore eu le plaisir d'y aller. Qu'est-ce qui te rend si nostalgique Delphine?

- J'aurais pu y aller avec Denis s'il n'était pas retourné chez lui... Ça semble être un vrai paradis terrestre!

Pourquoi toutes ces images de rêve? Elle rentre chez elle triste et songeuse, en se demandant ce que l'avenir lui réserve.

Sur le point de s'endormir, le téléphone sonne.

- Delphine? Je sors d'un meeting; j'ai pensé à toi toute la soirée!

- Moi aussi Denis, je pense à toi tout le temps!

- Je t'aime tellement, tu me manques. Je dois retourner chez Cybel demain; puis-je te rendre visite?

Qui est cet homme qui prend beaucoup de place dans ma vie? songe-t-elle.

Revenue du travail, elle s'empresse d'écouter les messages sur le répondeur. Ce petit appareil lui a souvent été d'un grand réconfort. Elle trouve agréable de savoir que durant son absence, quelqu'un a pensé à elle et voulait lui parler.

« C'est moi! J'ai relu ta lettre du mois de mai. Je suis tout à l'envers. Je suis certain qu'il n'y a pas beaucoup d'hommes qui ont eu la chance de recevoir une aussi belle lettre. Il fallait que je t'appelle pour te le dire. Je devrais être chez toi vers vingt heures. A bientôt! »

- Il a eu l'air d'apprécier ta lettre! dit Philippe.

Delphine se rend compte que c'est un bonheur d'écrire à celui qu'elle aime, de créer les mots qui sont inspirés par l'intérieur. Savoir que le responsable d'autant d'inspirations lira ses pensées et se sentira aimé, la transporte dans un état de bien-être.

En ouvrant la porte, Delphine appréhende ce qui va se passer.

- Tu as un air inquiétant...
- Je me sens déséquilibré, dit-il en riant.
- Denis, je ne trouve pas ça drôle du tout...

- J'ai réfléchi; j'ai quitté la maison une fois, je peux le faire une deuxième fois.

- Tu ne trouves pas que ta décision est encore une fois trop rapide?

Comme il fait chaud, ils montent sur la terrasse. Le soleil se couche à l'horizon; un mélange d'orangé et de violet embrase le ciel. Il la prend dans ses bras et il l'embrasse. Elle se dégage doucement.

- Je t'aime mais je veux un homme à part entière dans ma vie.

Triste, Denis pose sa tête sur son épaule et le silence les unit. Le soleil ayant fait place aux étoiles, ils quittent la terrasse.

- Peux-tu me remettre les clés de la maison?

Il la regarde, les lèvres tremblantes, met la main dans sa poche et lui tend les clés. Elle sent son désarroi.

- Les clés, même si je ne m'en sers pas, je suis rassuré de les avoir avec moi. C'est tout comme si tu étais là.

Le sentant blessé, elle lui remet les clés. Il se met à sangloter.

- J'ai eu peur que tu ne veuilles plus me revoir.

Elle a l'impression de consoler un enfant qui a un gros chagrin. Cette nuit-là, elle a la tête pleine de questions sans réponses...

Le lendemain, Delphine est à se coiffer lorsque Denis arrive à l'improviste.

- Où vas-tu? Prévois-tu rentrer tard? lui demande-t-il.

- Je suis invitée au restaurant par deux hommes d'affaires rencontrés lors d'un voyage au Portugal. Je n'ai aucune idée à quelle heure je vais rentrer. Serais-tu jaloux par hasard? Rassure-toi, je n'ai pas du tout l'intention de séduire qui que ce soit.

Une certaine inquiétude semble habiter Denis.

La soirée est très agréable en compagnie de ces Européens tout à fait charmants. Ils ont trouvé Delphine radieuse. Elle attribue ça au fait que lorsqu'une femme est amoureuse, elle devient belle.

A qui sont ces chaussures? se demande Delphine en ouvrant la porte. Elle est surprise de voir Denis bien installé, un verre à la main, semblant attendre quelqu'un. Les yeux écarquillés, elle est prise d'un rire franc, avec l'air de quelqu'un qui n'a vraiment rien à se reprocher.

- Quelle surprise! En quel honneur? Je n'ai pas vu ta voiture...

- J'ai eu la bonne idée de venir prendre le digestif avec toi. J'ai pris la voiture de Germaine.

- Tu as fait toute cette distance pour venir prendre un verre? Je suis flattée! Comme tu peux le voir, je suis seule. Craignais-tu que je ramène quelqu'un à la maison?

- Oh non, pas du tout! J'avais simplement envie de te voir.

Delphine sourit intérieurement. Bien qu'il ne soit pas là physiquement, j'ai l'impression qu'il ne m'a jamais quittée, pense Delphine en se couchant.

***

Il fait une chaleur intense. Heureusement que les élèves ont congé; c'est une journée pédagogique pour tous les enseignants. Lorsqu'elle arrive chez elle, Denis est déjà là.

- En rentrant chez moi hier soir, Germaine était ivre-morte. Elle avait fouillé dans ma voiture, trouvé tes lettres, et après les avoir lues, elle s'est mise à boire.

- Quel choc elle a dû avoir... Elle est sûrement blessée dans son amour-propre. Elle doit pressentir que nous deux, ce n'est pas une simple aventure.

Delphine réalise à quel point Denis est ébranlé. Lorsqu'il part, elle est triste, elle souffre. Pourquoi n'arrive-t-il pas à assumer ses choix? pense-t-elle.

Ses réveils en pleine nuit sont maintenant fréquents.

« Pourquoi n'est-il pas près de moi? A-t-il vraiment l'intention de vouloir vivre avec moi? Ah, ces vilains doutes qui reviennent! »

Levée tôt, elle part à bicyclette. C'est une journée splendide! Tout est calme dans la ville.

- Quelle merveille, tous ces parterres fleuris! Madame, vos fleurs sont superbes!

- Merci...

Au retour de sa randonnée, une surprise l'attend sur le répondeur :

« J'ai parlé sérieusement à Germaine. Je lui ai dit que je pensais retourner vivre avec toi, mais elle fait la sourde oreille; elle ne semble pas vouloir comprendre et continue de vivre comme si de rien n'était. Je ne sais plus quoi faire! C'est quand même incroyable cette fermeture d'esprit, ce refus du dialogue. Ce qu'elle veut, c'est probablement que je me sente coupable. On dirait qu'elle s'arrange pour contrôler ma vie. Je te rappelle. »

Delphine ne sait plus quoi penser. Elle a besoin de se changer les idées, de s'occuper. Elle reçoit donc ses deux frères et leur famille à dîner.

- Comme c'est joli ton nouveau décor! C'est vrai Delphine que tu as toujours réussi à donner une âme à toutes les maisons que tu as habitées.

- Pour moi, c'est esentiel de me sentir bien dans mon foyer, surtout après une journée de travail; c'est mon refuge, mon oasis de paix.

***

N'étant pas encore levée, Denis la ramène tout droit sur terre. Monsieur Bell ne saura jamais à quel point son invention fut utile dans leur relation.

- J'ai essayé de parler avec mon fils, il n'y a rien à faire...

- Si tu parlais avec ton coeur de tes sentiments profonds, de ta peine, les enfants pourraient peut-être mieux saisir. Quand on dit la vérité aux enfants, tout devient plus facile.

- Pour l'instant, ils ne semblent pas vouloir comprendre.

On sonne à la porte. C'est Michèle. Il y a plusieurs années, sa fille était dans la classe de Delphine. Depuis, une belle amitié s'est développée entre elles. Elles vont souvent marcher ensemble et elles apprécient une bonne bouffe au restaurant de temps à autre. Michèle est aussi en recherche personnelle concernant les relations humaines. Delphine aime bien discuter avec elle, c'est le type de femme avec lequel il est impossible de s'ennuyer.

- Denis pense revenir bientôt... Je trouve sa décision encore une fois un peu trop rapide. Je crains que Germaine ne soit toujours entre nous.

- Tu penses vraiment que c'est l'homme de ta vie?

- Denis et moi sommes avant tout de grands amis. J'apprécie sa confiance en moi, même si parfois ça me blesse; il y a des confidences qui font mal. Malgré cela, je l'aime vraiment.

- Fais-lui confiance. Il n'arrive rien pour rien, tout a sa raison d'être.

Après le départ de Michèle, elle est interrompue dans ses réflexions :

- Delphine, je suis inquiet pour mes enfants.

- Leur as-tu parlé? Denis, es-tu certain d'avoir pris la bonne décision?

31

- Oui, c'est toi que j'aime, mais j'ai peur pour mes enfants. Je crains que Germaine ne les retourne contre moi encore une fois.

- Habituellement, une mère qui aime ses enfants ne les prend pas en otage. Francis et Marie ne doivent surtout pas se sentir responsables de vos sentiments. Essaie de les sécuriser sur le fait que tu les aimes beaucoup et qu'ils n'y sont pour rien. Comme j'aurais voulu que le père de mes enfants s'occupe d'eux comme tu le fais! J'avais compris que lui et moi c'était fini, mais pour lui, c'était aussi terminé avec les enfants. Il m'a fallu des années pour lui pardonner. Denis, au fond de moi, je t'admire de ne pas les négliger.

Finalement, tard en soirée, il arrive avec ses bagages.

- En colère, Germaine m'a dit de foutre le camp. Elle veut prendre des dispositions légales. Elle a fait transférer l'argent du patrimoine familial dans un autre compte à son nom.

Quel théâtre! Aurai-je droit un jour à des retrouvailles un peu plus romantiques? pense Delphine.

***

Encore perdue dans ses rêves, après le départ de Denis pour le travail, la sonnerie du téléphone la ramène à la réalité.

- C'est Germaine, la femme de Denis. Je ne sais pas à quel jeu il joue. Il est retourné avec toi, mais ne te fais pas trop d'illusions, ça ne durera pas. Ce n'est qu'une aventure passagère...

Où veut-elle en venir? A quoi joue-t-elle? Delphine est consternée... Denis jouerait-il un double jeu?

Lorsqu'il arrive, il lui dit calmement :

- Après mon travail, je suis passé voir les enfants. Germaine m'a avoué qu'elle t'avait appelée. Elle a simplement voulu t'intimider!

Il ne semble même pas outré. Devant son air consterné, il ajoute :

- Delphine, oublie ça...
- Je veux bien te croire, j'ai confiance en toi.

Il semble rassuré. La soirée demeure quand même tendue. Quelque chose n'est pas clair... songe Delphine. Mais les vacances d'été lui donneront tout le temps de réfléchir...

***

- Dis-moi, penses-tu qu'il est trop tard pour s'inscrire au voyage à Cayo Coco? Je ne fais que penser à cela depuis que tu m'en as parlé.

- Le départ est prévu dans une semaine, dit Delphine, mais je peux tenter ma chance. La liste des passagers risque d'être complète, mais des miracles, ça existe peut-être...

Il lui tend le combiné.

- Appelle, on en aura le coeur net!

Le responsable l'avise que la liste des passagers est complète mais il ajoute :

- On ne sait jamais, donnez-moi votre nom, il peut y avoir une annulation de dernière minute.

Denis voit sa mine déconfite.

- Si vous travaillez dans le département des miracles, c'est le temps d'en faire un! conclut Delphine.

***

C'est le Festival de jazz de Montréal. C'est de la magie! Delphine est dans les bras de Denis. Elle peut sentir son coeur battre au rythme de la musique.

- Enfin, j'ai un homme avec qui partager ma passion pour la musique. Quel bonheur de t'avoir connu!

- Allons finir la soirée au Spectrum, ça promet! lui dit Denis.

Sur le chemin du retour, il lui répète son amour pour elle. Avant qu'elle s'endorme dans ses bras, elle entend :

- Delphine, je t'aime. Je suis heureux.

Est-il possible que les hommes commencent enfin à comprendre que les mots d'amour sincères sont l'essence du quotidien?

***

Plus ils s'approchent de St-Antoine, plus les fleurs tremblent sur les genoux de Delphine. Rencontrer la mère de son amoureux, à son âge, ce n'est pas comme à vingt ans. Le sourire chaleureux de Charlène fait fondre ses craintes.

- Je suis heureuse de connaître enfin la mère de celui que j'aime!

- Moi, je suis heureuse que mon fils ait enfin trouvé l'amour. Bienvenue dans notre famille Delphine!

La journée est des plus agréable.

- Delphine, raconte-nous l'histoire depuis le début, lui demandent les soeurs de Denis.

- Le hasard n'existe pas, dit Cindy.

Au lendemain de cette belle soirée, Denis a mal à la tête et il a des nausées. A-t-il quelque chose sur le coeur?

- Il y a plusieurs semaines, Germaine a acheté des billets pour une croisière sur le St-Laurent, incluant les feux d'artifices. Elle veut qu'on y aille quand même ensemble afin de discuter des mesures à prendre avant de consulter un avocat. Qu'en penses-tu?

- Je pense qu'un café dans n'importe quel bistro aurait pu faire l'affaire!

- Delphine, fais-moi confiance!

***

De la terrasse, assise confortablement, Delphine peut voir au loin les feux d'artifices. Comment ne pas penser à lui?

Elle espère que tout se passe dans le calme et la sérénité. C'est quand même un endroit inapproprié pour mettre fin à une relation... songe-t-elle... Elle écoutait de la musique dans le salon quand il rentre à une heure du matin.

- Je n'ai pas envie de parler, lui dit-il.

Denis dort mal cette nuit-là. Il paraît que lorsqu'on dort agité, c'est que l'on a quelque chose à se reprocher, que l'on n'a pas la conscience tranquille...

***

- Delphine, c'est Louise. Tu vas être folle de joie, vous êtes acceptés sur l'éductour de Cayo Coco!

- Je savais que les miracles existent, il s'agit de trouver le bon département! Enfin! On va pouvoir se reposer, l'esprit libre de toutes contraintes.

Pour fêter cette bonne nouvelle, ils vont faire de la bicyclette aux Îles de Boucherville. Ils roulent durant deux heures dans la nature en s'arrêtant de temps à autre pour échanger un baiser.

A quatre jours du départ, Delphine fait un peu de magasinage. Elle achète une valise à Denis. Pourquoi semble-t-il étonné qu'elle ait fait des achats en pensant à lui?

- Au fait Denis, as-tu fait les démarches auprès d'un avocat?

- Je laisse à Germaine la responsabilité de s'en occuper.

- Mais c'est toi qui a décidé de partir, logiquement tu devrais vouloir légaliser la situation.

Il refuse d'en parler. Elle ne comprend pas son attitude. Pourquoi réagit-il ainsi?

Pendant que Germaine et les enfants sont en vacances chez

sa soeur Caroline, Denis se rend chez lui chercher ses derniers effets. Est-ce parce qu'il n'a pas vu ses enfants de la semaine qu'il est si nerveux?

Delphine commence à faire les valises. Elle rêve de longues promenades la nuit, au bord de la mer, avec pour guides, la lune et les étoiles. Elle se voit avec lui, étendus sur le sable chaud, admirant le firmament en écoutant les douces plaintes des vagues. Se peut-il qu'ils vivent ce bonheur dans quelques jours?

Son nouveau pensionnaire apparaît, chargé comme un mulet.

- Comme je n'avais pas assez de place dans ma voiture, j'ai laissé là-bas mes manteaux d'hiver et plusieurs de mes outils.

- Tu pourrais y retourner? On dirait que tu ne veux pas te déraciner complètement...

En silence, ils écoutent de la musique apaisante. Au moins, durant ce temps, ils sont sur la même longueur d'ondes.

***

Il est silencieux ce matin. Elle est songeuse. L'aime t-il vraiment? Lorsqu'il rentre, il s'empresse d'appeler Marie. C'est Germaine qui répond. A son air, Delphine devine qu'il s'est passé quelque chose.

- Quand Germaine s'est aperçue que j'étais venu chercher mes affaires, elle a fait une colère et a foutu le bordel dans mon ate-lier. Je crois qu'elle espérait que je reviendrais pendant son absence. Elle m'avait demandé de réfléchir encore, en restant seul à la maison. C'était son idée, pas la mienne.

Prenant son courage à deux mains, sachant qu'il doit réparer les dégats, il part tôt.

- Ne m'attends pas pour souper, je les emmène au restaurant.

- Qui ça, les enfants?

- Oui.

- Et Germaine?

- Elle sera là aussi.

Le cerveau de Delphine fonctionne à cent à l'heure.

- Nous partons demain! Tu me disais que ce serait comme un voyage de noces, et la veille, tu sors en famille, comme si de rien n'était. Et elle? C'est compréhensible qu'elle ne veuille pas lâcher prise, tu entretiens des espoirs sans arrêt! A quel jeu joues-tu?

- Je savais que tu ne serais pas contente, mais je le leur ai promis.

Delphine est triste et déçue.

- Je me demande bien ce qu'on va faire à Cayo Coco? dit-elle.

***

Cindy et son mari les accompagnent à l'aéroport. Lors de l'enregistrement des bagages, Delphine aperçoit une conseillère qu'elle avait connue lors d'un éductour au Portugal. Elles avaient sympathisé immédiatement durant cette merveilleuse semaine à l'étranger.

- On se revoit demain sur la plage? lui dit Delphine.

Juste avant de passer la sécurité, ils entendent un message dans tout l'aéroport :

« Monsieur Denis L. est prié de se présenter au comptoir d'informations. »

Ils se regardent en pensant la même chose.

- Il ne peut s'agir que de Germaine. Pourvu qu'il ne soit rien arrivé aux enfants! dit Denis.

Arrivés au comptoir, le message disait bel et bien de rappeler Germaine.

- Je te rappelle que je ne serai absent qu'une semaine. S'il y a une urgence, tu peux téléphoner chez Delphine, ses fils ont toutes les coordonnées pour nous rejoindre.

- Elle ne manque pas d'air... dit Cindy.

***

Finalement, ils atterrissent à Cayo Coco. Comme il se fait tard, voulant bien profiter de la journée du lendemain, ils se dépêchent d'aller dormir.

Réveillés par le chant des oiseaux, c'est l'heure du déjeuner.

- J'ai l'impression que nous sommes dans un village espagnol, dit Denis.

- As-tu remarqué les détails de l'architecture? Je n'ai jamais vu d'aussi beaux lampadaires! Et ces maisons toutes colorées semblent bien chaleureuses! Dépêchons-nous d'aller manger, j'ai hâte de voir la mer!

Les vagues sont puissantes. Delphine enlève ses sandales et pendant que Denis filme, elle marche dans cette mer turquoise.

- Je n'ai pas un frisson, tellement l'eau est chaude! Dans la brochure, on dit que l'île de Cayo Coco est reconnue pour ses

36

plages de sable fin, sa végétation luxuriante et la paix qu'on y trouve. Maintenant, je sais que c'est vrai!
- C'est un paradis pour amoureux! On enfile nos maillots?

Pendant que Denis s'en donne à coeur joie dans le flot des vagues, Delphine marche sur la plage avec sa collègue.
- Attends de connaître mon nouvel amoureux! C'est un homme tellement sensible.
Sortant de l'eau, Denis la soulève de terre :
- Viens jouer avec moi!
Ils se laissent emporter par les vagues comme deux enfants heureux. Son amie s'empare de la caméra vidéo :
- C'est extraordinaire comme vous êtes beaux! Lâchez pas, lâchez jamais!

De belles chansons d'amour fredonnées par un orchestre aux couleurs locales, agrémentent le repas. En face de Denis, une fille du groupe a une conversation animée avec son voisin.
- Je t'assure que les hommes sont incapables d'amour véritable; une fois la passion passée, ils aiment bien prendre le pouvoir et tout contrôler.
Denis est estomaqué.
- C'est parce que tu n'as pas rencontré la bonne personne! Moi, avant de connaître Delphine, je ne croyais pas à l'amour.
- Depuis combien de temps vous connaissez-vous?
- Deux mois.
Elle se tourne vers Delphine :
- Attends, tu verras!
Ce conseil n'est pas trop rassurant! Malgré ses différents états d'âme, Delphine sait que Denis l'aime, elle le ressent. C'est une intuition très forte qu'elle a et qui dépasse tout entendement, et l'intuition, c'est de sentir la vérité sans explications.

***

Denis s'initie à la planche à voile. Après plusieurs essais infructueux où il tombe sans arrêt, il capitule, comme un naufragé à la dérive. C'est tellement drôle de le voir tomber à l'eau! Delphine filme ses exploits tout en se payant une cure de rires incontrôlables.
Sirotant son verre de rhum, quelque chose la contrarie.
- Denis, tu ne peux continuer de sortir avec Germaine et les enfants de la sorte. C'est comme si tu n'étais pas parti de la maison.
-- Je ne veux pas brusquer les enfants dans leurs habitudes.
- Mais c'est avec moi que tu vis, tu es revenu librement! Tu

entretiens l'image de la famille comme si rien ne s'était passé. Tout le monde vit une illusion, c'est du théâtre!

- C'est comme ça que je vois les choses.
- On ne pourra pas vivre ainsi longtemps. Je vais finir par trancher, je sais que j'en suis capable.
- Et bien tranche!

A cet instant, Delphine sait que sa destinée et celle de Denis sont entre ses mains. Elle perçoit beaucoup d'émotion dans sa voix et son assurance apparente masque une peur évidente.

- Ce serait dommage de gâcher un tel séjour, on en reparlera au retour du voyage.

Il semble rassuré. La soirée se termine à la discothèque. Il boit beaucoup, remarque Delphine. Pourquoi tient-il à s'étourdir?

***

L'eau est douce, chaude, enveloppante. Dans les bras l'un de l'autre, ils se laissent bercer par les vagues qui les ramènent constamment vers le rivage. Ils participent ensuite à un Seafari. Un guide les conduit au large où ils feront de la plongée en apnée. Les vagues sont fortes mais courageusement, ils plongent à l'eau.

- C'est difficile d'apercevoir les coraux et les poissons, les vagues brouillent tout! dit Delphine.
- J'ai dû avalé au moins deux tasses d'eau salée! Si on retournait sur la terre ferme?

A mobylette, ils longent la mer.

- As-tu vu tous les crabes qui foisonnent parmi les roches volcaniques? dit Delphine. Jamais je n'en ai vus autant! Et si on ramassait des coquillages pour tes enfants?

Voyant qu'ils sont des touristes, un vieux monsieur s'approche avec deux chevaux.

- Un cheval pour la demoiselle?
- Cette bête semble bien fringante! Je n'ai pas trop confiance...
- J'ai un peu d'expérience, enchaîne Denis.

Delphine est étonnée de réaliser qu'il fait figure de cavalier hors pair, sachant très bien contrôler son cheval. Elle saisit la caméra et filme son prince charmant qui se déplace élégamment, avec comme toile de fond la mer et le soleil.

- Comme il paraît heureux! dit Delphine.

Au retour de cette excursion, ils prennent un apéritif au piano-bar de l'hôtel.

- Delphine, jamais je n'oublierai cette journée! Tout était parfait, sauf les deux tasses d'eau salée! Ce soir, je t'emmène danser!

Vers minuit, emportant avec eux une couverture, ils se réfugient sur la plage, à l'abri des regards indiscrets. Ayant pour seule musique les vagues qui viennent mourir à leurs pieds, ils s'aiment passionnément et sombrent ensuite dans le sommeil jusqu'à l'aube, toujours dans les bras l'un de l'autre.

***

- Delphine, allons marcher une dernière fois au bord de la mer. Que de beaux souvenirs nous emporterons! Faisons le voeu d'y revenir un jour, veux-tu?

Au moment de remettre les clés de la chambre, Delphine s'aperçoit qu'elle n'a plus son porte-monnaie. Elle a beau regarder dans son sac à main, dans ses poches, elle doit se rendre à l'évidence : elle l'a perdu! C'est l'instant de panique, d'autant plus qu'elle avait aussi l'argent de Denis. Ils n'ont plus un sou! Elle est au bord des larmes. Denis la prend dans ses bras et lui dit :

- Delphine, t'énerve pas! C'est seulement trois cents dollars, ce n'est pas grave!

Elle est éberluée. Elle n'est pas certaine d'avoir bien entendu.

- Tu ne m'en veux pas et c'est ton argent? Tu es vraiment différent des autres! Parmi les hommes que j'ai connus, je n'ose penser à la réaction qu'auraient eue certains d'entre eux...

Suite à l'immense compréhension de Denis et à ses yeux plein d'amour, sa nervosité diminue. Elle arrive à se concentrer et à réfléchir. Aussitôt, lui vient en mémoire ce qu'elle portait la veille. Elle se voit mettre son porte-monnaie dans la poche de son short. Finalement, elle met la main sur ce qui leur permettra de bien vivre jusqu'à la fin du séjour. Elle prend Denis dans ses bras :

- Je te remercie d'avoir été si tolérant à mon égard.

- Mais c'est tout à fait normal. Tu étais assez énervée comme ça!

- Quelle belle leçon tu me donnes! C'est probablement grâce à ton attitude si j'ai pu me concentrer et retrouver mon porte-monnaie.

Tout le monde est au rendez-vous à l'heure prévue. Ils quittent ce coin de paradis pour se rendre à l'aéroport où un petit avion les conduira à Varadero.

***

39

Pour leur dernière journée de vacances, Denis loue à nouveau une mobylette, afin qu'ils puissent visiter Varadero à leur guise. Ils optent pour la visite des dauphins. Près d'un quai public, un dauphin dressé se donne en spectacle. Delphine n'a jamais vu cette bête d'aussi près. Lorsqu'on lui demande un baiser en lui tendant la joue, il saute et il vient frôler la figure. Quand ce fut au tour à Delphine de passer aux embrassades, le dauphin était tellement passionné qu'il emporta avec lui sa boucle d'oreille en souvenir.

- Je m'en souviendrai de ce baiser! le sermonna Delphine.

Après ces heureux moments passés en compagnie du gentil dauphin, voleur de bijoux, ils reprennent la route vers un autre complexe hôtelier. La plage est superbe et les rochers qui longent la mer ressemblent à de petites cavernes.

- Profitons du soleil le reste de l'après-midi, dit Denis.

Etendus sur le sable, ils se laissent dorer une dernière fois par les chauds rayons, en sachant que la semaine qui s'achève est empreinte de souvenirs inoubliables.

***

En pleine nuit, ils doivent quitter leurs rêves. A l'aéroport de Varadero ils apprennent que le vol est retardé.

- Comme personne n'a de contrôle sur les lois de l'aviation, il est préférable de prendre notre mal en patience, dit Delphine.

Les gens sont mécontents. S'être levés si tôt pour rien! Finalement, vers dix heures, les sourires reviennent sur les visages. L'avion décollera dans quelques minutes.

Le vol se déroule bien; le temps est clair, et de son siège, Delphine filme cette terre perdue dans des eaux turquoises et surplombée de boules de ouate qui ressemblent à de jolis moutons blancs.

Ils atterrissent à Mirabel heureux et bien bronzés. Charlène, Cindy et son mari sont là pour les accueillir.

- Les tourtereaux sont rentrés au bercail, dit Charlène. Ne bougez pas, c'est l'heure de la photo de famille!

- Venez souper avec nous, on aimerait bien visionner tout ce que vous avez filmé durant la semaine! dit Cindy.

Denis est félicité sur ses talents de cavalier, mais le rire fait place aux éloges en ce qui concerne la planche à voile!

Lorsqu'ils reviennent à la maison, la nervosité commence à planer. Denis s'empresse de téléphoner à ses enfants.

- Francis refuse de me parler...

Delphine le laisse seul avec sa peine. Elle l'entend pleurer et il finit par s'endormir dans le salon.

- Tout va recommencer, il n'y a rien de réglé, songe-t-elle.

***

CHAPITRE 4

Le Lac du Cerf

Celui qui s'engage avec passion, pourra vivre des déceptions, mais à la fin, il récoltera ce qu'il a semé.

Martin Gray

Une nuit à espérer que tout s'arrangera.

- Je suis soucieux Delphine, je ne sais pas trop ce qui m'attend.
Et Denis part retrouver ses enfants, malgré le manque d'enthousiasme.

Delphine est à vider les valises, lorsque la voix de Denis la tire de ses réflexions :
- Germaine est à Montréal. Ne m'attends pas cette nuit, je garde les enfants.
- Comment réagissent-ils? demande Delphine peu convaincue.
- Ils ne veulent rien entendre lorsque je parle de séparation.

***

- Patrick, je ne crois pas du tout que Germaine soit à Montréal, je sais qu'il ment.
- Maman, je ne voudrais pas que tu sois malheureuse. J'avoue que son comportement est difficile à comprendre...

Delphine est prise d'une soudaine angoisse en pensant à lui. Que fait-il? Elle s'endort triste et inquiète.

***

Vers onze heures, elle entend la clé dans la porte.
- Germaine est arrivée à neuf heures.
Et il pense qu'elle va croire à son histoire? Elle n'est pas aussi naïve qu'il le croit...

La mère de Delphine les invite à souper.
- Denis, Philippe a téléphoné. Tu dois rappeler tes enfants le plus tôt possible.

A son grand étonnement, Delphine apprend qu'il emmène sa famille pique-niquer demain. Ils passent malgré tout, une agréable soirée en compagnie de sa mère, en lui faisant voir sur vidéo les meilleurs moments de leur voyage à Cuba.

Qu'est-ce qui peut bien irriter maman de la sorte? se demande Delphine.

Sur le chemin du retour, elle le questionne à propos de la sortie de demain, mais il détourne la conversation. Elle est étonnée d'être si tolérante. Si elle n'était pas convaincue qu'il l'aime, elle l'aurait laissé immédiatement, mais son coeur lui signale d'attendre.

**

N'étant pas tout à fait réveillée, elle surprend Denis en grande conversation :

- Je serai en retard; j'apporterai la glacière.

Delphine a failli s'étouffer en entendant cela.

- Germaine sera du pique-nique aussi?

- Je n'ai pas le choix, les enfants veulent que leur mère soit là.

- Mais Denis, c'est comme si tu n'étais pas parti! La coupure ne se fera jamais dans ces conditions-là.

- Pour l'instant, c'est comme ça...

Quelle attitude blessante... Elle est secouée... Elle si indépendante, elle ne se comprend plus!

Elle se rend chez sa collègue qui les a cotoyés toute une semaine à Cayo Coco.

- Delphine, d'après moi, Denis et toi avez sauté des étapes. On ne quitte pas une famille de cette façon, aussi brusquement.

- Penses-tu qu'il m'aime vraiment?

- Mais bien sûr qu'il t'aime! Mais il doit être déchiré entre sa famille et toi. Laisse-lui du temps, sois patiente!

- Du temps, combien de temps? J'ai l'impression que cela ne finira jamais, qu'il n'arrivera pas à prendre une décision et la maintenir. J'ai peur qu'il reparte à nouveau!

- Ce n'est pas facile changer de vie aussi radicalement. Mets-toi à sa place!

- Je n'en peux plus! Je n'arrive plus à fonctionner...

Arrivée à la maison, pressée de lui parler, mais étant dans l'impossibilité de le rejoindre, l'écriture la libère.

Mon Bel Amour,

Depuis notre retour de voyage, rien ne va plus. J'ai l'impression d'être la spectatrice d'un vieux film qui se répète sans arrêt. Je ne suis pas d'accord avec ton attitude. Vouloir continuer à vivre en famille comme si de rien n'était et demeurer avec moi, va à l'encontre de mes valeurs. J'ai besoin d'une relation saine, sans ambiguïté. J'aime la franchise et les gens authentiques.

Si tu ne te sens pas capable de parler aux enfants de tes émotions, de ce que tu veux vivre avec moi, de l'amour qui nous unit, ça ne sert à rien de continuer. Je suis malheureuse présentement. Il est peut-être préférable que tu partes; se pourrait-il que tu aies pris pour de l'amour un sentiment qui n'était que passager?

De toute évidence, ton instabilité émotive m'effraie et me déséquilibre. Prends le temps de réfléchir, mais sache que je ne pourrai jamais accepter que tu aies une double vie. Si tu devais repartir, j'aurais énormément de peine mais je ne t'en voudrais pas.

Delphine.

Vidée de ses émotions, elle s'endort. A trois heures, elle l'entend rentrer. Elle trouve que les enfants se couchent bien tard...

Au réveil, elle lui donne la lettre; il demeure impassible.
- Ai-je l'air de quelqu'un qui veut partir? Je ne veux pas te quitter!
- Comment comptes-tu vivre de façon équilibrée en étant divisé de la sorte? Comment prévois-tu faire face à tes obligations? Tu veux être partout à la fois, tu ne veux déplaire à personne. Je suis inquiète pour nous deux, je crains pour notre amour.
- ...
- Un jour, ta mère m'a fait des confidences. Je sais que ton père a eu une maîtresse pendant plusieurs années. Il n'a pu faire un choix, soi-disant qu'il les aimait toutes les deux. Ta mère sait que ce n'était pas de l'amour, mais bien de l'égoïsme. Ell a souffert de cette situation. Peut-être que te sentant abandonné, tu t'es juré que jamais tu n'abandonnerais tes enfants plus tard?
- Notre relation n'est pas du tout comparable à celle de mes parents, par contre, je ne veux pas laisser mes enfants.
- Tu sais que je refuse d'être seulement ta maîtresse...
- Je ne t'ai jamais considérée comme une maîtresse. Toi et moi, c'est bien plus fort que cela! Je t'aime vraiment Delphine, en doutes-tu?

Germaine accepterait-elle de jouer ce rôle pour ne pas tout perdre? se demande Delphine.

- Non, je n'en doute pas.

- Je comprends tes inquiétudes, je trouverai bien une solution. Pour commencer, je ferai en sorte que tu sois présente lors de la prochaine sortie avec les enfants.

- C'est vrai? Après tout, je les connais. Notre première rencontre fut quand même agréable.

Pendant que Delphine verse le jus d'orange, Marie téléphone. Elle le laisse seul, jugeant qu'il aura sûrement des choses importantes à lui dire. Lorsqu'il revient à la cuisine, il lui dit d'un ton grave :

- Les enfants acceptent de sortir avec moi, mais ils ne viendront pas si tu es là. Je suis désolé Delphine, j'ai pourtant essayé!

Delphine est triste et déçue. Pourquoi est-il incapable de s'affirmer auprès de ses enfants?

- Es-tu certain que cette décision vient d'eux?

- Au moins, ils acceptent de me voir. Germaine doit aller à Montréal.

- Comme lundi je suppose...

Denis semble être sous une emprise. Il fonctionne par la peur, les menaces, le chantage. S'il continue ainsi, la situation ne se réglera jamais.

Pour passer le temps, Delphine se rend à Ste-Adèle où elle passe une agréable journée au soleil.

Denis arrive à deux heures et demie. Les enfants se couchent définitivement très tard dans cette maison... Quelle histoire il a pu lui raconter! Que s'est-il réellement passé? La vérité finit toujours par éclater au grand jour. Elle fait semblant de croire ses dires. S'il ment, il aura sûrement le sommeil agité.

En effet, sa nuit est tourmentée, il a la bougeotte.

***

Ce soir ils reçoivent leurs amis français; Delphine s'affaire à la cuisine. La conversation est des plus banales, jusqu'au moment où le téléphone sonne. Delphine réalise qu'il parle à son fils Francis.

- Et si je ne reviens pas, qu'est-ce que tu feras?

Ses jambes deviennent molles comme du coton. Francis s'attend à ce que son père revienne? C'est donc dire qu'il leur a encore donné des espoirs? Lorsqu'il raccroche, elle lui dit :

- J'ai entendu ce que tu as dit à Francis. Ils s'attendent à ce que tu reviennes, n'est-ce pas?

- Ils se sont mis ça dans la tête.

- Mais Denis, s'ils agissent ainsi, c'est parce que ton attitude les y a encouragés.

- Je ne les ai jamais encouragés! Ils savent que c'est toi que j'aime mais ils refusent d'y croire.

- Leur parles-tu avec ton coeur? J'ai l'impression qu'ils essaient de te rendre coupable chaque fois.

Il ne répond pas. La tristesse et le découragement se lisent sur son visage. Elle décide encore une fois de lui faire confiance. L'avenir lui dira si elle a raison d'avoir foi en lui.

Ils passent malgré tout une belle soirée en compagnie de leurs amis. Denis semble bien apprécier la conversation concernant les différences de culture. Delphine rêve de lui faire connaître la France un jour.

Une fois les invités partis, comme ils n'ont pas sommeil, ils écoutent de la musique au salon.

- Quand aurai-je le plaisir de connaître ta soeur qui habite au Lac du Cerf ?

- Tiens, tu me donnes une idée! Si nous y allions pour quelques jours? J'appelle immédiatement Caroline et nous bouclons les valises!

- Denis, as-tu vu l'heure? Dormons jusqu'au matin. Ensuite, tu pourrais lui téléphoner et nous arriverions sur l'heure du midi. Qu'en penses-tu?

- Je pense qu'il reste quelques heures merveilleuses pour te blottir dans mes bras!

***

Denis appelle sa soeur et Delphine devine qu'elle semble heureuse de les recevoir.

- Cindy et son mari sont déjà là. Quelle drôle de coïncidence! lui dit-il.

***

Delphine fait la connaissance de Caroline avec qui elle se sent tout de suite à l'aise.

- C'est ravissant Caroline chez toi! Quelle splendide vue sur le lac! Et toutes ces petites îles qui se profilent au loin... j'adore!

Tous ensemble, ils partent en bateau, contournant tous les

îlots. Après ce tour d'horizon, tout le monde se jette à l'eau! Le temps est radieux, ils en profitent.

A la tombée de la nuit, tout le monde est au lit. Delphine sent l'angoisse lui monter à la gorge.

- Dis-moi Denis, pourquoi es-tu rentré si tard les soirs où tu es sorti avec tes enfants?

- Je suis fatigué Delphine, je ne veux pas en parler; arrête de t'inquiéter avec cela, tu sais bien que c'est avec toi que je veux vivre.

Découragée, elle fait sa prière : « Mon Dieu, est-ce vraiment l'homme de ma vie? Ai-je raison de lui faire confiance comme il me le demande? J'aimerais bien être éclairée. »

Le soleil étant de retour, Cindy propose une excursion au sentier écologique.

- Regardez la magnifique cascade d'eau qui surplombe le sentier! fait remarquer Delphine.

- As-tu vu tous les petits ponts? lui dit Denis. Celui des Romances, celui des Merveilles, celui du Silence et celui des Désirs. Dépêche-toi de faire un voeu!

- Tout là-haut, il y a le belvédère de " l'Essoufflé", lui apprend le mari de Cindy. Ce point de vue panoramique porte bien son nom, j'avoue que je suis déjà à bout de souffle!

Après la sieste, Denis a le goût d'être seul avec Delphine.

- Que dirais-tu d'une longue promenade en chaloupe? lui demande-t-il amoureusement.

Voguant tout doucement sur des eaux tranquilles, ils dépassent une famille de canards, cotoient quelques grenouilles qui sautent d'un nénuphar à l'autre.

- Regarde là-haut Delphine! Un magnifique héron semble dominer la nature.

Ils accostent ensuite sur une toute petite île où ils font l'amour avec pudeur, comme deux adolescents qui se découvrent pour la première fois.

***

Durant tout le repas, Delphine sent que Caroline est préoccupée par quelque chose. Mais quoi? Finalement, les hommes se retrouvant sur la terrasse, Caroline s'ouvre enfin :

- J'ai été surprise de constater que les enfants de Denis ne semblaient pas vraiment perturbés lorsqu'ils sont venus passer la semaine. Tu sais, je ne doute pas un instant de tes sentiments envers mon frère, mais as-tu vraiment confiance en lui?

- Je ne sais plus Caroline. Je sais qu'il m'aime, mais son instabilité me fait peur. Pourquoi me demandes-tu cela?

- Parce que Germaine m'a téléphoné la semaine dernière et Denis lui aurait dit : « Delphine, c'est la femme de ma vie, mais si tu as besoin de moi, je suis là. »

Delphine reçoit cet aveu en plein coeur. La tête haute, elle répond :

- J'apprécie ta franchise Caroline. Tu confirmes malheureusement mes doutes. Je tirerai cela au clair le plus tôt possible.

Qui croire? L'homme qu'elle aime ou une femme blessée qui ne peut lâcher prise? Elle ne sait plus.

Étant moralement très fatiguée, elle décide sur le champ d'aller se coucher. Denis la rejoint peu de temps après. Le silence règne.

***

La température est maussade. Delphine téléphone à Philippe :

- Maman, enfin c'est toi! Germaine et les enfants ont téléphoné plusieurs fois. Ils avaient l'air inquiet. Je ne leur ai pas dit où vous étiez, Denis me l'avait interdit.

- Je fais immédiatement le message à Denis.

- Je te suggère de téléphoner à Germaine. En passant, je n'apprécie pas du tout que tu fasses mentir Philippe. J'aime que les choses soient claires...

- Elle attendra à demain. Je n'ai vraiment pas envie de lui parler.

Durant l'après-midi, le soleil revient.

- Denis, c'est à mon tour de t'inviter en chaloupe, lui dit Delphine.

Elle le sent sur la défensive. Il accepte... finalement. Elle veut connaître la vérité. Elle ne peut vivre plus longtemps dans l'incertitude.

Elle l'observe pendant qu'il manoeuvre l'embarcation. Il n'ose la regarder. Il sait très bien à quoi elle pense. Il veut donner l'impression qu'il maîtrise la situation.

- J'aimerais accoster sur cette petite île là-bas, lui dit-elle.

Assis dans l'herbe, elle le regarde dans les yeux :

- Denis, ce n'est plus possible. Je ne suis plus capable de vivre avec un homme qui ment, qui manipule. Dis-moi la vérité, je veux savoir. Joues-tu encore un double jeu?
- Pourquoi toutes ces questions? C'est toi que j'aime. Bon, on s'en va.

Évidemment, elle ne l'a pas cru! Son instinct ne la trompe que très rarement. Ils quittent le Lac du Cerf en début de soirée. En chemin, ils croisent un faon qui gambadait sous leurs yeux. Durant ces trois heures de route, Delphine se tait. Que sera la journée de demain?

***

- Delphine, je suis bien avec toi...

Elle demeure sur la défensive.

- Bon, je dois aller voir mes enfants...

Delphine est prise de vertiges. J'ai peur de découvrir qu'il est peut-être un cinglé ou un déséquilibré, se dit-elle.

Pourquoi agit-il ainsi? Elle était en paix avant qu'il n'arrive dans sa vie! Il avait l'air si innocent avec ses pinceaux, si honnête, si équilibré!

Elle ne fonctionne plus, elle tourne en rond dans la maison.

***

Enfin, il arrive, l'air grave. Elle sent qu'il s'est passé quelque chose.

- Francis a fait une fugue. Il marchait pieds nus dans la rue; des voisins l'ont ramené. Ensuite, il s'est enfermé dans la voiture. Plus tard, il a voulu sauter de la fenêtre de sa chambre; c'est notre voisin qui l'a fait descendre. Germaine m'a dit qu'elle a dû faire intervenir un psychologue d'urgence pour le calmer.
- Mais tu ne vas quand même pas croire cette histoire? Es-tu allé remercier ton voisin pour avoir sauvé ton fils?
- Non, pas encore.
- As-tu téléphoné au psychologue pour savoir ce qu'il compte faire avec Francis?
- Non plus.
- Est-ce que Francis va être suivi en psychologie?
- Je ne crois pas. Quand je lui ai reparlé de tout cela, il riait. Il n'avait pas du tout l'air perturbé.
- Denis, je ne crois pas que les psychologues se déplacent d'urgence. Si tu veux mon avis, tu as été manipulé. Est-ce que par hasard, tu aurais l'intention de retourner vivre avec eux?

50

- Il en a été question.
- Est-ce que tu leur as promis?
- Oui, je n'avais pas le choix!

Delphine est effondrée, elle tremble de tous ses membres.

- Quand espèrent-ils ton retour?
- Dès demain.

Le silence s'installe. Delphine n'a pas la force de lui dire de partir. Elle le laisse dormir près d'elle. Il a l'air d'un enfant battu. Elle appelle le sommeil mais en vain.

Au lever du soleil, tout en pleurant, elle essaie de mettre de l'ordre dans ses pensées. L'énervement attire les problèmes, je dois me calmer, pense-t-elle.

Elle vide enfin les tiroirs de sa commode. Elle sort quelques valises. D'un air triste, elle lui sourit. Il se met à pleurer et il lui dit la voix pleine de trémolos :

- Comment peux-tu agir comme tu le fais? Tu devrais me haïr et c'est toi qui m'aides à partir.

- Je ne peux pas te détester Denis, car je t'aime trop! Tu n'as pas l'air de comprendre ce qu'est l'amour? Si tu crois être plus heureux avec eux, tu fais bien de partir.

Pour la deuxième fois, elle l'aide à descendre les valises et ses outils. Ils s'embrassent une dernière fois en pleurant.

Ce n'est pas possible, je sais qu'il m'aime, pense-t-elle.

***

Courbaturée, elle fait la grasse matinée. Soudain, le téléphone sonne.

- J'ai oublié mon passeport. Je te rapporterai tes valises demain.

Elle ne le comprend pas, elle est attristée. Elle parle tout haut :

- Il faut que je me vide le coeur; il doit savoir ce que je ressens et surtout, je ne veux pas qu'il croit que je suis si naïve que cela. Je ne le suis pas. J'ai eu confiance en lui, voilà tout.

Mon Bel Amour,

Tout est tellement clair aujourd'hui dans ma tête, mais ça fait mal, très mal... A Cayo Coco, aller dire que c'était un voyage de noces et au retour, me laisser tomber, quelle contradiction... Il y a longtemps que tu mijotais de retourner avec eux n'est-ce pas? Ils étaient tous au courant, sauf moi! Mes sentiments étaient purs envers toi. Je t'ai fait confiance comme tu me le demandais... Mais voilà, un jour tu m'aimes, un jour tu ne m'aimes pas. Je ne suis pas un jouet pour que tu disposes de moi ainsi.

Tu ne sembles pas être l'homme que je croyais. Je voudrais oublier ces trois mois où j'ai vraiment cru être la femme de ta vie.

Pardonne-moi la dureté de cette lettre, mais elle est à la mesure de ma souffrance. Tu sembles avoir besoin d'une mère pour le grand garçon de quarante ans que tu es. Mais je ne serai jamais celle-là. Je t'ai offert d'être ton amie, ta compagne de vie, ton amante, ton égale, celle en qui tu pouvais avoir pleine confiance.

Malgré tout ce que je viens d'écrire Denis, je suis incapable de te souhaiter du mal. J'essaie de me convaincre que tu es inconscient. Mais c'est dur ce que je vis. Je n'ai pas besoin de parler à Germaine pour comprendre que tu as joué un double jeu. Si un jour, toi que j'ai tant aimé, si un jour par hasard, tu te retrouves libre avec l'envie de vivre ce grand Amour, et si le destin a bien voulu que je sois encore seule, je verrai à ce moment-là si tes yeux sont sincères.

Delphine

Cette lettre est abominable, pense-t-elle. Peut-être ne la lira-t-il jamais? Elle décide d'appeler Caroline.

- Je ne comprends pas mon frère; même si ça n'a jamais été le grand amour avec sa femme, tu devrais essayer de l'oublier. Germaine m'a téléphoné; elle voulait avoir mon opinion sur toi.

- Que lui as-tu dit?

- Que tu étais très gentille, que tu avais un beau sourire, que c'était bien agréable de converser avec toi et que tu n'étais pas du tout une intrigante.

La journée ne finit plus! Finalement, Denis lui ramène ses valises. Il se jette dans ses bras en sanglotant. Etonnée, mais la voix pleine de tendresse, Delphine lui dit :

- Pourquoi pleures-tu?

- Parce que je ne suis pas bien dans ma peau. Je t'aime et je t'ai quittée! Je ne comprends plus rien!

Elle le regarde dans les yeux, essaie de le consoler. Il commence à la caresser, et sans un mot, ils se donnent l'un à l'autre avec un mélange de passion et de désespoir.

Avant son départ, Delphine ne peut résister à l'envie de lui remettre la lettre. Au fur et à mesure qu'il lit, ses yeux s'agrandissent, mais il subit l'insulte avec dignité. Il la prend dans ses bras, la serre très fort, l'embrasse et lui dit :

- Je t'aime Delphine. Je pars... mais je reviendrai.

Une déchirure se fait en elle. Elle finit par s'endormir en se raccrochant à ses dernières paroles.

***

CHAPITRE 5

Ma Normandie

> *Les lettres nous offrent l'occasion d'exprimer nos sentiments, surtout lorsque l'âme traverse une crise bouleversante.*
>
> **Thomas Moore**

Mon Bel Amour,

Je t'écris pour ne pas mourir. Après ton départ, dans la nuit, je me suis réveillée. Je tente de m'évader à nouveau dans le sommeil. Impossible...

Je me retrouve sur une plage triste et désolée, à mi-chemin entre la vérité et le mensonge. Je me vois enterrer mon coeur dans le sable, face à la mer. Le voyage de noces à Cayo Coco, j'en ai fait un cimetière.

Je rêve d'une dernière conversation avec toi. Je retourne dans le passé pour ne pas te perdre. J'aurais voulu que tu me parles de toi, de nous, de tes enfants, de chacune de tes pensées. J'aurais aimé être bercée par tes murmures, m'endormir avec l'écho de ta voix et l'imprégner au fond de mon coeur.

J'essaie de trouver refuge dans mes souvenirs : la seule lettre que l'on relit, les photos que l'on regarde. J'écoute ton absence. Je maudis cette nuit, en vain. Dormir, plonger dans l'obscurité, mais dès que je ferme les yeux, tu m'apparais encore plus réel.

Je refuse de séparer nos deux vies. Lorsqu'un soir tu m'as dit : «Je suis heureux», j'aurais voulu arrêter le temps pour ce sourire que tu m'offrais alors, j'aurais voulu le prendre dans mes mains, le serrer tout contre moi.

Je rêve au miracle : me réveiller avec toi à mes côtés. Je t'ai trop aimé pour accepter que tu ne sois plus là et proclamer que tu existes et que ça suffit. Je ne veux pas t'attendre, mais dans mon for intérieur, je garde l'espoir que ton amour était aussi fort que le mien.

Je sais que nous aurions été heureux, et qu'avec le temps, cet amour aurait imprégné Francis et Marie. Tu as toujours plié devant eux, cédant à leur moindre caprice. Tu n'as jamais su t'affirmer, croyant que l'amour est de ne jamais dire non. Ils t'auraient respecté davantage devant ta fermeté tout en laissant l'amour faire son oeuvre. Tu n'as jamais été le maître de ta vie, tu en as décidé autrement...

Le bonheur, c'est comme un traversier. Vas-tu le prendre ou le laisser passer? Comme j'aime beaucoup les symboles, je te remets la clé de mon coeur. Seule cette clé peut l'ouvrir à nouveau. Tu m'as dit plusieurs fois que mon bonheur, c'était toi. J'y crois encore.

Dans le vent, je t'entendrai toujours me chanter :

« How can I tell you that I love you. I long to tell you that I'm always thinking of you. I need to know you, need to feel my arms around you, like sea around a shore. And each night and day I pray, in hope that I might find you, because heart can do no more. »

Je t'aime

Delphine

Prenant ses pinceaux et sa gouache, elle peint délicatement autour de la lettre. Elle dépose ensuite dans l'enveloppe une clé dorée dont la tête est en forme de coeur.

***

Juillet s'est envolé. Au début de chaque mois, Delphine se fixe des objectifs.

Tout d'abord, je veux retrouver la paix du coeur, bien terminer mes vacances et ensuite découvrir qui est Denis, décide-t-elle.

Son amie Sylvie l'invite à prendre un café.

- Si tu veux mon avis, Denis n'était pas prêt à changer de vie de façon aussi radicale. Au fait, me donnerais-tu son numéro? Mon mari voudrait l'engager pour de grandes rénovations au bureau.

L'idée lui plaît. Savoir qu'il travaillera chez des amis lui donnera l'impression qu'il est là, tout près.

***

Lisant un article dans une revue, une phrase lui saute aux yeux :

« Ce que l'on perd en temps et en patience, on le gagne en profondeur et en solidité. »

Est-ce un signe du destin? Mon coeur me dit de garder confiance en lui, je sais qu'il m'aime malgré toutes les apparences, songe-t-elle.

Et si elle croyait à la magie? Peut-être est-ce la seule façon d'avoir une vie magique? A l'école, toute petite, elle se rappelle avoir lu dans la bible :

« Là où il n'y a pas de vision, les gens périssent. »

Pourra-telle vivre avec la frustration? Ce vide émotionnel, elle décide de le vivre et non de le remplir par de fausses valeurs. Il y a trop de gens qui mangent, boivent ou se droguent pour ne pas le sentir. Ce vide, elle le remplira par l'amour d'elle-même et de l'amour qu'elle porte à Denis.

« Mon Dieu, éclairez-moi sur cet amour que je n'arrive pas à oublier. Apaisez ceux qui souffrent dans le monde et soyez indulgent envers ceux qui n'ont jamais connu l'amour. »

Sa nuit fut comblée de rêves. Elle retrouvait un sac à main perdu; la confiance revenait en elle. Ensuite, on lui remettait une clé qui devait lui faire trouver la combinaison du succès. Toujours en rêve, elle apercevait des molaires, et elle savait que ces dents représentaient des protections secrètes et puissantes qui lui donnaient de l'endurance et de la persévérance. Finalement, Denis l'embrassait passionnément en lui disant : « Je n'en peux plus, je t'aime Delphine. »

***

Pleine d'énergie, elle saute sur sa bicyclette et se rend chez une cliente, afin de prendre des nouvelles de son voyage au Portugal. Après l'avoir écouté, son regard est attiré par un livre qui traîne sur la table; celui-ci traite de la joie.

- Est-il possible quand le coeur saigne, de mettre de la joie dans sa vie?
- C'est justement dans les moments difficiles Delphine, qu'il ne faut pas abandonner.
Elle rentre chez elle, le livre à la main.

***

Dix jours exactement après son départ, elle trouve douloureux d'entendre à nouveau sa voix.
- C'est gentil de m'avoir recommandé au mari de Sylvie. J'ai obtenu le contrat pour son bureau.
- Tant mieux si tout le monde est satisfait.

- Quand j'aurai le temps, j'irai installer les coupe-froid aux portes.

- Ça ne presse pas, l'hiver est encore loin. Tu sais Denis, la lettre que je t'ai remise a été écrite sous l'effet de la souffrance et dans cet état, on peut dire des choses qui dépassent notre pensée. Si je t'aime, c'est parce que tu es un être sensible, qui a su me faire vibrer. La nuit où tu es parti, n'arrivant pas à trouver le sommeil, je t'ai écrit une autre lettre où tu pourras mieux saisir mes états d'âme.

- Tu me laisses sans voix...

- Je te suis quand même reconnaissante d'être parti car c'était devenu à mon insu une lutte de pouvoir; j'étais en train de me détruire à vouloir te convaincre que ton attitude envers tout le monde était malsaine. La seule lutte à laquelle je crois est celle de l'amour, et l'amour, c'est laisser l'être aimé décider de ses choix et de les respecter, même si ça fait mal.

- Delphine, je me déteste de te faire autant de mal.

- Ne t'en fait pas pour moi, peut-être qu'un jour le bonheur sera à nouveau à ma porte! L'important pour l'instant, c'est que tu aies pris la bonne décision.

- Les enfants semblent heureux; par contre, Germaine me trouve froid et distant. Elle veut que je lui dise que je suis revenu pour elle.

- Et que lui réponds-tu?

- Que je suis revenu pour la famille.

- Tu finiras bien par m'oublier...

- Je ne sais pas. Tu sais, cette fois-ci, je ne leur ai fait aucune promesse. Je passerai te voir bientôt, si tu me le permets.

***

- Je te le dis Sylvie, il ne m'a pas oubliée. La voix ne trompe pas. Il est malheureux, je le sens.

- Tu n'as pas l'impression que la situation se répète encore une fois?

- Oui, exactement comme la marée qui reprend inlassablement son mouvement parce que tout n'a pas encore été vécu complètement.

***

Toute à sa lecture, Delphine se rend compte de plus en plus combien il est important de mettre de la joie dans son entourage. Combien de gens passent leur vie entière sans joie, parce qu'ils se créent des obligations envers tout le monde ou parce qu'ils sont prisonniers d'une situation?

Sur ces réflexions, elle file au centre commercial. Elle aime bien prendre un café et une brioche tout en regardant circuler les gens. Elle remarque sur les figures que plusieurs sont déjà morts; aucun sourire, elle sent la capitulation.

Elle pense de plus en plus que **c'est de passion que les gens ont besoin!** C'est ce qui donne tout son sens à la vie. Elle réalise qu'elle est une passionnée de la vie même à travers les embûches! Elle est tombée souvent, mais elle s'est toujours relevée, prête à accueillir une nouvelle situation avec toute la foi et l'espoir que seul l'amour de la vie pouvait lui donner. C'est là qu'elle réalise qu'on a toujours deux choix dans la vie : **Laisser la porte ouverte aux soucis ou franchir le seuil de la joie.**

Je dois laisser aller les choses. Je suis prête à vivre un grand bonheur et à faire les efforts pour l'atteindre, se dit-elle.

***

Les jours passent.

- Je ne peux passer chez toi aujourd'hui, j'ai trop de travail, mais peut-être irai-je en fin de semaine. Tu sais, avec Germaine, ce n'est pas facile. Elle se plaint continuellement. Je pense constamment à toi, j'ai tellement de peine d'avoir tout brisé. Je ne pense pas pouvoir t'oublier. Je t'aime encore!

Delphine n'arrive pas à croire ce qu'elle entend. Voilà que ça recommence! Elle est découragée...

- Tu m'excuseras Denis, j'ai des courses à faire.

Elle prend son sac à main et file à nouveau vers son bistro préféré. Celui-ci, dans sa décoration, lui rappelle les bistros de Paris. Tout en prenant un café, elle prend une décision : « S'il y a de la place sur l'avion, je m'envolerai demain pour la France. »

Se rendant d'un pas ferme à l'agence de voyages où elle travaille, elle fait quelques appels et demande qu'on lui réserve un siège.

A cause du décalage horaire, elle réveille sa copine Marylène.

- Peux-tu venir me chercher dimanche matin à l'aéroport Charles de Gaule?

- Quelle surprise Delphine, bien sûr que je serai là!

Elle lui donne les coordonnées et la remercie d'être si accueillante. Elle s'empresse de rappeler la compagnie d'aviation et confirme son billet. Est-ce une fuite de sa part? Chose certaine, elle a besoin de changer d'air. Se rappelant la chaleur spontanée de ses amis de Normandie, elle est assurée de passer un agréable séjour.

***

- Les gars, je pars demain pour Paris!

Après avoir rempli sa valise, elle s'endort en pensant que bientôt, elle sera loin de lui.

Levée tôt, elle enregistre un message sur le répondeur à l'intention de Denis :

« Je ne suis pas là... Mon coeur est en exil à Cayo Coco et ma tête est à Paris. A plus tard! »

Ses fils l'accompagnent à Mirabel. La nostalgie est au rendez-vous. Elle les embrasse finalement avec toutes les recommandations d'usage, et elle se retrouve à bord de l'avion. L'envie d'écrire lui prend soudainement.

C'est plus fort que moi, il faut que je lui parle en pensée, songe-t-elle.

Denis, mon Amour,

Je suis à bord de l'avion, et je m'imagine que tu fais le voyage avec moi, ce sera moins ennuyant. Un monsieur s'installe à mes côtés; il est muet comme une carpe. Je n'insiste pas, je n'ai pas vraiment envie de causer, sauf avec toi.

Les moteurs tournent et je quitte le sol qui me reliait à toi. Excuse mon écriture, mais ce gros oiseau se déplace en valsant. On nous sert le champagne. On traverse déjà un nuage rempli de poches d'air. Passés ce nuage, c'est beau la terre, la nuit, vue d'en haut! Des milliards de lumières! Comme j'aimerais que tu sois là...

Ça y est, une larme qui coule. Je me suis bien défendue de pleurer durant ce voyage, même si la solitude est ma compagne.

Nous passerons bientôt au sud de Terre-Neuve. On nous annonce qu'il fait seulement douze degrés à Paris!

On nous sert enfin le repas, et ensuite, comme le film ne m'intéresse pas vraiment, je tente de sommeiller.

Je suis incapable de dormir dans un avion. Mes pensées s'envolent vers toi, je rêve.

Le commandant nous invite ensuite à attacher nos ceintures. Par le hublot, je distingue au loin dans une trouée de nuages, les toits de la banlieue de Paris. Le Boeing perd de la hauteur et tourne pour prendre sa piste. L'oiseau bleu, blanc, rouge, se pose en douceur. J'ai toujours aimé la sensation d'un atterrissage...

J'ai hâte d'apercevoir Marylène. Je veux lui parler du grand amour de ma vie, même si rien ne va plus. Tu vas peut-être trouver ça idiot tout ce que je t'écris, mais si tu savais comme ça fait du bien! Je me sens moins seule...

Quel cadeau d'atterrir à Paris sous le soleil! Prenant place dans le transbordeur, un morceau de musique américain attire son attention : "Please forgive me, I can't stop loving you."

Toute une coïncidence, j'ai l'impression qu'il me suit partout! pense-t-elle.

Récupérant sa valise, elle aperçoit Marylène qui lui sourit. Elle peut enfin lui parler de lui.

Une semaine plus tard...

Mon Bel Amour,

Je suis à nouveau dans l'avion. Que dire de ma semaine, sinon que mes amis ont fait l'impossible pour me plaire et me réconforter. Je te raconte.

Arrivées en Normandie, Marylène me conduit chez Charles et Maude. Charles, qui fut mon correspondant scolaire durant huit ans, n'est pas surpris de me voir apparaître; chaque année, j'arrive à l'improviste.

Nous prenons l'apéritif, mais fatiguée par le stress d'un départ précipité et du décalage horaire, Marylène me ramène chez elle. Si tu voyais sa maison! Une normande authentique! Et son jardin, quelle merveille!

Ma grande amie écoute patiemment notre histoire d'amour et elle en conclut que je dois continuer d'être patiente. Ses encouragements me rassurent. Après la douceur d'un bain chaud, je m'endors en pensant à toi.

***

J'ai eu du mal à me sortir de la chaleur du lit. La nuit m'a quand même regénérée. Le temps est idéal pour prendre un bain de soleil sur la terrasse. Puisque c'est aujourd'hui congé férié en France, Marylène m'annonce qu'il y a une fête de famille chez son frère.

Je dois admettre ma surprise lorsqu'elle me l'a présenté : même âge que toi, caractère semblable, d'une intensité rare, avec un sourire des plus chaleureux. Il me dit :

- Je n'imaginais pas la copine de ma soeur aussi charmante!

J'avoue que ça remonte mon égo. Au cours de la journée, je réalise que je suis devant un autre malheureux en ménage qui semble être dominé par une femme autoritaire. Décidément, le pouvoir se retrouve sur tous les continents...

Après cette belle journée, son frère nous lance :

- Vous revenez souper mercredi?

- Mais oui, mon frangin, répond Marylène d'un air complice.

***

Puisque Dame Nature nous offre une journée splendide, le petit déjeuner est servi dans le jardin. T'ai-je déjà dit que je raffolais des fleurs et des croissants?

Nous passons ensuite la journée à la mer, aux falaises d'Etretat. Quel magnifique paysage! La mer a sculpté au fil du temps, de splendides architectures. Mes yeux ne se fatiguent pas devant cet imposant décor.

Comme deux braves filles, nous plongeons à l'eau. La mer est beaucoup plus froide qu'à Cayo Coco; malgré cela, nous nous amusons follement à jouer dans les vagues.

Sur le chemin du retour, nous faisons une halte à Fécamp, à la Bénédictine. Je fais provisions de liqueurs fines et de chocolats en m'imaginant les déguster avec toi.

Avant de rentrer, nous arrêtons à Allouville, où on peut y voir un immense chêne vieux de mille ans. Dans la petite église, juste à côté, je fais brûler un cierge pour qu'un jour nous soyons réunis, si Dieu le veut.

Nous sommes attendus pour souper chez Charles et Maude où nous passons une agréable soirée. J'ai vraiment hâte que tu les connaisses.

***

Mes amis m'amènent à Allencourt, site où la France est reproduite en miniature. Arrivés sur les lieux, une fine pluie tombe, nous faisant grelotter. C'est dommage de visiter un si beau site avec des parapluies. Je reconnais immédiatement les châteaux de la Loire qui me rappellent la grande histoire de France. La réplique du Mont St-Michel est une pure merveille. Que de bons souvenirs je garde de cet îlot rocheux flanqué en plein océan! Le Palais de

Versailles est un ravissement pour l'oeil et la Tour Eiffel impressionne autant que la réelle. L'Arc de Triomphe et Notre-Dame-de-Paris révèlent une architecture digne des plus grands sculpteurs des siècles derniers.

Nous terminons cette visite un peu trop rapidement, le froid ayant raison de notre soif de culture. Je me promets bien d'y revenir une autre année par une journée ensoleillée, peut-être avec toi à mes côtés?

Nous quittons Charles et Maude car, tel que prévu, nous sommes attendus pour souper chez le frère de ma copine. En causant avec lui, je me surprends à lui parler de toi.

- Si tu pouvais voir tes yeux lorsque tu parles de lui, n'arrête pas surtout, parle-moi de lui, tu es tellement belle, tes yeux brillent.

- C'est parce j'aime Denis du plus profond de mon coeur et de mon âme.

- Oui, mais tu oublies un détail : il t'a quittée.

- Il est retourné chez lui pour ses enfants. Ça n'a rien à voir avec moi. Aussi étrange que cela puisse paraître, je sais qu'il m'aime.

Pendant que je t'écris ces mots, j'écoute une chaîne de musique où j'entends les paroles d'une chanson de Francis Cabrel : "Je t'aimais, je t'aime, je t'aimerai." Bon, maintenant, c'est Liane Foly qui chante. Nous aimions tellement l'écouter ensemble! On présente un documentaire sur le Québec. J'arrête de t'écrire. A tout à l'heure!

Elle est figée sur son siège. Elle arrête de respirer lorsqu'elle aperçoit sur l'écran, une vue d'ensemble du festival de jazz. Ensuite, l'image présente un couple d'amoureux dans une petite barque. Ceux-ci naviguent sur des eaux tranquilles, se frayant un chemin entre les herbages. On dirait le Lac du Cerf! Viennent ensuite les animaux : canards, grenouilles, héron, et pour terminer, un beau petit faon qui gambade dans la forêt. Que veulent dire toutes ces coïncidences? Tout le rappelle à son souvenir!

Tout en savourant mon café au lait, je rapporte à Marylène la conversation que j'ai eue la veille avec son frère. Attentive, elle m'explique ensuite :

- Tu sais Delphine, je crois que mon frère n'a jamais été véritablement heureux. Il en est à son deuxième mariage et je

t'avoue qu'il a le don de s'enticher de femmes qui veulent le dominer. Je crois qu'il n'a jamais été aimé pour lui-même. C'est un homme très bon, très sensible et je l'adore. Mais, il n'a jamais su choisir ses conquêtes. De là, s'ensuivent des engueulades terribles, des luttes de pouvoir qui n'en finissent plus. Ce n'est pas toujours agréable de se retrouver en leur compagnie, mais c'est mon frère et je l'aime.

Nous avons dû couper court à cette conversation, car la postière arrivait. Ma copine lui offrit un petit café qu'elle s'empressa d'accepter. J'ai trouvé cela charmant, en me demandant comment mon facteur réagirait un bon matin si je lui en offrais un!

***

Nous passons quelques heures dans les magasins, à Rouen. J'aime bien me balader dans cette ville médiévale. Ancienne capitale de la Normandie, Rouen est un vrai musée.

Nous empruntons la rue du "Gros Horloge". Celui-ci, dans une arcade finement sculptée, enjambe une des rues les plus animées du Vieux Rouen. Je suis certaine que tu aimerais te promener dans ces rues typiques. Pour clôturer ce bel après-midi, nous nous offrons une pâtisserie, assises à une terrasse, permettant ainsi à nos pieds de se détendre.

***

Mon lit est bon ce matin, mais il serait plus douillet si tu étais à mes côtés. Nous filons au Havre pour aller marcher au bord de la mer. C'est grandiose le port du Havre! De l'autre côté, c'est l'Angleterre. Devant les falaises, nous demandons à un passant s'il veut bien nous prendre en photo. Tu pourras constater qu'une belle amitié nous lie. Quittant le Havre, nous reprenons la route de Pavilly.

***

C'est déjà samedi et Charles vient me chercher. Je passerai la dernière heure avec lui et Maude. Marylène et moi irons ensuite saluer Paris. Durant deux jours, j'irai refaire mes énergies au contact de cette ville que je considère comme étant la plus belle ville du monde.

Charles m'entretient sur la situation que je vis avec toi.

- Delphine, c'est bien beau l'amour, mais il n'y a pas que cela, il y a aussi les responsabilités.

- Je crois comprendre que tu veux plutôt parler des traditions, non? Les traditions familiales semblent beaucoup plus

fortes en Europe que chez nous. Mais pour moi, le bonheur passe avant les traditions. Je n'en ai que faire des vieux contextes familiaux où tout compte fait, la plupart du temps, tout le monde semble malheureux. Le bonheur pour moi, ce n'est pas de se sacrifier pour rendre les autres heureux, c'est d'abord et avant tout, être heureux soi-même. C'est la seule issue pour que ceux qui nous entourent apprennent le bonheur.

Je coupe court à cette conversation, réalisant que nous ne partageons pas tout à fait la même idée du bonheur. J'adore Charles. Il sera toujours pour moi un très grand ami.

Après avoir fait mes adieux à Charles et Maude, quittant la Normandie, nous prenons la route qui mène à Paris. Comme deux adolescentes, nous entrons dans la Ville lumière, le coeur léger et les yeux pétillants.

Ah! Paris! Quelle ville incroyable! Une étonnante harmonie se dégage de ce passé culturel mêlé à la vie trépidante qu'on y mène aujourd'hui.

Nous nous rendons à l'hôtel, dans le sixième arrondissement, près des Jardins du Luxembourg.

Munies de chaussures confortables, nous marchons jusque sur les bords de la Seine, découvrant les nombreux bouquinistes qui longent ce fleuve à l'allure si romantique.

Devant la cathédrale Notre-Dame, magnifique vaisseau gothique, Marylène m'avoue n'y être jamais entrée. Je lui fais observer les splendides rosaces qui sont de vrais bijoux artistiques.

Quittant l'Ile de la Cité, nous traversons le quartier Beaubourg qui loge les anciennes Halles et le Centre Pompidou.

- Marylène, où puis-je trouver une parfumerie? J'aimerais offrir un cadeau à Denis.

- Si tu y tiens vraiment, alors suis-moi.

Nous avons marché, marché, et finalement, j'ai fini par trouver ce que je cherchais.

- Ton Denis, quand j'irai au Québec, il a intérêt à être là. Sinon, j'irai le chercher par la peau des fesses. Me faire marcher comme ça...

Elle m'a bien fait rire! Les pieds endoloris, nous revenons vers les Jardins du Luxembourg. J'ai l'impression d'entendre chanter Joe Dassin : "Encore un jour sans amour..." C'est l'endroit rêvé pour se détendre. Devant le Palais, s'étend un parterre orné d'un vaste bassin entouré de terrasses. Nous nous reposons quelques minutes sur ce vaste tapis de verdure.

Après notre balade dans ce décor féérique, nous marchons à nouveau vers le quartier latin où nous entrons dans un coquet petit restaurant pour souper.

Sur le chemin du retour, nous apprécions Paris la nuit. C'est un vrai labyrinthe! Nous découvrons de petits carrefours plein de monde. Rentrées à l'hôtel, après cette belle soirée, le sommeil nous transporte dans un autre monde.

***

Profitant de la dernière matinée, nous nous rendons au cimetière du Père Lachaise. J'aime bien cet endroit, ce n'est pas du tout lugubre. Ce cimetière ressemble à une petite ville, car les tombes sont bordées par des noms de rue.

A l'aide du plan, nous pouvons localiser les tombes d'acteurs et de poètes connus, de musiciens, de chanteurs. Il y a des fleurs partout. La tombe la plus vénérée est celle d'Allan Kardec, le plus grand spirite de tous les temps.

***

C'est malheureusement le temps de nous rendre à Roissy, car l'avion m'attend.

- Marylène, j'ai passé une semaine inoubliable! Je te rendrai bien ça un jour...

- Si tu vois Denis bientôt, fais-lui la bise pour moi. Dis-lui bien que j'espère le rencontrer au Québec ou en France un jour!

On a les boules... On va pleurer... un petit peu quand même.

Je passe enfin la sécurité. Voilà, tu sais tout de cette semaine. J'ai dû quémander au jeune homme assis à mes côtés, du papier pour t'écrire. Tu auras bientôt assez de lettres de ma part pour écrire un livre, non?

Je n'ai plus envie d'écrire, je n'ai plus rien à dire. Plus l'avion se rapproche du Québec, plus... Oh, et puis rien... J'espère seulement que tu es heureux et que tu m'aimes encore un tout petit peu.

***

CHAPITRE 6

Les retrouvailles

> *La mystérieuse alchimie de la douleur avait bien ouvert son coeur, élargissant la palette de sa sensibilité jusque-là plutôt étroite.*

Marc-André Poissant

A Mirabel, ses fils l'accueillent à bras ouverts.
- Maman, devine? Denis a téléphoné trois fois! Les messages sont encore sur le répondeur, lui dit Patrick.
- Il doit s'ennuyer beaucoup. Sur le dernier message, on dirait qu'il pleure, il a une drôle de voix... ajoute Philippe.
- Mais vous êtes porteurs de bonnes nouvelles! Je ne pouvais pas espérer plus beau cadeau de bienvenue! Je savais qu'il ne m'avait pas oubliée...

Pendant que les garçons montent ses bagages, elle file tout droit où se trouve le répondeur, espérant que cette petite merveille lui redonnera tous les espoirs.

« J'apprends que tu es à Paris. Moi je suis à Montréal à terminer mon contrat de peinture. Je voulais aller casser la croûte avec toi, mais je vois que ça devra attendre à plus tard. »
« Mon coeur a pris le premier nuage en direction de Cayo Coco, il est allé rejoindre le tien, il s'ennuyait. Ça va lui faire du bien. Ma tête, elle, je t'en reparlerai plus tard. »
« Bonjour Delphine, c'est encore moi. Je me suis confié à quelqu'un; il essaie de m'éclairer. J'ai hâte de converser avec toi plutôt qu'avec ton répondeur. J'ai tant de choses à te dire. Mon coeur s'affole, je pense à toi continuellement. Plus le temps passe, plus je m'ennuie. Je te rappelle. »
En effet, sa voix tremblait beaucoup. Elle n'a plus aucun doute sur ses sentiments. Elle défait ses bagages et ensuite, elle s'endort confiante.

Elle est encore au lit lorsque...
- Delphine? Enfin, tu es revenue! Puis-je venir te voir tout de suite?

Elle est heureuse, il sera avec elle dans l'heure qui suit. Elle prépare le café et rassemble les petits cadeaux-souvenirs qu'elle lui a rapportés.

Lorsqu'elle le voit arriver, son coeur bat la chamade. En entrant, il la prend dans ses bras et la serre fort tout contre lui. Elle peut lire sur son visage, l'amour, ainsi que la souffrance.

- Delphine, je crois que je serais mort si tu n'étais pas revenue! Chaque jour je t'aime un peu plus, il faut qu'il se passe quelque chose! J'ai eu tellement peur que tu ne m'aimes plus! Je ne pensais jamais souffrir d'amour comme ça un jour... Quand j'ai su que tu étais à Paris, j'ai cru devenir fou! sanglote-t-il.

Comment pouvait-elle ne plus l'aimer après tout ce qu'ils avaient vécu de si beau? Sa tendresse apaise son âme. Elle ne comprend pas pourquoi il est retourné avec Germaine. C'est comme s'il essayait de gonfler un ballon déjà crevé... Elle lui parle de son double jeu; il confesse en tremblant :

- Quand j'étais avec Germaine, j'ai en effet joué un double jeu, je lui ai menti. Il faut que tu me croies, j'avais tellement peur!
- Pourquoi ne pas l'avoir avoué lorsque nous étions au Lac du Cerf?
- J'en étais incapable, j'avais peur de te perdre. Ce n'est pas facile de confesser une telle chose.

Elle le regarde, pleine de compassion, l'aimant davantage. Elle sait que la tolérance et le pardon sont essentiels à l'amour.

- Denis, je dois faire le ménage dans ma tête. Tout se bouscule. Sache que je t'aime toujours, mais ton instabilité me fait peur.
- Si tu fais ton ménage, ne te débarasse pas de moi tout de suite, je t'en prie! Au fait, as-tu toujours la lettre que tu m'as écrite?
Delphine est heureuse qu'il s'en souvienne.

Après l'avoir lue, il semble très ému. Son souffle est saccadé.

- Je m'excuse de t'avoir fait souffrir, ce n'était pas mon intention...
Ils préparent une petite bouffe, semblant ne s'être jamais quittés. Elle lui remet le journal de son voyage.
- Je le lirai seul; j'aurai l'impression d'avoir été du voyage.
- Si tu savais comme j'aurais aimé que tu sois là! Tu m'as tellement manqué!
- Un jour, je te promets que je te suivrai où que tu ailles...
- Allez-vous à l'extérieur durant tes vacances?
- Nous partons à la campagne quelques jours. Je ne veux

pas me retrouver seul avec Germaine à la maison. Je t'emmènerai avec moi en pensée comme tu l'as fait pour moi en France. Essaie de penser qu'à chaque jour qui passe, je suis un peu plus équilibré.

Au moment de partir, il ne trouve pas ses clés; elles demeurent introuvables. Il appelle Germaine pour lui dire qu'il rentrera plus tard. En cherchant dans la voiture, il retrouve les fameuses clés sous le siège.

- Maintenant que j'ai du temps, allons nous ballader! Je suis tellement heureux de passer la journée avec toi.

Delphine n'a jamais cru à son histoire de clés. A moins que le destin ait joué en leur faveur?

***

- A qui écris-tu maman? s'informe Philippe.

- A Marylène et Charles pour les remercier de m'avoir si bien reçue. Je leur donne aussi des nouvelles de Denis.

- Ils vont sûrement penser qu'il est dingue...

- Notre séparation n'est seulement qu'une question de temps. L'important, c'est que je sache qu'il m'aime. Le dieu de l'opinion ne m'atteint plus, je préfère me fier au dieu du coeur.

***

Pour la rentrée scolaire, la coutume veut que tous les enseignants se retrouvent au restaurant pour le déjeuner. Delphine a adopté une nouvelle coiffure.

- Tu as l'air en pleine forme Delphine! lui dit Margot.

- Il faut croire que le malheur me va bien... Quand je vivrai le bonheur, j'imagine déjà mon allure!

- J'étais inquiète pour toi. Sérieusement, comment vas-tu?

- Il m'arrive de me demander comment je fais pour ne pas craquer, mais je remets cela entre les mains du destin. Pour l'instant, je demeure le coeur ouvert.

Cette nuit-là, Delphine rêve qu'elle est dans un épais brouillard, comme si elle vivait un temps d'arrêt où tout devient confus, sans forme précise. Ensuite, elle se retrouve dans la neige, ressentant le froid qui habite l'âme, un état de tristesse comme si on lui annonçait une rupture sentimentale. Mais un lion docile s'avance vers elle comme un signe de protection influente. Finalement, elle se voit recevoir un appel de Denis qui lui dit avoir besoin de son appui, de son amour.

Elle trouve étrange tous ces songes, mais elle décide d'y accorder une attention toute particulière. Delphine pense que les rêves rejoignent une zone inconsciente d'elle-même. Souvent, elle y a trouvé des réponses à ses questions. Pourquoi ne continuerait-elle pas?

***

Celui qui occupe beaucoup de place dans son coeur, lui donne finalement signe de vie.

- Je suis revenu de la campagne hier soir. Tu étais constamment à mes côtés en pensée. Tu sais, là-bas, je n'étais pas vraiment avec eux. Germaine me reprochait sans cesse mon air absent. J'ai hâte de te revoir!

- Justement Denis, j'ai bien réfléchi. Il serait peut-être préférable que l'on évite de se voir. Je me sens inconfortable dans tout ce chaos. Je t'aime, mais je t'en prie, règle ta situation d'abord.

- Delphine, essaies-tu de me faire comprendre que tu veux me laisser tomber? Faut-il que j'arrête de faire les efforts pour me détacher de ma famille?

- Je sais que lorsque tu vivais avec moi, tu étais sincère, mais tu m'as abandonnée Denis. Tu es parti parce que tu l'as décidé.

- Tu as raison de penser que j'étais sincère, je l'étais. Présentement, il y a des changements qui s'opèrent en moi. J'essaie de comprendre ce qui m'arrive. Je vais leur dire à nouveau que c'est toi que j'aime, qu'il n'y a rien à faire. Je ferai en sorte que tu reprennes confiance en moi. Ne me laisse pas tomber, pas maintenant...!

Il y a tellement d'angoisse dans ce qu'elle entend! Comme dans son rêve, Denis est confus, mais elle sent qu'il a besoin de son amour. Elle sait qu'il l'aime et qu'elle fait partie de ses rêves, mais pourquoi est-il incapable de passer à l'action? La vision seule ne mène à rien. Regarder en haut d'un escalier est insuffisant, il faut monter les marches. Les mots qui sont gratuits et les bonnes intentions qui impressionnent, ce n'est pas assez. Il faut agir. Mais pour agir, ça demande du courage. Après cet entretien, elle décide de garder sa foi, sa vision. Elle ne retient que l'essentiel : ils sont liés par le coeur.

***

- Delphine, c'est encore moi! Je suis inquiet; je ne veux pas que tu m'abandonnes. Tu es si extraordinaire et je t'aime comme un fou.

- Je veux bien te croire Denis, mais tu es tellement inconstant...

- Écoute, en me levant le matin je pense à toi. Durant toute

70

la journée, tu occupes mon esprit. Je n'appartiens plus à Germaine, elle s'en rend bien compte.

- Alors pourquoi es-tu retourné avec elle?
- Je suis retourné pour les enfants. Il y a seulement une femme que je veux, et c'est toi. Je t'ai dit que j'avais changé. Je t'aime passionnément même si je ne suis pas encore à tes côtés. Nous retournerons à Cayo Coco. Je déterrerai ton coeur, je le remettrai à sa place et il cicatrisera. Je suis parti du mauvais pied, je veux tout recommencer. Quand nous serons de nouveau ensemble, tu n'auras plus à t'inquiéter. C'est à cela que je vais travailler.

- Comme tu le sais, je m'accroche à l'essentiel, je te fais confiance.
- Ça, je suis content de l'entendre!

Et les sanglots dans la gorge, il ajoute :
- Je pensais que j'avais perdu ta confiance...
- Mais non, je t'aime et je te fais confiance, tu le sais bien.

Elle tremble d'émotion. Doit-elle garder espoir? Cet appel lui redonne tout de même l'énergie nécessaire pour entretenir sa vision du futur. La journée se déroule dans la sérénité.

***

- A ta place, je me méfierais, il ne sait pas ce qu'il veut, lui dit Margot.
- Je comprends tes craintes, mais dans toute cette histoire, il n'y a que Denis et moi qui avons une vision juste de nos sentiments.

Delphine demeure prudente quant aux opinions des autres.

***

Elle prépare son local de classe pour la rentrée des élèves. Les murs sont tapissés de belles gravures qu'elle a rapportées de Normandie.

Cette année, son groupe compte vingt-sept élèves. Ils ont l'air plutôt calmes, mais Delphine ne se fie pas à la première journée car ils sont souvent un peu plus timides.

Comme les années précédentes, les élèves se présentent en parlant un peu d'eux-mêmes. Ensuite, elle explique son fonctionnement de classe, ses objectifs personnels et académiques. Les responsabilités sont réparties entre les élèves selon leurs intérêts respectifs. Elle a l'impression que l'année sera bonne, elle les aime déjà.

Voulant accorder un peu plus de temps à sa qualité de vie,

elle a obtenu cette année une tâche à quatre-vingt pour cent. Le jeudi est son jour de congé.

Son amie Denise lui propose d'aller dans les Laurentides. Delphine est ravie, d'autant plus que c'est une journée de congé idéale pour se balader et fureter dans les boutiques de St-Sauveur. Poursuivant leur route jusqu'à Ste-Adèle, elles dînent à la terrasse d'une auberge. Le site est enchanteur. Quel merveilleux sentiment de sérénité éprouve Delphine, entourée de ces montagnes majestueuses!

- Comment arrives-tu à supporter le stress de l'incertitude concernant les sentiments de Denis?

- Justement Denise, je ne vis pas dans l'incertitude. Je suis convaincue de son amour, mais il est à la recherche d'un nouvel équilibre. Il travaille à se libérer de la situation.

Elle a soudain l'image de la délivrance du papillon qui se libère de sa condition de chenille.

- Je sais que je ne dois pas faire de pressions ou provoquer quoi que ce soit. C'est comme une fleur : tirer dessus ne la fera pas pousser plus vite. Quelque chose que j'ignore semble se préparer. Je sens que je dois faire preuve de patience et faire confiance à la vie. Je me rends bien compte que mon histoire semble dépasser bien des gens, mais ça ne m'afflaiblit pas pour autant.

Elles reviennent toutes les deux, enchantées de leur journée. Elle aime bien Denise. Son sens de l'humour et sa compagnie lui rafraîchissent l'esprit.

Après une absence de plusieurs jours, Denis la retrouve, heureux d'être là. Les yeux pétillants, il lui dit :

- Demain je travaille chez ton amie Raymonde toute la journée; pourquoi ne me rejoindrais-tu pas à l'heure du lunch?

- Ça t'arrive souvent d'avoir de bonnes idées comme ça? J'apporterai le pique-nique. Tiens, voici mon nouvel horaire de classe.

Elle lui tend un bout de papier sur lequel elle a inscrit ses heures de cours.

- Je suis content! Je pourrai ainsi te faire des visites-surprises!

- Denis, ta présence m'a fait du bien aujourd'hui!

***

Ils choisissent d'aller pique-niquer dans un joli parc. Delphine a apporté un livre pour lire certains passages qui pourraient peut-être l'aider. Il semble complètement désintéressé.

Elle est déçue. Elle pensait l'aider, mais ce fut une erreur. Ils s'étendent côte à côte en regardant le ciel, appréciant ces moments de paix dans la nature.

De retour chez Raymonde, tout en reprenant ses pinceaux, il lui annonce joyeusement :
- Mardi, je pars pour trois jours à la pêche avec mon beau-frère. En principe, je dois passer la nuit de lundi à St-Antoine. Je me demandais si tu voulais que je vienne dormir avec toi... Si je te propose ça, c'est parce que je sais que nous serons bientôt ensemble à nouveau. J'aimerais simplement dormir à tes côtés lundi. Il y a si longtemps...
- Que diras-tu à ton beau-frère?
- La vérité : que je serai chez toi, et que j'arriverai mardi matin avec ma chaloupe.
Elle est tellement contente à la pensée qu'elle sera dans ses bras bientôt! Cette partie de pêche est un vrai cadeau du ciel!

***

Delphine soupe seule devant le petit écran, encore toute grisée par son après-midi à bicyclette. Le vent dans les cheveux, ivre de joie, en pensée, elle a semé du bonheur à tous les passants. Le téléphone la ramène sur terre.
- Delphine, ma famille est au courant de tout!
- Que se passe-t-il? Tu as l'air bouleversé...
- Germaine a reçu un appel anonyme d'une femme vers dix-huit heures. Celle-ci lui aurait dit que son mari lui jouait dans le dos. Elle aurait ajouté d'aller voir dans son porte-monnaie, qu'elle y trouverait une preuve.
- Et qu'a trouvé Germaine?
- Ton horaire de classe. Tu te rappelles le papier que tu m'as donné il y a quelques jours? Je l'avais rangé dans mon porte-monnaie. Qui peut bien avoir téléphoné? Germaine t'a soupçonnée, mais je lui ai dit que tu serais la dernière personne à faire une telle chose.
- Mais Denis, personne à part toi ne savait où tu avais mis ce papier, pas même moi!
- Qui cela peut-il être?
- Mais personne! Est-ce que Germaine a l'habitude de fouiller tes poches?
- Elle l'a toujours fait, mais je lui ai dit dernièrement d'arrêter de fouiller dans mes affaires.
- Bon, c'est très clair! Puisqu'elle ne peut pas t'avouer

qu'elle a fouillé dans ton porte-monnaie, elle a dû inventer que quelqu'un avait téléphoné. Cette femme lui disait d'aller voir dans tes poches. Ainsi, en essayant de surcroit de m'accuser, elle se blanchit. Seulement, personne à part toi n'était au courant de l'existence du papier dans le porte-monnaie! Tu ne vas pas avaler un truc pareil? Que lui as-tu dit?

- Je lui ai tout avoué! Je lui ai dit que nous nous aimons, que mon coeur est avec toi. Mais elle ne veut rien entendre, elle fait encore la sourde oreille. Elle dit que ce n'est pas vrai; elle croit que je t'aime parce que tu as beaucoup d'amis ou que tu voyages souvent. Elle ne comprend rien!

- Denis, tu me crois lorsque je te dis que je n'ai pas téléphoné chez toi?

- Oui, bien sûr! Mais elle avait l'air tellement sincère...

***

C'est la Fête du travail. Pour donner tout son sens à cette journée, Delphine fait le ménage, la lessive et le repassage. Au moins, ça lui occupera l'esprit jusqu'au soir.

Denis arrive avec sa chaloupe sur le toit de la voiture. Il est de bonne humeur, quoiqu'un peu nerveux.

- Germaine veut qu'on essaie encore de sauver notre union. Elle me dit que ça peut prendre jusqu'à un an ou deux. Comme si l'amour ça pouvait se commander en appuyant sur un bouton... Même si elle nie la réalité, elle verra bien que ça ne marche pas plus? Delphine, raconte-moi n'importe quoi, mais fais-moi rire, j'en ai besoin.

Après une bonne conversation où le rire est présent, l'atmosphère se détend.

- Je suis heureuse de t'entendre rire à nouveau, lui dit Delphine.

Ils s'attardent longtemps après l'amour. Un sentiment presque divin les unit. Silencieusement, sur l'oreiller moelleux, ils se caressent le visage, les cheveux, comme s'ils se retrouvaient après une longue séparation.

***

Les jours qui suivent s'écoulent lentement. Elle rêve à ce que sera sa vie, ses pensées sont claires. Le rêve donne du sens à la vie, il crée le futur. On ne fuit pas la réalité en rêvant, au contraire, Delphine pense que c'est un moyen pour la transformer.

Elle réalise que le véritable amour demande de la passion, un travail constant et beaucoup de courage.

En sourdine, Denis arrive chez elle, et la surprend, affairée à sa table de travail.

- Je m'ennuyais trop, prendrais-tu un pensionnaire pour une autre nuit?

- Denis? Quelle belle surprise!

Delphine porte la main à son coeur. Elle est saisie d'émotions. Elle se jette dans ses bras.

- Laisse-moi te regarder! lui dit-il. Tu m'as tellement manquée.

- Je me trompe ou tu sembles fatigué?

- Je suis enrhumé et j'ai mal au dos. On dirait que j'ai pris un coup de vieux.

Il doit être stressé intérieurement. Elle lui fait couler un bain chaud. Au lit, ils causent longtemps, tard dans la nuit, s'endormant dans les bras l'un de l'autre.

Elle se demande bien ce qui l'attend chez lui?

***

En rentrant, Patrick lui apprend qu'elle travaillera pour les élections. Elle avait donné son nom au comité organisateur du comté et elle a été choisie. Elle est contente. L'important, c'est qu'elle soit constamment occupée.

Assise confortablement sur son lit, elle fait un peu de lecture. Tout à coup, la porte de la chambre s'ouvre tout doucement.

- Delphine, je m'ennuyais terriblement! L'ambiance est intenable à la maison. Germaine sait que je suis ici. Elle te trouve chanceuse d'être aimée ainsi.

- Chanceuse? Mais la chance, on la crée soi-même!

- Il fallait vraiment que je te parle. Elle consulte un psychologue présentement. Il lui a dit que j'étais un manipulateur.

- Voyons Denis, les psychologues ne sont pas là pour juger le conjoint. Leur travail consiste à aider le patient, et non à dénigrer qui que ce soit. N'oublie pas qu'elle lui raconte bien ce qu'elle veut.

- Germaine m'a affirmé aussi que notre médecin de famille lui a dit que j'étais sans gêne de demeurer au poste de président du comité d'école. Selon lui, je devrais avoir honte suite à ce que j'ai fait.

- Mais tu ne vas pas croire toutes ces sornettes? Les médecins ne parlent pas comme cela, ils ne portent pas de tels jugements. Tu vois bien qu'elle invente! C'est elle qui pense de cette façon!
- Je crois qu'elle serait bien capable d'exiger ma démission lors d'une réunion.
- Tu crois vraiment qu'elle pourrait faire une telle chose? Si tu veux mon avis, le fait d'être sur ce comité prouve à quel point les enfants sont importants pour toi.

Ils discutent durant des heures. Delphine se rend compte que Denis ne véhicule pas les mêmes valeurs qu'elle. Pour elle, l'amour ne doit pas être fondé sur le pouvoir, le contrôle ou la honte. Elle constate qu'il a fait de son mariage un piège. Et Germaine, au nom d'un amour qui n'est que dépendance, semble affaiblir l'autonomie et la personnalité de celui qu'elle prétend aimer. De plus, elle utilise les enfants pour préserver son mariage. Delphine pense qu'un bon mariage ne peut exister qu'entre deux personnes indépendantes et véhiculant les mêmes valeurs.
- Je dois partir. Je voudrais bien dormir avec toi, mais je retrouverais probablement mes valises à la porte. Je veux que ça se passe en douceur, je veux que Germaine comprenne.
Rêve-t-il encore?

***

Ce sont les élections. A la table, ils sont quatre représentants. Delphine converse surtout avec Estelle, une dame sympathique, affichant une forte personnalité. Dans les moments d'accalmie, elles bavardent sur le sens de la vie, sur les épreuves et sur l'incertitude du futur. Delphine lui laisse sa carte d'affaires car Estelle prévoit partir pour la Tunisie au mois de janvier. Finalement, la journée a passé vite, et en plus, Delphine a gagné ses élections!

***

Margot et deux autres collègues d'école, viennent dîner chez elle, comme tous les mercredis. Elles commencent à peine à manger lorsqu'on sonne à la porte.
- J'ai décidé de venir passer l'heure du lunch avec vous.
- Denis, tu parles d'une belle surprise! dit Delphine.
Il les rejoint à table et l'humour est de la partie.
Comme Delphine a l'intuition qu'il veut lui parler seul à seul, elle s'excuse auprès de ses amies et l'invite à le suivre dans le salon.

- Delphine, je m'ennuie. Je réfléchis beaucoup et mon retour ne devrait pas tarder.
- Je l'espère de tout mon coeur Denis! J'ai tellement hâte de vivre notre amour au grand jour!
- Moi aussi, si je n'avais personne à abandonner, je voudrais que toute la planète sache que je t'aime!
- Mais tu n'abandonnes pas tes enfants! Tu es toujours leur père, tu les aimes et je sais que tu sauras très bien t'en occuper.
- Viens, on va retrouver tes copines.

Avant de quitter, Denis annonce :
- Mesdames, un de ces bons mercredis, je me transformerai en chef cuisinier et vous préparerai une de mes grandes spécialités.
- Je te promets de me faire belle! lui dit Margot.

***

Delphine fait un peu de lecture. Elle veut aller chercher des connaissances pour essayer de comprendre comment l'être humain chemine dans sa recherche sur le bonheur. Car, de toute évidence, tout le monde sur cette terre voudrait être heureux, mais combien y parviennent?

La tirant de son sommeil, une voix lui dit tout bas :
- Bonne nuit Delphine!
- Denis, c'est toi? Quelle heure est-il?
- Il est minuit. Je t'appelle seulement pour te dire que je t'aime. Fais de beaux rêves!

Elle se dit que Germaine devait être sous la douche. En pensée, elle sait qu'il est avec elle.

***

Elle est invitée à souper chez la mère de Denis. L'attitude de son fils demeure le sujet de conversation principal.
- C'est l'homme le plus merveilleux que j'ai connu, dit Delphine.

Charlène choisit de ne pas répondre.

Cindy et son mari arrivent peu de temps après. Ils font honneur au plat de crevettes, homard et asperges que Charlène leur a servi. Tout en prenant le thé sur le balcon, le mari de Cindy lui dit :
- Denis m'a avoué sincèrement qu'il t'aimait, qu'il tenait à toi comme à la prunelle de ses yeux. Il s'ennuyait. C'est pour cela

que nous sommes revenus plus tôt que prévu de notre voyage de pêche.

C'est épatant qu'il le dise, mais Delphine a hâte qu'il le prouve!

***

Les élèves sont tous affairés. Lorsqu'ils travaillent en ateliers, ils écoutent de la musique douce. Pour Delphine, le langage du coeur prend sa source dans la poésie et la musique. Elle sait que la musique fait appel à la sensibilité. Les enfants semblent bien apprécier l'ambiance.

***

Denis n'a pas encore ouvert son coeur à ses enfants. Il va la rendre cinglée...

- Germaine espère encore. Elle voudrait que nous partions quelques jours seuls. J'ai beau lui dire que je t'aime, elle fait semblant de n'avoir rien entendu.

- Denis, qu'est-ce que tu attends de moi?

- Tout ce que je te demande, c'est de continuer de m'aimer. J'ai besoin de ton amour, c'est cet amour qui me donne du courage.

- Mon amour, tu sais que tu l'as. Je n'ai jamais cessé de t'aimer.

Elle se rend compte qu'il a constamment besoin d'être rassuré par son amour, comme un enfant. Delphine sait que l'enfant doit d'abord être aimé avant de pouvoir aimer. Il y a un petit enfant en lui qui semble déjà avoir été blessé. Elle aimerait tant qu'il guérisse de ses blessures; il pourrait ensuite découvrir l'adulte merveilleux qu'elle voit en lui.

Comme elle s'apprête à se mettre au lit, elle l'entend à nouveau.

- Je suis à la soirée de balle-molle. Je m'ennuie. Les enfants sont maintenant au courant que je vais quitter à nouveau. Je suis enfin soulagé, mais Germaine a fait toute une colère; elle me suivait partout dans la maison, disant qu'elle allait profiter de moi jusqu'à la dernière minute. Elle est complètement déséquilibrée.

- Agit-elle ainsi devant les enfants?

- Francis et Marie sont malheureusement témoins de certaines scènes.

- Denis, essayez de tenir vos discussions en dehors des enfants. Vous êtes des adultes!

- Que dirais-tu si je déménageais demain?

- Tu sais bien que j'ai hâte qu'on soit ensemble! Mais cette fois-ci, es-tu bien certain que c'est la bonne décision?

- Oui, tu es la femme de ma vie! Le temps n'est plus aux réflexions, mais à l'action. C'est avec toi que je veux vivre!

Soudainement, Delphine est heureuse. Le bonheur est là, tout près, devant elle.

***

L'homme qu'elle aime revient chez elle en lui remettant le symbole de leur amour : la clé en forme de coeur. Il la prend dans ses bras et l'étreint tout doucement. Ils rangent ensuite ses vêtements. Denis parle peu. Elle perçoit une pointe d'angoisse dans ses yeux.

- Tu es encore inquiet pour tes enfants?

- C'est que... avant de partir, Germaine m'a dit: « Quand tu dormiras avec elle, pense à nous trois qui allons pleurer toute la nuit. »

- Mais Denis, c'est du chantage! Cette femme-là essaie de te rendre constamment coupable! Elle connaît tes points faibles et elle sait comment s'en servir. Elle joue avec tes émotions parce qu'elle te sait vulnérable, elle abuse de son pouvoir. Ce n'est pas de l'amour ça!

- Ça je le sais! Mais les enfants sont tiraillés entre nous deux dans cette histoire.

- N'oublie pas que la douleur ne dure qu'un moment, leur souffrance s'atténuera avec le temps.

Ils sont heureux d'être ensemble après presque deux mois de séparation. Juste avant de s'endormir, il murmure à son oreille :

- Delphine, c'est toi ma femme!

Une vague de chaleur l'envahit toute entière.

- Merci mon Dieu de connaître un tel bonheur!

***

Elle trouve agréable d'arriver le midi et que le repas soit servi. Ça fait surtout chaud au coeur de savoir qu'il est là. La maison était si vide sans lui.

- Que dirais-tu si Francis venait passer le week-end ici? Marie ne semble pas vouloir se joindre à nous pour l'instant.

- Pourtant, lorsqu'ils sont venus il y a trois mois, tout s'est bien déroulé. Trop bien peut-être... Depuis, ils agissent comme s'ils avaient subi un lavage de cerveau.

A la dernière minute, Francis décline l'invitation.

- Il a donné comme excuse qu'il ne te connaissait pas assez. Je suis surpris et déçu que mes enfants ne soient pas plus près de moi que cela. Ils ont une attitude égoïste. Mes sentiments ne semblent vraiment pas importants pour eux.

- Mais que leur dis-tu?

- Que tu es gentille, que tu es la femme la plus extraordinaire que j'ai connue.

- Je crois qu'il ne faut pas leur parler ainsi. Je ne veux pas qu'ils pensent que c'est une compétition entre leur mère et moi, ce n'est rien de tel! Tu dois leur parler de tes sentiments, de ce que tu ressens avec ton coeur. Les enfants ne sont pas égoïstes comme on le pense. S'ils le sont, c'est qu'ils ont été mal aimés, et dans ce cas, il n'y a que leurs émotions qui comptent.

- Pourquoi deviennent-ils ainsi?

- Parce qu'ils sont élevés dans des luttes de pouvoir, et quand on est élevés de cette façon, on ne peut penser qu'à soi. C'est une question de survie, tout simplement.

La soirée se termine par une longue conversation sur son enfance, sa jeunesse. Delphine commence à comprendre bien des choses...

***

- J'ai des courses à faire. Vous m'accompagnez? demande-t-elle à Philippe et Denis.

La journée se termine en écoutant de bons films à la télé. Soudain, Denis se met à trembler de tous ses membres.

- Tu te rends compte Delphine, aujourd'hui, je n'avais même pas d'argent sur moi pour vous payer une crème glacée. J'ai honte!

- Mais ce n'est pas important Denis, c'est un détail insignifiant. Une autre fois, tu auras bien l'occasion de nous offrir quelque chose.

- C'est toujours Germaine qui s'est occupée des cordons de la bourse. Je lui donnais tout mon salaire. Elle me donnait un peu d'argent et le soir, je sais qu'elle faisait mes poches pour compter ce qui restait...

Delphine est ébranlée par cette confidence! Se peut-il qu'à l'approche de l'an 2000, il y ait des hommes dépendants à ce point de leur femme? Son père donnait un salaire à sa mère pour la nourriture, mais c'est toujours lui qui avait l'argent en poche, c'est lui qui le gagnait.

Elle constate que l'homme qu'elle aime est né deux générations trop tard. Il véhicule de vieux principes tout à fait démodés pour l'époque. Ça s'éclaircit dans sa tête. Il a des dépendances envers Germaine qui l'empêchent de vivre sa vie pleinement et ainsi devenir autonome. Elle comprend son insécurité, elle saisit toute la portée de sa crise d'angoisse à propos de l'argent. Sa femme **gère** et **mène**. Elle se dit qu'elle porte bien son nom...

    - Tu sais, je ne fais pas de l'argent une valeur, lui dit-elle.

    En pleine nuit, elle se réveille constamment avec une douleur à l'abdomen. Elle se rend à l'évidence : elle doit faire une infection.

    - Denis, il faut que je me rende à l'hôpital, j'ai trop mal.

    - Veux-tu que je t'accompagne? lui demande-t-il tout endormi.

    - Tu as l'air plus malade que moi, reste au lit, tu as besoin de sommeil.

    Simplement le fait qu'il lui ait demandé, elle préfère y aller seule. Il lui semble que lorsqu'on aime quelqu'un, on ne lui pose même pas la question. Par contre, elle l'excuse; il était tellement angoissé hier soir, qu'elle se dit qu'une bonne nuit de sommeil lui sera salutaire.

    A l'urgence de l'hôpital, on lui prescrit des médicaments. Elle revient finalement chez elle, heureuse de retrouver son lit.

***

    Ils sont invités chez son frère Yves pour le brunch du dimanche.

    - Je serai un peu mal à l'aise de me retrouver au milieu de ta famille. J'ai peur de me faire juger.

    - Sois sans crainte Denis. Dans ma famille, chacun se mêle de ses affaires et tout le monde se respecte; ce qui crée je dirais, une certaine harmonie. Je ne me se souviens pas m'être disputée une seule fois avec mes deux frères, encore moins avec ma mère.

    La journée est agréable et personne ne passe de remarques désobligeantes.

***

    Ce matin-là, en la quittant pour aller au travail, Denis lui dit:

    - Delphine, j'ai tellement mal au dos, la douleur est intolérable. Je me rends tout de suite à la clinique, je crois que c'est Raymonde qui est de service. N'oublie pas qu'après le travail, je dois aller voir mes enfants.

    Lorsqu'il rentre, elle constate en effet que ce n'est pas la forme.

- J'ai encore mal, mais il n'y a rien d'anormal. Raymonde pense qu'il peut s'agir de nerfs coincés.
Que s'est -il passé avec ses enfants? Il semble soucieux...

Ils dialoguent jusqu'au milieu de la nuit. Denis a vraiment besoin de parler. Elle essaie de l'encourager du mieux qu'elle peut par son amour et sa compréhension. Un jour, elle sait qu'ils seront tout à fait heureux!
- Dis à tes copines que demain, je préparerai à dîner.
- Avec plaisir, elles seront ravies!

Comme il tient absolument à leur cuisiner des roulades de boeuf, il lui faut téléphoner à Germaine afin qu'elle lui dicte la recette. L'idée ne plaît pas à Delphine, il aurait pu préparer autre chose...
Après dix minutes infructueuses, où Denis s'évertue à supplier son fils de lui trouver cette fameuse recette, Germaine arrive au téléphone. De la cuisine, Delphine entend un homme qui semble enfin sûr de lui. Elle n'entend pas ce que Germaine lui dit, mais elle voit l'expression changer sur sa figure. De lion qu'il était au début de la conversation, il s'est transformé en mouton.

Finalement, recette en main, ils mangeront des roulades de boeuf demain! Après avoir raccroché, comme s'il se parlait à lui-même, elle l'entend crier de rage :
- Je la déteste cette femme-là! Elle veut me détruire, elle veut nous détruire!
C'est la première fois que Delphine le voit en colère de cette façon. Elle réussit du mieux qu'elle peut à baisser la tension qui règne dans la maison.
- Tu as intérêt à réussir tes roulades de boeuf, car elles vont sûrement passer à l'histoire!

***

En effet, elles sont délicieuses! Tout au long du repas, ses amies essaient de convaincre le cuisinier que la douleur de ses enfants ne sera pas éternelle.
- Etant dans l'enseignement depuis plusieurs années, nous avons côtoyé plusieurs enfants dont les parents étaient divorcés. On a remarqué que si les parents ne transmettent pas leurs inquiétudes aux enfants, ceux-ci vivent dans la confiance. Par contre, s'ils prennent leurs petits en otage, la situation se complique. Les enfants se sentent responsables de leurs parents et ont tendance à se sentir coupables.

En route pour l'école, Margot lui dit :
- Denis semble avoir du   coeur. J'ai perçu chez lui une grande sensibilité.
- C'est une des raisons qui fait que je l'aime tant.

Le lendemain, ils ont congé tous les deux.
- Delphine, je t'emmène à Montréal. J'ai l'intention de t'acheter un lecteur de disques pour ton cadeau d'anniversaire, qu'en penses-tu?
- Ah, Denis... je suis choyée! Il y a si longtemps que j'en voulais un. Tu m'aideras à choisir car je ne m'y connais vraiment pas dans ce domaine!
A leur retour, Philippe leur dit que Francis a téléphoné. Denis rappelle donc, et au fil de la conversation, Delphine remarque qu'il se rembrunit.
- Il paraît que Philippe a été impoli envers Francis. Il lui aurait dit sèchement que nous n'étions pas là et de ne pas rappeler.
- Philippe aurait dit de telles choses? Jamais je ne croirai cela!
- Je n'ai jamais dit ça! Je lui ai répondu que tu n'étais pas là pour l'instant, mais que je te ferais le message de le rappeler dès ton arrivée, réplique Philippe.
Cette version ressemble plus à ce qu'est son fils. A dix-huit ans, Philippe a des défauts bien sûr, mais sa mère sait qu'il n'est pas menteur. Denis semble sceptique.
- Je n'en reviens pas Denis de ce que tu penses! lui dit Delphine.

Dans la soirée, Francis appelle à nouveau et Denis lui dit juste avant de raccrocher :
- Ça n'arrivera plus, je te le promets.
- Qu'est-ce qui n'arrivera plus? demande Delphine.
- Que Philippe ne soit pas gentil au téléphone avec lui.
- Mais Denis, tu sais très bien que ce n'est pas vrai! Philippe n'aurait jamais inventé pareille histoire!
- Francis est tellement perturbé, je ne voulais pas le contrarier davantage.
- Dis plutôt qu'il te sait perturbé! Tu viens de te faire manipuler comme ce n'est pas possible! Denis, ton fils semble être menteur et manipulateur. Remarque qu'il a été à la bonne école!
Philippe qui a tout entendu est blessé de se faire ainsi accuser injustement. Il est déçu de l'homme qu'il admire.

- Oublie ça pour l'instant Philippe. Tu sais très bien que je te crois!

Elle est sidérée! Jamais elle n'aurait laissé accuser qui que ce soit injustement au profit d'un de ses enfants. Ils connaissent son sens de la justice et ils savent qu'ils ont intérêt à marcher droit.

Elle se rend compte soudainement que l'honnêteté occupe une place importante dans sa vie. Toute petite, il lui est déjà arrivé de mentir à sa mère, mais celle-ci s'en rendait compte immédiatement et lui disait qu'elle était très mauvaise comédienne. Elle était incapable de jouer un rôle. Les rares fois où elle réussissait, elle était tellement mal dans sa peau qu'elle allait se confesser la semaine suivante. Comme les confessions privées n'existent plus depuis belle lurette, il y a longtemps que Delphine a décidé de ne plus mentir. Avec les années, elle a pu constater que la vérité est la seule vraie liberté. Qu'est-ce que c'est que cette famille où tout le monde ment et manipule?

**

Bon anniversaire Delphine! Son père disait toujours que le coeur ne vieillit pas. Comme il avait raison!
- J'ai une réunion ce soir, je t'emmène au restaurant demain, lui dit Denis.
- C'est une bonne idée. Il y a longtemps que nous n'avons eu un tête-à-tête, en amoureux! Ça nous fera du bien.

A l'école, les élèves la fêtent. Ils arrivent toujours à connaître chaque année, la date de son anniversaire. Elle reçoit de belles fleurs, ainsi qu'un délicieux gâteau. Comme elle les trouve mignons d'avoir organisé tout cela! Elle aime bien ces moments intimes avec ses élèves. Ils sont tellement heureux de faire autre chose avec elle que du français et des mathématiques. Elle apprend aussi à mieux les connaître.

**

C'est ce soir officiellement qu'elle est fêtée. En arrivant au restaurant, elle entend : "Surprise!" Toute la famille de Denis est là. Et elle qui croyait souper en tête-à-tête! On lui offre un magnifique bouquet de fleurs ainsi qu'une fine porcelaine représentant un couple d'amoureux. Elle est touchée.
La soirée se termine chez eux. Denis est plutôt distant; il s'occupe à peine d'elle.
- Que se passe-t-il Denis?

- J'ai encore mal au dos...

Selon Delphine, il y a plus qu'un mal de dos... Elle ne reconnaît plus l'homme qu'elle aime. Que lui cache-t-il encore?

Il téléphone à ses enfants.
- Delphine, ils ne veulent pas me parler. Ça recommence...

***

Comme elle doit assister à la réunion des copropriétaires du condominium, Denis reste seul à la maison. Durant l'assemblée, elle éprouve un malaise. Elle a des sueurs froides, elle pense à Denis. Y a-t-il un lien entre lui et ce qu'elle ressent? Au bout de dix minutes, cette angoisse disparaît. À son retour, il est de bonne humeur. Elle ne s'explique pas ce qui vient de se passer. Ils s'endorment cette nuit-là en écoutant de la musique.

Il a encore mal au dos. Cette fois-ci la douleur se propage dans l'épaule et le bras. Lorsque Delphine arrive à l'école, elle ressent encore la même douleur et la même angoisse que la veille. Maintenant, elle sait que c'est relié à Denis : elle est ouverte à ses énergies. Il se passe quelque chose.
- Denis, je suis angoissée. Dis-moi ce qui se passe?
- Mais rien... tu t'en fais inutilement.
- Non, je ne m'en fais pas pour rien! Dans une heure, je serai à la maison, j'ai une période libre.

Elle ne sait pas comment elle a fait pour tenir debout toute l'heure qui a suivi. Rendue chez elle, elle remarque que la voiture de Denis est encore là. Lorsqu'elle ouvre la porte, il la prend dans ses bras et la sécurise du mieux qu'il peut. Son angoisse disparaît graduellement.
- Denis, que se passe-t-il? Cette fois j'insiste, j'ai besoin d'une réponse. Le double jeu, c'est terminé ou non?
- Mais oui Delphine... lui répond-il évasivement.

La voyant plutôt rassurée, il l'embrasse et la quitte pour aller travailler.

Ce soir, ils ont tous les deux une réunion. Pour Delphine, c'est la rencontre générale avec les parents de ses élèves. Lui, préside sur le comité d'école. Il semble très nerveux. Il se sert un double cognac.
- Ça me calme, lui dit-il.
- Moi, ça m'énerverait plutôt...

Comme il part le premier, elle décide de téléphoner à sa soeur Caroline. Celle-ci semble mal à l'aise.

- Tu es certaine de n'avoir rien d'autre à me dire au sujet de Denis?

- Non, pourquoi?

- Parce que Germaine m'a téléphoné tout à l'heure. Hier matin, il était avec elle et ce midi aussi. Il pense retourner avec eux. Delphine, je suis désolée pour toi, mon frère est un excellent comédien.

Delphine regarde l'heure, elle doit partir. Elle sera en retard à sa réunion. Elle est en état de choc, tout tourne dans la pièce, elle a peur de s'évanouir. Pourquoi l'a-t-il encore trahie? Jamais je ne pourrai animer la soirée! se dit-elle.

« Mon Dieu aidez-moi! Je dois trouver la force d'oublier ce que j'ai entendu pour quelques heures. »

Arrivant à l'école, elle résume à Monique, celle qui partage sa tâche, ce qui vient de se passer. Ses genoux tremblent. Aussi étrange que cela puisse paraître, faisant un effort mental surhumain, elle réussit à accomplir sa tâche à merveille devant les parents de ses élèves. Elle vient de découvrir la signification de la maîtrise de soi et de la force! Elle a pu libérer de son cerveau et de son coeur, toute la peine ressentie quelques minutes auparavant. Et cela, sans double cognac!

- Je te félicite d'avoir tenu le coup! Je te souhaite bonne chance pour la suite. Je t'enverrai de belles pensées, lui dit Monique.

Elle ne remarque pas la route du retour. Peu à peu, elle sent revenir la souffrance. Lorsqu'il arrive, il remarque qu'elle n'a pas son air habituel.

- Denis, lorsque tu affirmais ne plus vouloir vivre avec Germaine disais-tu la vérité?

- Mais oui!

- Alors pourquoi étais-tu avec elle hier matin et aujourd'hui? Et pourquoi songes-tu à retourner si tu ne veux pas vivre avec elle?

- Elle t'a téléphoné?

- Non, c'est Caroline qui m'a appris la vérité. Elle en a assez elle aussi de toutes tes manigances. Il était joli ton petit scénario hier pour me convaincre de ta fidélité. Comment as-tu pu faire ça? Dis moi ce qui se passe, je t'en prie!

- Je ne retourne pas avec eux. Germaine me conseille de

prendre un appartement pour que je puisse réfléchir davantage. Qu'en penses-tu?

- Ce que j'en pense? Ce sera la situation idéale pour que tu continues ton double jeu!

- Je te promets que c'est toi qui aura la clé. Tu pourras venir quand tu voudras!

- Mais moi, la clé, je ne la veux pas! Tant que tu seras indécis, oublie-moi.

Ils discutent jusqu'à quatre heures du matin. Elle est vidée d'énergie. Elle ne comprend plus rien encore une fois.

***

Incapable de se lever, elle dort toute la matinée. Il était entendu que ce soir, Denis irait chercher Francis pour une sortie au cinéma. Dès qu'il passe la porte, d'un geste décidé, elle prend le téléphone.

- Germaine, c'est Delphine.

- Tiens... Delphine! Il y a longtemps que je souhaitais te parler.

- Je veux simplement savoir si Denis était chez toi lundi.

- Il était là lundi matin, après le départ des enfants pour l'école. Je suis désolée pour toi, mais ça s'est terminé au lit. Je ne voulais pas, mais tu le connais avec ses belles paroles... Tu te rappelles le lundi où il devait supposément garder les enfants, alors que je devais être à Montréal? Et bien j'étais à ses côtés lorsqu'il te téléphona! Ce fut la même histoire le mercredi et le vendredi. Et le soir de la croisière? Il a fallu que je me fâche au retour pour qu'il me laisse tranquille...

C'était plus qu'elle ne pouvait entendre... Elle était humiliée. Il s'est promené de l'une à l'autre à son insu! Et Germaine était sa complice! Pourquoi a-t-il tout brisé? Elle lui avait fait confiance, il a abusé de son amour.

Encore perdue dans ses réflexions, trois heures plus tard, Germaine la rappelle en lui disant fièrement :

- Il vient tout juste de me quitter. Il m'a fait promettre de ne pas te le dire, mais avant de partir, il m'a serrée très fort et m'a embrassée langoureusement.

Blessée, tremblante, Delphine attend son retour...

Quand elle lui rapporte la conversation qu'elle a eue avec sa tendre épouse, il lance :

- Tu ne vas pas croire ça? J'étais tellement content de ma

soirée avec Francis! Pour la remercier, je l'ai embrassée sur la joue. Elle ment!

Réalisant qu'elle a probablement affaire à deux menteurs, elle coupe court à cette conversation et lui promet qu'elle l'aidera à se trouver un appartement dès le lendemain.

La journée se passe à chercher un logis. Rien ne convenait. Si ça n'avait été que de Denis, il aurait loué une pièce minable où il n'y avait même pas de place pour ses enfants.

- Je ne peux pas croire que tu étais prêt à prendre n'importe quoi? Je souhaite quand même que tu sois installé dans un environnement décent.

Revenus à la maison, il se plaint toujours du mal de dos. Ça semble s'aggraver. Pendant qu'elle est à la cuisine à préparer le souper, à son insu, il avale une bouteille de brandy. Lorsqu'elle réalise ce qu'il a fait, il est complètement ivre. Elle réussit à l'emmener jusqu'à la chambre.

- Essaie de dormir, au moins tu ne sentiras plus ton mal. Pour l'amour du ciel Denis, pourquoi as-tu bu autant?

- La douleur est insupportable! J'ai bu en espérant engourdir mon mal de dos.

- Je pense plutôt que tu as bu pour noyer ton angoisse. Mais l'angoisse, malheureusement, elle sait nager...

Il finit par s'endormir. Pas longtemps... Une heure plus tard, elle l'entend gémir. Il est opressé, elle a peur pour son coeur. Elle court chercher des serviettes humides, elle lui éponge le front. La souffrance se lit sur son visage. Une vague d'amour s'empare d'elle. Elle lui masse le dos, elle ne sait plus quoi faire... Subitement, il lui prend le bras, et les yeux sortis de la tête, il délire :

- Delphine, écoute bien ce qu'un homme ivre te dit : je ne suis pas un homme bon, je ne suis pas un homme droit! Je vais te rendre malheureuse.

Affolée, elle lance un cri du coeur :

- Denis, moi je sais que tu es un homme bon, je sais que tu peux devenir droit! Tu as un coeur immense et ton âme est si belle. Toi tu ne le sais pas, mais je peux t'aider à le découvrir!

Surpris de sa réaction, il la prend dans ses bras et ils pleurent ensemble. Peu de temps après, il lui secoue le bras et crie :

- Delphine, Delphine, je t'aime! C'est toi ma femme! Ce n'est pas Germaine. Elle, je ne l'aime pas! Ne me laisse pas tomber, ne me laisse pas seul! Si tu me laisses seul, je vais m'enfoncer, je vais couler! Je ne veux pas retourner avec elle, elle va me détruire! Ne m'abandonne pas!

Delphine n'a jamais vu autant de souffrance chez un être humain. Les affres du désespoir semblent l'habiter. Elle lui prend les mains doucement et les porte à son coeur. Sait-il combien elle l'aime? Elle a compris qu'un seul geste pour s'éloigner de lui, c'est s'éloigner d'elle-même. L'abandonner, ce serait renier son propre coeur.

- Je ne t'abandonnerai pas Denis, je ne t'abandonnerai pas.

Elle est à bout de souffle... Elle le soigne durant neuf heures; elle veille sur lui jusqu'à ce qu'il s'endorme, surveillant ses moindres gestes. Elle se sent pleine d'amour et de compassion. Elle est capable de voir en lui toute sa profondeur ainsi que sa valeur réelle. A son tour, elle sombre dans le sommeil, la tête sur son épaule.

***

Ils continuent les recherches en vue d'un appartement.

- Si tu vis seul un certain temps, tu pourras peut-être voir clair en toi-même et ainsi prendre la bonne décision.

Il essaie de s'en convaincre lui aussi, mais Delphine le sent encore bien fragile.

Finalement, ils dénichent un appartement assez grand pour qu'il puisse recevoir ses enfants. Elle lui donne tout ce dont il a besoin concernant la vaisselle, la literie et les produits ménagers. Philippe lui prête son téléviseur ainsi que sa radio-cassette. Le nouveau locataire est incapable de soulever une boîte, il n'a aucune force dans le bras.

Delphine procède à l'installation du nouveau célibataire. Discrètement, elle a déposé " la clé du coeur " dans un tiroir. Elle a apporté quelques objets décoratifs pour suspendre aux murs.

Le déménagement terminé, ils reviennent chez elle. Elle croit comprendre qu'il ne veut pas passer la soirée seul. Pendant qu'ils discutent de leur relation amoureuse, ils sont interrompus.

- Delphine, c'est Charles...

Il appelle de Normandie, sa voix est étrange.

- Charles? Quelle surprise!

- J'ai une mauvaise nouvelle à t'apprendre. Un ami que tu aimes beaucoup est décédé.

Le coeur de Delphine s'arrête de battre un instant.

- Nicolas s'est suicidé.

- Oh mon Dieu! Mais pourquoi?
- Je crois qu'il avait des ennuis d'argent. Il n'a pas pu supporter.

Elle se met à pleurer à chaudes larmes.

- Tu sais Denis, j'aimais bien Nicolas. Il y a quelques années, il était venu s'établir au Québec avec sa famille. Après trois mois, ils sont retournés en France, sa femme n'arrivait pas à s'intégrer.

Nicolas nourrissait de grands rêves pour lui et sa famille. Ayant échoué, il n'a pu affronter les efforts que cela demandait pour tout recommencer. Dieu lui pardonne. Encore sous le choc de la triste nouvelle, Delphine se met à pleurer à nouveau. Denis ne sait trop que dire, il se contente de la prendre dans ses bras. Elle sait qu'il est déménagé aujourd'hui, mais elle espère qu'il passera la nuit chez elle. Elle n'a pas envie d'être seule, pas ce soir.

- Je rentre chez moi.
- ...
- Est-ce que ça va aller?

Il est sourd à ses besoins, il ne voit pas son chagrin.

- Ça ira, je pense être assez grande pour supporter ma peine toute seule. Tu peux partir.

Il n'insiste pas. Après son départ, elle réalise que ce sera la première nuit dans son appartement. Il lui a déjà avoué être incapable de dormir seul. Elle a des doutes, elle veut savoir... Pourquoi avait-il l'air pressé de partir?

Arrivant à son domicile, Delphine remarque que sa voiture n'est pas là. Elle attend quelques minutes. Peut-être lui manquait-il quelque chose? Il est vingt-deux heures. Où peut-il bien être?

Revenue chez elle, le téléphone sonne. C'est lui, il est de bonne humeur.

- Qu'as-tu fait de ta soirée de célibataire?
- Oh, rien! Je me suis étendu devant la télé. Je crois que je me suis endormi. Je viens de me réveiller et j'ai eu l'idée de t'appeler.
- C'est curieux, je viens de passer à ton appartement mais tu n'y étais pas...
- En partant de chez toi, je me suis arrêté chez un ami.
- Quel ami? Tu n'as pas d'ami. Tu es rentré à quelle heure?
- Je suis revenu à vingt et une heures.

- Mais je t'ai attendu jusqu'à vingt-deux heures et tu n'étais pas là!

- Je ne sais plus. Quelle importance l'heure? Je suis là maintenant, ça ne suffit pas? Tu peux venir si tu veux.

- Non. Il est trop tard maintenant. Je te souhaite une bonne nuit.

Quel mensonge! Où était-il?

***

CHAPITRE 7

La rupture

Saboter son bonheur par loyauté envers ses figures sources est une attitude illogique due à la culpabilité toxique de l'enfant intérieur blessé.

John Bradshaw

Delphine se sent libérée d'avoir enfin posé un geste concret. Sylvie est du même avis qu'elle :
- Peut-être est-il préférable que tu le laisses tomber pour l'instant? Laisse-le retrouver son équilibre.
- Je ne l'ai jamais vu ainsi. Sylvie, j'ai peur, on dirait qu'il ne sait plus qui il est.
Après avoir raccroché, résolue, elle compose le numéro de Germaine.
- Je tiens à te dire que Denis et moi, c'est terminé. Je n'aime pas la compétition. Il a l'air complètement déséquilibré; je sais qu'il souffre, mais je refuse de vivre dans ce chaos. Germaine, était-il chez toi hier?
- Eh oui! Ce soir aussi d'ailleurs, il vient tout juste de me quitter. Si tu le vois, regarde donc sa main, il porte à nouveau son alliance, mais il devra vivre seul un certain temps. Je déciderai quand je le reprendrai, si je le reprends... Tu sais ma chère Delphine, Denis a toujours été infidèle et il le sera toujours. J'ai l'intention de le faire soigner. Par contre, s'il guérissait d'ici deux ou trois ans, le reprendrais-tu?
Delphine a l'impression d'assister à un tirage au sort d'une vieille bottine dont plus personne ne veut. C'est un être humain...
- Non Germaine, c'est terminé.
Enfin, elle connaît la vérité. Elle ramasse ses derniers effets et elle se dirige calmement à son appartement.

En entrant, elle le trouve confortablement assis devant la télé.
- Qu'est-ce que c'est que tout ça?
- Ce sont tes affaires Denis, je te les rapporte. Nous deux, c'est terminé.
- Qu'est-ce que tu dis?
- Je viens à l'instant de parler à Germaine. Tu joues encore un double jeu.
- Ce n'est pas vrai! Tu n'as pas parlé à Germaine.

- Elle m'a même dit que tu avais remis ton alliance.

Sur ces mots, il devient livide. L'expression de sa figure change radicalement. Il se terre dans le fauteuil, devient rouge, tremble. Elle ne l'a jamais vu si laid. Il commence à respirer très fort. Delphine a peur, mais elle lui dit d'une voix ferme :

- Ça suffit! Assez de comédie, reprends tes esprits. Pourquoi prends-tu cet air affolé?

- Mais comment penses-tu que je me sens?

- Je dirais, plutôt mal... Comme quelqu'un qui ment sans arrêt. Je ne partirai pas, tant que tu ne te seras pas calmé, mais avant, je veux connaître la vérité. Les lundi et mardi où j'ai éprouvé des malaises, étais-tu avec elle?

Il acquiesça.

- Et hier, tu étais là aussi?

Il avoua tout. Il n'avait plus le choix. Des larmes coulaient sur ses joues. Il avait l'air d'un enfant traqué. Mieux vaut la faiblesse d'un enfant que la dureté inhumaine d'un adulte, pense Delphine. La faiblesse de sa volonté est probablement reliée aux peurs qui l'habitent.

Elle le prend dans ses bras et attend qu'il se calme. En se dégageant, il lui dit :

- Ne t'inquiète pas Delphine, ça ira...

Elle pleure tout le long du retour en comprenant pourquoi certaines personnes décident d'aller s'écraser contre un arbre.

***

La journée est pénible. Elle téléphone à Philippe pour lui dire qu'elle rentrera un peu plus tard.

- Maman, Denis est ici; il est venu sceller les fenêtres pour l'hiver. Il te fait dire qu'il t'embrasse.

Elle n'est pas certaine d'avoir bien entendu. Il est encore chez elle?

Une fois rentrée, Delphine remarque que Philippe a l'air un peu troublé.

- Il m'a encore répété que c'est toi qu'il aime. Malgré les apparences maman, il avait l'air vraiment sincère...

***

Le temps passe. Elle lit beaucoup, elle prend des notes. Elle veut trouver la vérité; le premier lieu qu'elle choisit d'explorer, c'est elle-même. Après de grandes souffrances, elle cherche à comprendre, à analyser ce qui se passe. Ça lui demande du courage, de la volonté et de la foi. Un côté de son cerveau lui signale que son intuition est bonne, mais l'autre côté a besoin de comprendre, de trouver une logique dans cette histoire. Denis semble obsédé par quelque chose qu'il n'arrive pas à identifier. Delphine pense que l'amour, s'il est exprimé avec une attention patiente et soutenue, peut arracher l'âme de ses obsessions. L'amour accélère tout, songe-t-elle.

Pendant qu'elle est à classer son courrier, on sonne à la porte. C'est Denis. Il est pâle, il a l'air malade.

- Delphine, ne me mets pas à la porte, je suis tellement malheureux. Je vois la vie en noir et blanc. Tout ce que je mange a un goût de plâtre...

- Je vois que tu t'amuses à enlever et à remettre ton alliance.

- C'est parce que j'ai les doigts enflés.

- Tu t'es bien amusé n'est-ce pas à nous utiliser Germaine et moi?

- Je ne t'ai jamais utilisée... J'ai eu une faiblesse envers elle... Je dois avoir une double personnalité. Je ne suis pas bien dans ma peau.

- Tu ne m'aimais pas assez, c'est clair!

- Oui je t'aimais, et je t'aime encore! C'est comme si ma volonté et ma pensée s'endormaient par moment. Je ne sais pas d'où ça vient. Parfois j'ai l'impression de perdre la mémoire...

- Ne serais-tu pas plutôt victime de tes préjugés et de tes habitudes?

- Peut-être. Je réalise que je ne m'aime pas!

- On ne peut aimer qui que ce soit, si on ne s'aime pas soi-même, c'est écrit dans tous les livres.

- Je commence à m'analyser, j'essaie de me comprendre. Je dois partir. Puis-je t'embrasser sur la joue?

Voyant la tristesse dans ses yeux, Delphine lui présente les deux joues.

Se retrouvant seule, elle se dit qu'il est, soit un excellent comédien ou encore, qu'il lui manque quelques cellules au cerveau.

***

Après une bonne nuit de sommeil, elle réalise qu'elle n'est même pas triste. Elle sait qu'elle l'aime toujours, et elle demeure convaincue de son amour... Elle entreprend de faire le ménage, la lessive. Elle cuisine une délicieuse sauce tomate et elle fait même de la correction d'examens. Curieusement, elle se sent pleine d'énergie. Elle sent le besoin de parler à sa mère.

- Maman, Denis ne sait plus où il en est... Parfois, j'ai peur de devenir folle, mais je sais que son amour est sincère. Que penses-tu de tout cela?

- Tu sais Delphine, si vous êtes destinés l'un à l'autre, vous vous retrouverez bien un jour. Laisse faire le temps. Fais confiance à la vie.

Décidément, sa mère a vraiment changé depuis qu'elle est amoureuse! Elle semble s'être défaite de ses vieux principes et préjugés. Delphine l'adore! Elles ont même rigolé en imaginant Denis, transportant ses valises trois fois aller-retour en peu de temps. Lui qui n'était pas déménagé depuis dix ans! Un jour, il a raconté que Germaine lui avait suggéré de laisser ses valises dans sa voiture, que ça serait plus simple. Delphine se souvient, elle avait éclaté de rire. Lui, il ne l'avait pas trouvée drôle du tout...

***

Ne commence-t-il pas les rénovations chez Sylvie aujourd'hui? Delphine est sans nouvelles. Elle reçoit un appel pour lui, d'un membre du comité d'école. Ils ne doivent plus savoir où le rejoindre...

Elle compose son numéro.

- Informe les gens de ton déménagement. Je ne sais plus quoi leur dire.

Il semble heureux de l'entendre.

- Je me sens tellement coupable envers les enfants. Même un psychologue n'arriverait pas à me faire changer d'avis là-dessus.

- Mais le rôle d'un psychologue est simplement d'aider et d'éclairer ceux qui sont dans l'obscurité!

Elle sent qu'elle doit faire preuve de patience, de tendresse et de compréhension. Elle demeure ouverte au dialogue.

- Et si tu essayais de découvrir l'origine de ton sentiment de culpabilité?

- Je refuse d'être un père à temps partiel, je veux être présent tous les jours.

- Mais quand tu travaillais chez moi, tu les voyais à peine! Joues-tu seulement le rôle de pourvoyeur au sein de ta famille?

- Je prends mes responsabilités.

- La belle affaire! Si tu te dis responsable mais qu'ils réalisent que tu n'es pas heureux, Francis et Marie risquent d'associer responsabilités avec malheur! Ils ne voudront jamais prendre de responsabilités!

- Au moins, ils n'auront rien à me reprocher plus tard.

- Tu crois ça? Quand les enfants prennent sur leurs épaules la souffrance de leurs parents, ils se sentent responsables. Ils feront comme toi. Ils risquent de devenir des protecteurs et être au service des autres toute leur vie.

- Je ne veux pas les abandonner.
- Mais tu ne les abandonnes pas Denis! C'est une croyance dangereuse de sacrifier ton bonheur et renoncer à tes propres sentiments par fidélité envers les croyances de la famille.
- Germaine n'arrête pas de me dire: « As-tu pensé à Noël? » ou «On ne verra pas grandir nos petits-enfants! »
- Je crois comprendre d'où vient ton complexe de culpabilité! Tu sembles avoir fait un transfert direct de l'autorité parentale sur Germaine. Elle te prend tes énergies par son pouvoir. Elle semble te dominer psychologiquement. Et son arme la plus puissante, ce sont les enfants! Avant de penser aux enfants et aux petits-enfants, il me semble que tu dois penser à toi d'abord. Tu ne crois pas que ta vie est aussi importante que celle des autres?
- Tu veux dire que j'ai épousé Germaine en la voyant comme une mère?
- C'est possible. Regarde! Elle semble contrôler tous tes faits et gestes. En plus, elle te rend coupable d'être heureux. Avec elle, on dirait que tu n'as plus de personnalité propre. Tu deviens "elle", comme la dépendance d'un enfant envers sa mère.

Denis semble réfléchir à tout cela. Elle n'en revient pas elle-même de ce qu'elle vient de lui dire.

Quand elle raconte à Margot la conversation qu'elle a eue avec Denis, celle-ci ajoute :
- J'ai l'impression qu'il est dépendant de Germaine sans s'en rendre compte. Je te souhaite qu'il règle ça avant qu'il ne te revienne.

***

Mon Bel Amour,

Tu as presque réussi à me convaincre lundi soir. Mais je n'arrive pas à te détester. Comment détester un enfant blessé?

J'aimerais parfois avoir la force de tout abandonner, mais je ne peux pas, à cause de la colombe qui est en toi. Je pense que ta faiblesse ce n'est pas la peur, mais plutôt l'orgueil! Tu penses que Germaine veut te détruire? Regarde ce que tu fais. Qui est heureux autour de toi?

J'ai souffert dans cette vie, et Dieu sait que je souffre encore présentement, mais je sais aussi que je suis protégée parce que j'ai la foi! Quel don que cette foi! J'en remercie le ciel. Puisses-tu un jour la découvrir. Il n'en tient qu'à toi, à toi seul! Il te reste de merveilleuses années à vivre!

C'est terrible toutes les souffrances rattachées à cet amour que tu dis éprouver pour moi! Ta raison te joue des tours. Il est peut-être temps que tu réagisses pour ne pas continuer à blesser ceux qui t'entourent.

Pourquoi je continue à t'écrire après tout ce que j'ai souffert? Je prends une autre chance d'atteindre ton coeur. J'aimerais apprendre un jour que tu es devenu l'homme droit que j'ai toujours vu en toi. Tu mérites d'être véritablement aimé!

Peut-être riras-tu de moi, en pensant que j'ai du temps à perdre? Si c'est le cas, jette tout cela au feu. J'aurai eu une mauvaise projection du futur, voilà tout.

Je t'aime dans la forme d'amour la plus pure qui puisse exister!

Delphine

Sa fidèle amie l'appelle au bon moment.

- Sylvie, je sais pourquoi je ne peux l'abandonner. Je sens en lui un potentiel d'amour véritable, de l'amour en devenir; je la sens cette puissance, elle est là, elle ne demande qu'à se développer et à s'épanouir.

- Tu sais que ça peut prendre du temps avant qu'il prenne conscience du véritable amour? Auras-tu assez de force pour l'attendre?

- Qu'en penses-tu? N'oublie pas qu'il m'a souvent demandé de lui faire confiance. La patience est une belle vertu et la vie c'est comme un grand livre. On doit tourner les pages une à une. Je ne peux sauter un seul chapitre.

Cette nuit-là, Delphine fait un beau rêve. Elle est à se coiffer; ses cheveux sont propres, brillants. Quelqu'un lui annonce du bonheur en amour. Et puis, Denis l'embrasse, lui dit qu'il l'aime. Elle peut ressentir ses caresses.

***

Elle range un peu et elle continue à lire. Elle a l'impression qu'elle va finir par découvrir ce qu'elle cherche. Elle aimerait comprendre le comportement de l'homme qu'elle aime. Lorsqu'elle entend la sonnerie, elle est certaine que c'est lui au bout du fil.

- Delphine, je suis de plus en plus mal dans mon sac de peau. J'essaie de voir clair en moi, je m'analyse constamment. Ne te décourage pas! Il me reste encore quelques jours à travailler chez Sylvie. Je trouve qu'elle est bien gentille ton amie.

- Denis, suite à notre conversation où tu me disais chaque fois être retourné pour les enfants...

- Ça, c'est clair, c'est bien clair! C'est la seule raison valable qui m'a fait agir ainsi. Mis à part les enfants, je n'aurais pas eu de difficulté à prendre une décision. Un jour, je trouverai bien l'explication qui justifiera mon comportement. Je crois que je n'étais pas suffisamment fort. Je me donnais une façade. Je réagissais moins extérieurement, mais à l'intérieur, rien n'avait changé. Ce sera une expérience qui m'aura appris beaucoup sur moi-même. Je ne trouve pas cela négatif en tant que tel, pour moi. Habituellement, on évite de refaire les mêmes erreurs.

- Retournes-tu vivre avec eux?

- Pas pour le moment. Je vis en célibataire, je ne prévois rien pour l'instant. Je ne promets rien à personne non plus.

- Ma voisine m'a dit que tu travaillais chez elle cette semaine. Je t'ai écrit une lettre, pourrais-tu passer la prendre?

- J'irai, c'est promis.

Elle ne sait que penser de cette conversation. Une expérience qu'il aura vécue! A son retour d'Europe, il a cru mourir, et maintenant il parle d'expérience! Quelle contradiction...

***

- Maman, que dirais-tu d'une soirée au casino? lui propose Patrick.

- Je ne suis pas vraiment à l'aise dans ces endroits où les gens ne pensent qu'à gagner de l'argent.

- Viens quand même, ça te changera les idées!

Delphine n'aime pas les énergies qui flottent autour d'elle. Après avoir joué quelques dollars, ils rentrent à la maison.

Au moment de se coucher, l'angoisse la surprend. Elle n'arrive pas à trouver le sommeil, elle a l'impression de descendre dans un immense trou noir. Elle a très peur.

Je vais mourir, pense-t-elle.

Après quelques heures où elle a cru descendre en enfer, la lueur du jour est déjà là. Elle n'a pas fermé l'oeil de la nuit.

Après un congé forcé de deux jours, elle se sent beaucoup mieux et la journée à l'école se déroule relativement bien.

- Maman, Denis est venu chercher la lettre; Francis l'accompagnait, lui dit Philippe.

Croisant sa voisine dans les escaliers...

- Pendant que Denis travaillait, j'ai fait la connaissance de son fils. Tu sais Delphine, il n'a pas du tout l'air d'un enfant difficile.

Rentrée chez elle, elle est triste à nouveau, elle s'ennuie. Il l'appelle, elle croit rêver, c'est bien lui...

- Ecoute Delphine, je pense à toi tous les jours. Je m'ennuie, c'est toi que j'aime. Je n'arrive pas à croire que nous deux, c'est terminé. J'ai lu ta lettre et je vois que tu ne me crois pas au sujet des enfants.

- Pas tout à fait. Denis, tu ne peux pas être assis entre deux chaises bien longtemps. Et la vie passe durant ce temps...

- Ne me ferme pas la porte, je t'en prie. Si nous étions à nouveau ensemble, je ferais ce qu'il faut pour que tu me fasses confiance. Tu ne veux pas venir dormir avec moi ce soir? J'aimerais tant que tu sois à mes côtés!

- Non Denis, je suis épuisée, j'ai besoin de dormir.

En raccrochant, elle ressent toute sa souffrance. Sa voix était teintée de crainte. C'est comme s'il éprouvait de l'insécurité à la pensée de dormir seul. Comme un petit enfant...

***

- Si Denis ne t'est pas destiné, au prochain soupirant, nous allons lui faire subir une entrevue!

Comme elle les aime, ces filles avec qui elle travaille depuis plus de vingt ans! Elles sont découragées de voir à quel point elle est malchanceuse dans ses amours. Mais un jour, la chance tournera...

***

C'est la journée pour les professionnels au Salon du Tourisme. Elle croise un collègue, un homme charmant, qui était du même éductour qu'elle en Pologne.

- Comme il y a longtemps que je t'ai vue! A l'Action de Grâces, je pensais bien avoir le plaisir de te revoir sur l'éductour de Cayo Coco.

- J'y étais, mais en juillet. C'est beau n'est-ce pas? Cet endroit est idyllique, j'y ai passé une semaine inoubliable!

- Ça s'entend et ça se voit. Tes yeux brillent comme des étoiles, étais-tu en voyage de noces?

- Presque... Ça m'a fait plaisir de te revoir!

Comment puis-je l'oublier? Il y a encore quelqu'un qui le rappelle à mon souvenir, songe-t-elle.

Rentrée chez elle, elle se sent lasse soudainement. Elle ouvre le tiroir de la commode où elle range ses papiers. Elle saisit la lettre, qu'un jour, elle a écrite à Germaine, et elle décide de tout détruire. Cette femme doit souffrir autant que moi d'une autre façon; ce n'est pas à moi d'intervenir, ça ne me regarde pas, se dit-elle. Après ce geste, elle est soulagée et elle s'endort paisiblement.

***

- Delphine, je ne te vois vraiment pas avec cet homme, lui dit Sylvie.
- Et pourquoi?
- Je ne sais pas.
- Attends quelques jours encore, tu m'en reparleras! Denis gagne à être connu, ne te fie pas trop aux apparences.

Elle est étonnée du jugement rapide de Sylvie. C'est parce qu'elle ne le connaît pas. Bientôt, elle changera d'avis...

En réfléchissant à tout ce qui s'est passé dernièrement, Delphine est de plus en plus persuadée que la plupart des problèmes de la terre viennent des dépendances, ces bonnes vieilles dépendances si difficiles à abandonner...

- Maman, tu as l'air songeuse, lui dit Patrick.
- Je pensais aux dépendances qui ont marqué ma vie.
- Moi, je ne veux dépendre de personne. Tu avais des dépendances? Lesquelles?
- De mon union avec ton père, j'ai dû régler ma dépendance financière. Suite au divorce, j'ai été obligée de retourner sur le marché du travail. Avec vous deux à ma charge, j'ai affronté souvent la peur de manquer d'argent. A ce moment-là, j'aurais bien aimé rencontrer sur ma route un homme qui m'aurait aidée financièrement. Qu'est-il arrivé? Je me suis attiré un homme qui avait un problème avec l'argent. Paul n'en manquait pas, au contraire, mais ses sous étaient comptés. Ce fut l'objet de plusieurs disputes entre nous, tu t'en souviens?
- En effet, la générosité, il ne connaissait pas vraiment...
- Je sais maintenant que je peux suffire seule à mes besoins financiers, c'est réglé, je n'attends personne pour me gâter. Si je veux quelque chose, je me l'offre. Avec Paul, j'ai aussi réglé ma dépendance sexuelle. Paul était un bon amant mais... son coeur était fermé. Dès que j'essayais d'aborder son côté intime, il fuyait, je me butais à un mur. Il était incapable de communiquer, de se livrer.

- Vous aviez pourtant une vie sociale agréable et nous avions une belle maison.

- Je l'admets; mais c'était ce qu'on pourrait appeler l'amour social, sans la moindre émotion. J'ai refusé de jouer un rôle. Après plusieurs tentatives, réalisant qu'il ne changerait jamais, j'ai réussi à me convaincre que les sentiments venant du coeur étaient plus importants que tout. J'ai donc décidé de le quitter.

- J'ai compris cela il n'y a pas tellement longtemps maman. C'est vrai que si le coeur n'y est pas, ça ne donne rien. On reste avec un sentiment de vide, un manque terrible...

- De mon union avec Louis, je crois avoir réglé en partie ma dépendance affective. Rappelle-toi, j'ai toléré plusieurs années une relation avec cet homme qui avait mauvais caractère.

- Mais pourquoi as-tu enduré ça si longtemps?

- Je l'aimais et j'imaginais qu'il s'adoucirait avec le temps. Même si je l'ai laissé, la rupture fut quand même douloureuse.

- Si je comprends bien, tu n'as donc pas de dépendances envers Denis?

- Je suis à régler les derniers tourments de ma dépendance affective. Lorsqu'on s'est connus Denis et moi, nous sommes rapidement devenus de bons amis, avec tout ce que ça comporte de complicité, de bonne humeur. Nos discussions, nos fous rires et nos énergies respectives ont tissé un lien très fort. Suite à cela, l'amour est apparu. Lorsqu'il est parti, je l'ai laissé libre. Une vraie dépendance affective se reconnaît surtout lorsqu'on s'accroche à quelqu'un qui ne peut pas nous rendre heureux.

- T'avoir fait vivre de si beaux moments, et t'abandonner ensuite... Tu devrais le détester...

- Je ne peux pas. Je ne sais pas pourquoi.

- Denis semble avoir plusieurs dépendances, n'est-ce pas?

- Malheureusement oui. Lorsque ses enfants ne voulaient pas lui parler ou qu'il avait mal au dos, il avait tendance à boire. Lorsqu'il m'a avoué avoir eu du mal à se défaire de Germaine, j'ai très bien compris qu'il avait une dépendance sexuelle envers elle.

- Ce qui est plutôt normal, l'habitude étant bien installée.

- Normalement, ce sont les enfants qui doivent dépendre des parents et non l'inverse. Denis semble dépendant de ses enfants au point de penser que s'il n'était pas là et qu'il leur arrivait quelque chose, il se culpabiliserait pour le reste de ses jours.

- Si tu veux mon avis, il les surprotège. Ils n'apprendront pas à se défendre dans la vie.

- Il pense qu'en leur donnant tout, en se pliant à leur moindre caprice, ses enfants vont l'aimer davantage.

- Comment se fait-il aussi qu'il n'avait jamais d'argent sur lui?

- Parce que c'est Germaine qui s'occuppe entièrement du budget.

- Maman, l'aurais-tu idéalisé par hasard?

- Non, je ne crois pas. J'ai plutôt vu en lui ce qu'il pourrait être : quelqu'un qui se défait de ses dépendances, qui accepte de souffrir un peu, pour enfin connaître la joie d'être libre de toutes dépendances et ainsi prendre le contrôle de sa vie.

- Tu n'en as jamais tant fait pour Paul ou Louis.

- Tu as raison. J'ai plutôt tranché, sans jamais revenir en arrière. Je sais que ce n'est pas une soif d'attachement que j'éprouve pour Denis, mais véritablement de l'amour.

- C'est quoi ta définition de l'amour?

- C'est bien personnel à chacun. Pour moi, le véritable amour est l'union de deux êtres qui vivent un engagement profond en ayant des valeurs communes. La confiance et le respect mutuel sont essentiels dans cet engagement. On devrait voir l'autre comme l'ami le plus fidèle. De là devraient naître des sensations de sérénité, de soutien mutuel, de sécurité et de bien-être.

- Mais c'est ça que je veux vivre moi aussi! Si on ne se sent pas bien dans une relation, il vaut mieux vivre seul.

- Je ne connaîs pas l'avenir, mais dans mon coeur, j'ai encore l'espoir que le Denis qui travaillait chez nous existe vraiment.

- Je te le souhaite maman, tu mérites d'être heureuse!

**

Ce soir, c'est l'Halloween. Delphine passe aux portes avec les enfants de son frère. Arrivant à une maison, la dame dit à son neveu qui a quatre ans :

- Oh, le beau petit lapin!
- Je ne suis pas un lapin.
- Je m'excuse, tu es un beau petit chat.

Visiblement insulté, il répond :

- Non, je suis une souris.

La dame est confuse et Delphine rigole. En sortant, son neveu lui dit sur un ton tout à fait sérieux :

- Elle n'est vraiment pas intelligente la dame. Elle ne fait pas la différence entre un lapin, un chat et une souris! Faudrait qu'elle retourne à l'école.

Delphine éclate de rire. Eux ne trouvent pas ça drôle du tout. A la maison suivante, sa nièce qui porte un costume de chien dalmatien, se fait dire par la dame :

- Oh, la belle petite vache!

Découragée, elle lui répond :

- Je ne suis pas une vache, je suis un chien dalmatien!

La dame est désolée. En descendant les escaliers, sa nièce la regarde et ajoute :

- Mon Dieu, que les grandes personnes ne connaissent rien aux animaux!

Ils avaient l'air si déçus que personne ne reconnaisse leur costume. C'était tellement évident pour eux qu'ils soient souris et chien. Ce qui prouve que souvent les adultes sont mauvais juges et auraient intérêt à changer de lunettes! Elle adore ces petits. Leur spontanéité et leur amour lui apprennent beaucoup sur la vie. Ils sont de petits bouquets de fraîcheur.

Revenus de la grande tournée, pendant que les enfants sont occupés à faire le compte de leurs trésors, elle raconte à son frère où elle en est avec Denis. Il lui dit :

- Sa femme va vous créer des ennuis, laisse tomber!

Delphine est bouleversée. Se peut-il qu'un être humain entretienne une rancune et utilise la vengeance sans arrêt pour arriver à ses fins? Que peut faire une femme qui n'a jamais été aimée et qui se sert du pouvoir?

***

Le lendemain, elle a le bonheur d'entendre Sylvie.

- Delphine, je m'excuse pour le jugement porté sur Denis l'autre jour, je me suis prononcée trop vite. Cet homme est très attachant. Il est doué d'une sensibilité rare. Je crois comprendre pourquoi tu l'aimes.

- Comme c'est bon à entendre! Je savais bien que tu finirais par l'apprécier.

- Delphine, je dois t'avouer quelque chose... N'espère pas qu'il te revienne pour Noël. Il m'a annoncé qu'il partait pour la Tunisie avec Germaine en janvier. Il est incapable de t'en parler car il sait qu'il va te faire de la peine.

- C'est impossible... il ne voulait pas voyager avec elle.

- Il paraît que c'est elle qui a besoin de faire ce voyage.

C'est comme si une brique lui était tombée sur la tête. Elle ne sait plus que penser...

***

Delphine invite son amie Manon à souper. Celle-ci arrive avec son copain.

- Tu sais Delphine, Manon m'a raconté ce que tu vis présentement. Moi aussi j'ai vécu une rupture récemment. Par contre, une fois installé chez Manon, j'y suis resté. Je dois dire que ma femme s'est montrée tout à fait coopérative dans notre séparation. Mes filles ne semblent pas affectées, d'autant plus qu'elles réalisent combien leur mère et moi sommes plus épanouis depuis. Elles me font bien rire car elles disent recevoir l'amour en double dose.

Cet homme a divorcé d'avec sa femme et non d'avec ses filles. Il est toujours leur père, il est présent.

- Je suis bien heureuse pour vous deux que ça se soit si bien passé, réplique Delphine. Je ne sais plus que penser. Denis part en voyage avec sa femme en janvier...

- Quoi? Tu n'es pas fatiguée de faire rire de toi ainsi? lui lance Manon. C'est clair comme du cristal Delphine, cet homme est un grand manipulateur! Il vous veut toutes les deux Germaine et toi.

- Tu n'y es pas; il me veut moi, et ses enfants.

Son ami de renchérir :

- Ma pauvre fille, tu rêves en couleur. Moi, j'aime Manon. Je ne pourrais jamais la faire souffrir ainsi, je l'aime trop! C'est avec elle que je veux vivre. Cet homme-là ne t'aime pas pour agir comme il le fait, coupe ça immédiatement!

- Dis-lui que c'est terminé son petit jeu! Tu mérites mieux que lui ma pauvre Delphine. Sois claire cette fois-ci! Il doit te prendre au sérieux, reste ferme!

Elle est ébranlée par leur attitude. Elle est consciente qu'il y a du vrai dans leurs propos, mais... elle n'arrive pas à croire qu'il n'a jamais été sincère. Ils ont pourtant réussi à la convaincre :

- Demain, je lui parlerai, je suis décidée!

La conversation d'hier lui revient en mémoire. Elle appelle Sylvie et lui raconte ce qui s'est passé.

- Denis n'est rien de tout cela! Il t'aime vraiment mais il est incapable de prendre une décision.

Suite à cet appel, elle se sent encore plus mêlée qu' hier. Pourquoi chaque fois qu'elle pense le laisser, arrive-t-il toujours quelqu'un ou quelque chose qui l'en empêche? Elle remarque que les coïncidences se multiplient un peu comme si on voulait la faire patienter. Que se passe-t-il? Le destin est-il en train de tracer ma route par toutes ces coïncidences? se demande-t-elle. Elle n'a jamais cru au hasard...

Encore sous le choc de ce que Manon lui a conseillé de faire, Delphine est plutôt agressive.

- Denis, j'en ai assez de toutes tes manipulations. Y a-t-il quelque chose de sincère en toi?

- Mais je suis sincère avec toi Delphine!

- Comment peux-tu dire cela? Tu joues encore le double jeu. Même si physiquement il n'y a rien entre nous, tu viens chercher un certain bien-être. Ça te suffit, le reste tu l'as chez toi.

- Je suis en transition actuellement. Je suis en train de changer, tu ne le vois donc pas?

- Ce que je vois surtout, c'est que tu n'es pas souvent à ton appartement; j'aimerais que tu me rapportes mes affaires.

***

CHAPITRE 8

Les valeurs de vie

Savoir écouter l'enseignement de ses enfants est la meilleure occasion de donner un sens à ses vieux jours.

Scott Peck

La journée est pénible. Delphine est au bord des larmes. Dans son cours d'éducation religieuse, elle sent le besoin de parler aux élèves de la foi.

« *La foi, les enfants, ça commence par la confiance en soi. Si vous ne croyez pas en vous-même, qui donc y croira?*

Si vous avez un rêve dans la vie, ne laissez jamais qui que ce soit le briser. C'est si facile de se laisser décourager, souvent par des personnes qui nous veulent du bien. Si votre coeur vous dit que vous êtes dans la bonne direction, allez jusqu'au bout de vos rêves! La confiance en la vie attire les bonnes choses. Ça dépend de l'attitude que nous avons. Plus on fait confiance, plus les circonstances se transforment.

Avoir la foi, c'est croire avec son coeur que l'on peut réussir nos plus grandes ambitions. Pour cela, il faut mettre la foi en action. Il ne s'agit pas d'attendre passivement que la vie nous apporte ses bienfaits; avoir un idéal ne suffit pas, il faut agir si on veut trouver notre chemin. Mais la foi sans amour est vide. Il faut aimer de tout son coeur et penser de façon positive. Donc, vous devez chasser toutes les paroles négatives. Cela demande beaucoup de courage.

Le jour où vous croirez en votre réussite, rien ni personne au monde ne pourra plus contester votre victoire. Ayez une confiance illimitée en la vie, croyez en votre succès et attachez-vous à cette foi, quoiqu'il puisse arriver. Chacun de vous a de la valeur; soyez conscients de votre propre valeur. »

Delphine est persuadée qu'avoir de la valeur pour l'être humain est essentiel à la santé mentale. Si l'enfant est constamment critiqué et rejeté, il ne pourra jamais prendre conscience qu'il a de la valeur, et son estime de soi baissera jusqu'à ne plus savoir qui il est.

Elle remarque que certains élèves sont songeurs. Pour ceux qui se plaignent continuellement, ce n'est pas facile de passer du côté négatif au positif. Il y a tout un travail à faire, et ça risque d'être long.

- Delphine, je n'ai pas beaucoup confiance en moi, lui dit un garçon. Comment je peux y arriver?

- Tout d'abord, tu dois te trouver un centre d'intérêt, et arrêter de dire que tu n'es bon dans rien. On a tous des qualités et des talents. Tu dois bâtir ton rêve, te trouver un idéal et le poursuivre. Il se peut que tu n'aies pas encore trouvé ce que tu veux faire de ta vie. En attendant, profite pleinement du moment présent en étant convaincu que tu as de la valeur.

Suite à ce cours, elle dessine sur une feuille cartonnée une immense marguerite à dix pétales qu'elle affiche bien en vue. Dans chacun des pétales, elle inscrit une valeur de vie qu'elle veut travailler avec ses élèves : l'amour, la foi, la joie, l'honnêteté, le respect, la patience, la tolérance, l'amitié, la persévérance et la liberté.

Je sais que la liste est incomplète, mais, si je réussis à leur en inculquer quelques-unes, ce sera déjà merveilleux, pense Delphine.

De retour à la maison, une mauvaise nouvelle attend Delphine.

- Maman, Denis a rapporté la télévision et la radio, lui annonce Patrick.

Elle éclate en sanglots.

- C'est donc dire qu'il retournera chez lui... Se retrouver seul en appartement ne lui a pas réussi. C'est vrai que ce n'était pas son idée, mais plutôt celle de Germaine. On dirait qu'elle l'a puni pour un petit bout de temps, comme on mettrait un enfant qui est fautif dans le coin.

***

Sylvie la rejoint.

- Delphine, comment vas-tu?

- Déprimée, j'ai des hauts et des bas.

- Ecoute, Denis semble avoir de gros problèmes. Ses dépendances envers Germaine sont fortes. Mais hier encore, il m'a affirmé qu'il t'aimait; il m'a dit qu'il ne pourra jamais t'oublier. Sois patiente, tu ne dois rien précipiter.

- Tu es un ange Sylvie de m'encourager ainsi, j'en ai vraiment besoin. Je ne sais plus que penser...

- Ta foi est tout simplement éprouvée, sois patiente.

Pour conserver sa foi, Delphine reprend des ouvrages déjà

lus. C'est comme si elle voulait assimiler les vérités écrites par de grands psychothérapeutes, pour ensuite les appliquer. Lire un livre, c'est une chose. Le mettre en pratique en est une autre. Elle a relu certains volumes à plusieurs reprises; parfois, elle a l'impression de connaître les auteurs intimement, tellement leur ligne de pensée rejoint la sienne. Elle sent que sa conscience s'éveille progressivement. Perdue dans ses réflexions, elle est étonnée d'entendre Denis un samedi soir.

- Je suis chez moi. Germaine est sortie pour le week-end, je garde les enfants.

- Elle sort sans toi un samedi?

- Je suis content qu'elle soit sortie. Dis-moi Delphine, tu es certaine que je peux changer?

- Mais tout le monde peut changer! Avec de la volonté, tu peux tout transformer autour de toi. Il s'agit de savoir ce que tu veux faire de ta vie! Denis, je suis au courant pour ton voyage en Tunisie... Sylvie ne pouvait plus supporter de m'entendre espérer ton retour bientôt.

- C'est Germaine qui a besoin de vacances, lui dit-il d'une voix faible. Je ne pars pas en voyage de noces, je vais visiter la Tunisie. Delphine, je sais que je te demande beaucoup, mais j'ai l'impression que ce voyage sera déterminant pour Germaine et moi. Peux-tu m'attendre jusque là?

- Réalises-tu ce que tu me demandes? Nous ne sommes qu'en octobre! Je te laisse à tes enfants, je suis fatiguée subitement.

En raccrochant, elle pouvait ressentir dans le ton de sa voix, de l'insécurité. Elle ne doute pas que ce soit Germaine qui ait insisté pour faire ce voyage. Celle-ci semble vouloir répéter avec lui tout ce qu'ils ont fait ensemble. Entre Denis et moi, tout était spontané, tout partait du coeur, se dit Delphine.

***

Comme novembre est long... Elle a terminé la matinée de peine et de misère. Les doutes la reprennent, ces traîtres. Elle décide d'aller à la librairie. Elle veut trouver un livre qui va l'aider à se détacher de lui; elle ne cherche plus à comprendre le problème de Denis, elle aimerait bien comprendre le sien. Peut-être ferait-elle mieux de l'oublier?

Curieusement, son regard est attiré par un volume qui semble vouloir lui parler. Elle a l'impression qu'elle trouvera les réponses dont elle a besoin. Elle l'ouvre au hasard.

« Apprends la patience, c'est la vraie sagesse. Savoir attendre le moment, rester maître de soi, c'est la preuve que l'on espère, puisque l'on sait attendre, la preuve qu'on ne cède pas au découragement. Celui qui sait analyser et comprendre le réel, sait faire preuve de patience. »

Qu'est-ce que ça veut dire? Est-ce encore un signe? Doit-elle vraiment développer sa patience et l'attendre?
Mais oui! lui dit son coeur. Elle achète le livre. Elle apprendra sûrement quelque chose puisqu'il lui est tombé entre les mains.

Sur le chemin du retour, elle songe qu'elle doit simplement lui laisser le temps nécessaire. Elle doit trouver en elle la force de patienter. Son intellect se bat avec son intuition; elle décide sur le champ qu'elle sera heureuse envers et contre tous. Mais si elle veut être heureuse, elle doit commencer par étudier le bonheur. Il faut qu'elle établisse un lien entre son intellect et son intuition. Elle devra pour cela, utiliser l'énergie du coeur, de la confiance et de la foi. Elle continuera de lire, elle doit trouver des réponses.

***

- Cette nuit Philippe, j'ai fait un rêve merveilleux. Denis était mon psychologue. Nous étions allongés sur un lit, entièrement vêtus. Il me tenait dans ses bras. Germaine était au pied du lit et elle nous regardait. Elle ne souriait pas, mais elle semblait tolérer l'image qu'elle avait sous les yeux. Un halo vert, une sorte d'énergie entourait le lit. Germaine savait qu'elle ne pouvait pas nous atteindre. J'ai demandé à Denis si on pouvait partir. Il m'a répondu que ce n'était pas le moment. Après un certain temps, il m'a signalé que nous pouvions y aller. Nous nous sommes retrouvés assis sur la banquette arrière d'une voiture et c'est Germaine qui nous conduisait devant une belle maison.
- Etrange comme rêve maman... Est-ce que ça veut dire que Germaine finira par comprendre?
- Denis a peut-être raison. Elle finira peut-être par le quitter.
Toute la journée, elle s'enveloppe de musique, éprouvant un calme absolu à chaque écoute, une paix intérieure indescriptible.

***

Une publicité annonçant des prix avantageux donne à Delphine le goût de s'offrir une série de massages, pour tenter de réduire au maximum ses tensions. C'est toujours un risque de choisir au hasard une massothérapeute. Mais quand celle-ci commence à lui manipuler le dos, Delphine ressent tout de suite les énergies positives de cette jeune fille. En l'observant, elle réalise combien son attitude contraste avec bien des jeunes du même âge, qui souvent n'ont aucun idéal. Plusieurs espèrent tout avoir, mais souvent ne veulent rien faire. C'est qu'ils n'ont pas les qualités requises pour accomplir les choses. Il faut **"être"** avant de **"faire"**, et **"faire"** avant **"d'avoir."** La plupart du temps, les gens procèdent à l'envers.

Après ce massage, elle se sent comme sur un nuage.

***

- Delphine, ça ne va pas... tu me manques.

Il y avait plusieurs jours qu'elle était sans nouvelles de lui...

- Tu sais Denis, depuis quelques jours, je me pose la question : « A qui ai-je eu affaire? » La réponse est venue spontanément : « Tu as eu affaire à un homme bon, et c'est pour cette raison que tu l'aimes. »

- Tu me touches...

- Je me suis dit : « Qu'est-ce que j'ai à apprendre dans cette histoire? Ne plus faire confiance? » Non, je continuerai de faire confiance. Je donne la chance au coureur, même plusieurs fois, et je continuerai de faire confiance en l'être humain. Si les gens me manipulent, c'est leur problème. Je t'aimais comme tu étais, sans vouloir te changer, mais le partage, je ne pouvais pas.

- Tu n'es pas naïve Delphine, tu es authentique; c'est toi qui as raison.

- Je sais qu'un jour, tout cet amour me reviendra. Denis, si c'est vrai que tu m'aimes sincèrement depuis le début, le destin t'aidera à faire ce qu'il faut pour que l'on se retrouve. J'ai réalisé que dans la vie, nous jouons un rôle, jusqu'à ce que les douleurs nous poussent à bouger et à nous libérer de nos peurs. J'ai décidé de ne plus avoir peur. Mon champ de vision est suffisamment large pour comprendre que le présent me prépare à un plus grand futur.

- J'aime lorsque tu parles de cette façon. C'est difficile pour moi aussi Delphine. C'est comme si tu me demandais de me jeter à l'eau tout en ne sachant pas nager. J'ai peur!

- La peur c'est un petit manque d'amour envers toi-même. C'est ton incapacité à affronter l'inconnu. Lorsque ta peur disparaîtra, tu te sentiras libre, tu verras. Tu sais bien qu'avancer implique des risques à prendre et des peurs à surmonter.

Elle a l'impression qu'elle lui sert de thérapeute. Elle n'aime pas ce rôle.

***

- Je sais que Denis t'aime, lui dit Sylvie, mais il aime encore plus le pouvoir qu'il a sur tout le monde dans cette histoire. Il a tellement manqué d'amour... Il contrôle tout par son indécision et tient tout le monde en haleine.

- C'est un choc ce que tu me dis là! Jamais je n'ai usé de pouvoir sur les hommes que j'ai aimés! Combien ont eu du pouvoir sur moi? Mon ex-mari? Paul? Louis?

Son cerveau fonctionne à la vitesse de l'éclair. Dorénavant, plus personne n'aura de pouvoir sur sa vie!

Mon Bel Amour,

Je ne doute pas que tu m'aimes, mais je crois que l'attrait du pouvoir en toi est plus fort que l'amour. C'est pour cela que tu es retourné à Germaine, tu sentais que tu n'avais pas de contrôle sur moi. Je ne voudrais pas d'un contrôleur à mes côtés, je serais trop malheureuse. Tu m'as fait réaliser que mon ex-mari avait eu du pouvoir sur moi pendant dix-huit ans. Je me suis battue pour qu'il me donne une pension alimentaire; ça m'a coûté une fortune en frais d'avocats. Ma liberté aurait été de lui dire qu'il garde son argent.

Et Paul? Il a eu un pouvoir sexuel sur moi; ce n'était pas de l'amour de sa part. Je l'aimais, mais je n'en pouvais plus de ne jamais recevoir de tendresse sauf au lit. Et Louis? Il avait le pouvoir affectif sur moi, celui de se faire pardonner après chacune de ses crises de colère inexplicables. Je l'aimais. Cela m'a pris trois ans à comprendre qu'il ne changerait jamais.

Tu m'as déjà dit avoir été quelque peu jaloux parce que j'ai aimé d'autres hommes avant toi? Mais si je ne les avais pas aimés, je ne serais pas capable de tant d'amour pour toi! Quand je me suis donnée à toi, c'était bel et bien un geste d'amour gratuit, c'était par amour!

Tu es celui qui m'as guérie. Je te dois ma liberté, Denis. Plus aucun homme n'aura de pouvoir sur moi! Quelle découverte! Je ne crois qu'en un seul pouvoir, celui de l'amour! Si tu guéris de tes faiblesses un jour, j'aurai à mes côtés un homme confiant, stable et solide. Nous ferions toute une équipe!

Sache que je ne suis pas dépendante de toi. Si je t'attends, c'est par choix, tout simplement. Je sais aussi que ça peut être long, mais la patience et la sagesse sont de belles vertus.

Je t'enveloppe de tout mon amour!

Delphine

***

Elle va beaucoup mieux aujourd'hui, elle se sent plus forte. Son amie Louise la sort de ses pensées.

- Delphine, je ne sais pas ce qui m'arrive, je me sens enveloppée d'une énergie inhabituelle. Je suis toujours de bonne humeur, malgré l'attitude négative de mon mari qui est souvent fatigué et déprimé.

- Mais c'est merveilleux! A quoi est-ce que tu attribues ton énergie subite?

- Je me suis procuré un livre de pensées quotidiennes qui me réchauffent le coeur. Ecoute bien la pensée du jour :

« Quand apprendras-tu à lâcher prise et à être libre? Tu ne connaîtras jamais la signification de la liberté tant que tu n'auras pas la volonté de lâcher prise, d'avoir confiance que tu peux le faire. As-tu peur de ce qui peut arriver, peur de ce que l'avenir te réserve? Où sont ta foi et ta confiance? La première leçon à apprendre dans la vie, est d'aimer. L'amour est si fort, qu'il ne peut être brisé. L'amour ne peut être possédé, il est libre comme le vent. L'amour ne connaît aucune barrière, c'est lui qui rompt toutes les chaînes, ouvre toutes les portes, change les vies et fait fondre le plus dur des coeurs. »

- Comme ce livre me parle... Je vais me le procurer.

- En lisant, je me disais que cette pensée pourrait tout aussi bien convenir à Denis...

- J'y pense, c'est son anniversaire dans deux jours; je vais lui faire cadeau de ce livre; il en fera ce qu'il voudra. Ce n'est sûrement pas un hasard que tu m'aies appelée...

Après le travail, elle arrête chez Sylvie. Lui ayant fait part de ses conscientisations concernant le pouvoir, celle-ci lui demande :

- Ton amour pour Denis est-il aussi fort qu'avant?

- Bien sûr que oui! Je garde mon coeur ouvert, je n'ai plus d'attentes.

***

Patrick la trouve particulièrement sereine.

- Maman, que fais-tu demain? lui demande-t-il.

- Denis vient passer quelques heures avec moi.

- Où en êtes-vous donc?

- J'ai un livre à lui remettre pour son anniversaire. Je veux aussi lui faire part de tout ce que j'ai compris sur la signification du pouvoir.

- Maman, tu ne vas pas faire ça?

- Et pourquoi?

Il va chercher tous ses livres, les met sous son nez et lui dit :

- Ça, c'est toi! Ça fait des semaines que tu te nourris de connaissances, lisant sans arrêt. Ne donne pas tes outils! Ça ne veut pas dire que Denis va comprendre de la même façon que toi. En peu de temps, tu as gravi un escalier. Si tu lui dis comment monter les marches, il risque d'arriver là-haut trop rapidement, de regarder en bas et de tomber. J'ai l'impression qu'il doit d'abord apprendre par l'expérience plutôt que par les connaissances. Je t'en prie, ne lui parle pas de tes découvertes!

C'est son fils qui lui donne ce conseil... Il a raison, elle n'avait pas pensé à cela! On ne donne pas ses outils à quelqu'un qui ne les demande pas.

***

Quand elle le voit apparaître, montant l'escalier, elle constate qu'il a pris du poids et il semble grippé.

- J'ai grossi n'est-ce pas? Qu'est-ce qu'un homme fait lorsqu'il pense à l'Amour de sa vie et qu'il s'ennuie? Il mange!

Elle lui remet le livre de pensées quotidiennes ainsi qu'une carte où elle a écrit :

« Que tes quarante et un ans t'apportent la lumière qui te fera trouver le bonheur. N'abandonne jamais tes rêves, c'est ce qui fait vivre! »

- Merci, c'est généreux de ta part, je ne m'attendais pas à cela.

Il regarde le livre avec un intérêt soutenu.

- Delphine, je m'ennuie de toi terriblement!

- Mais Denis, tu as eu l'occasion de vivre avec moi! Par la suite, tu as vécu seul un certain temps, et... ça n'a rien changé.

C'est vrai que ce n'était pas sa décision... Il semble fasciné par son cadeau. Il le touche constamment, l'ouvre et le referme à maintes reprises. Elle le laisse seul quelques minutes. Comme elle revient avec du café, il s'empresse de refermer le livre, comme s'il ne voulait pas qu'elle remarque sa vulnérabilité. Elle ne croit pas s'être trompée sur l'utilité de ce cadeau. Lorsqu'il la quitte, emportant le livre sur son coeur, il lui dit :

- Delphine, il ne faut jamais perdre l'espoir!

La nuit suivante, elle fait encore un rêve bouleversant. Elle est devant un immeuble et elle assiste, impuissante, à une explosion dans un appartement situé au dernier étage. Tous les membres de la famille tentent de fuir par les ascenseurs, mais les cables cèdent. C'est la chute libre. Ce rêve-là parle tout seul.

Elle s'offre une journée santé-beauté. Massage et facial lui font un bien énorme. Ensuite, elle passe à la coupe de cheveux. Elle a besoin d'un renouveau.

***

Dans un cours d'éducation religieuse qui sensibilise les élèves à l'amour universel, Delphine donne l'exemple de Mère Térésa et du cardinal Paul-Émile Léger.
- Il n'est pas donné à tous de devenir missionnaire à travers le monde, en véhiculant l'amour, mais on peut très bien le faire autour de soi.

« L'amour commence par l'amour de soi et de ceux qui nous entourent. Gardez toujours votre coeur ouvert. Pour cela, il faut arrêter de vouloir changer tout le monde! Plutôt d'attendre que les autres vous aiment, soyez la source de l'amour. L'amour, c'est comme un soleil qui fait fondre la glace, il détruit toutes les barrières et toutes les peines. Sans amour, les gens ont un mal fou à survivre. La tendresse est essentielle à l'épanouissement de tout le monde.

*Pour aimer, vous devez développer votre patience et votre tolérance. Si un ami pose un geste que vous ne supportez pas ou qu'il vous fait de la peine, pardonnez-lui. Il n'y a pas d'amour véritable sans pardon. **Le pardon est une des clés de la vie.***

Ceux qui nous font du mal, souvent, c'est parce qu'ils ont peur. Ils souffrent. Il faut les aider à changer leur vie, ce sont eux qui ont le plus besoin d'amour. Plus vous souhaiterez de l'amour à tout le monde, plus vous vous sentirez heureux. Souvenez-vous les enfants que vous êtes des êtres d'amour, et que vous méritez cet amour. »

Durant son cours, elle pourrait entendre une mouche voler. Les enfants ont besoin d'entendre parler d'amour, ils ont ce besoin d'être aimés sans conditions. Elle remarque plusieurs points d'interrogation dans leurs yeux. Elle n'est pas sans savoir que plusieurs souffrent plus qu'ils ne le devraient, qu'ils ont à assumer des responsabilités trop lourdes pour leur âge.

Je dois leur donner tous les moyens nécessaires pour qu'ils puissent créer leur vie, pense-t-elle.

Elle réalise que ce n'est pas tout de transmettre des connaissances. Enseigner, pour elle, c'est d'abord et avant tout, éduquer. Delphine sait que l'enfant apprend, non pas par la force, mais par l'amour. Mais aimer ne veut pas dire laisser les enfants libres de faire tout ce qu'ils veulent. Delphine pense que les enfants ont besoin de structures, de discipline et surtout d'exemples. Mais ils arriveront à se discipliner uniquement s'ils sentent que l'amour véritable est présent. Ce n'est pas évident d'aimer tous les enfants, pense-t-elle. Ils sont uniques, avec des comportements si différents...

- Mais Delphine, ce n'est pas possible d'aimer tout le monde!

- C'est difficile en effet, mais on peut au moins souhaiter du bonheur à tous ceux qui nous entourent, même à ceux qui nous blessent parfois. Ce sont eux qui en ont le plus besoin. Et si tu souhaites du bonheur aux autres, tu auras bien des chances de le trouver toi-même. Mais pour cela, il faut éliminer la jalousie de sa vie. Ce vilain défaut a conduit plus d'une personne à sa perte. Si quelqu'un autour de toi, obtient du succès ou possède ce que tu désires, il faut partager sa joie, être heureux pour lui.

Après sa journée, elle se rend au parc du mont St-Bruno. Elle aime marcher seule, au milieu des arbres; ceux-ci la remplissent d'énergie. Delphine trouve ça beau un arbre, c'est vivant, c'est majestueux. Ça représente pour elle, la force et le courage. Elle rentre à la maison plus sereine que jamais.

***

Un éductour lui est proposé en Russie pour la période de Noël. Moscou et St-Pétersbourg sont des villes qu'elle a toujours rêvé de visiter. Elle envoie sa candidature et n'a plus maintenant qu'à attendre la réponse. Décidément, sa patience est mise à l'épreuve depuis quelques mois. Elle fait voir à Sylvie l'itinéraire proposé sur ce voyage.

- Je ne suis plus certaine de vouloir y aller. J'ai l'impression que c'est une fuite de ma part. Même si j'allais au bout du monde, je sais que Denis serait toujours présent dans mon coeur. Je fais peut-être mieux de rester ici avec mes enfants et de continuer à lire.

- Le destin va décider pour toi. Attends de voir si tu es acceptée où non.

Delphine aime bien les conseils de Sylvie.

***

Parfois le destin accélère sa course.

- Delphine, je suis désolée, ta candidature pour le voyage en

Russie n'a pas été retenue, faute de places, lui apprend Louise le lendemain.

- Tiens, c'est étrange... Depuis cinq ans que je suis dans le métier, j'ai toujours été acceptée. Pourquoi faut-il que je reste ici durant les vacances de Noël? Honnêtement, je ne suis pas vraiment déçue, ça n'aurait fait que changer le mal de place.

Au fil du temps, elle réalise que son amour pour Denis ne diminue pas, au contraire, il augmente. Elle se sent plus forte à tous points de vue. Elle sait qu'il avance à petits pas et par la même occasion, elle avance aussi.

Elle rencontre une ancienne collègue qui suit des cours de croissance personnelle depuis plusieurs années.
- Pauvre Delphine! J'ai eu plusieurs hommes mariés dans ma vie et   je suis encore seule.
- Est-ce qu'ils te disaient qu'ils ne quitteraient jamais leur femme?
- Mais oui!
- Quand un homme marié te dit cela, crois-le, il est sincère! Denis ne m'a jamais avoué une chose pareille! Au contraire, il veut vivre avec moi.   Je suppose que tu te contentais du rôle de maîtresse?
- Eh oui!
- Je ne suis pas la maîtresse de Denis. Notre lien n'est pas à ce niveau, même si c'est un excellent amant. C'est bien plus que cela! C'est au-delà des mots.
- Tu en es bien certaine?
- Le lien du coeur est réciproque. Je le sens!
Cette femme est passée sur sa route pour tenter bien involontairement d'ébranler sa foi.
Merci, cette conversation m'a rendue plus forte, pense Delphine.

Le lendemain midi, c'est au tour de Margot.
- Ecoute Delphine, ça n'a plus de sens. Tu vas perdre combien de temps à l'attendre? Tu n'as plus vingt ans! Tu perds peut-être la chance de rencontrer quelqu'un de libre!
- Mais je ne perds pas mon temps! Et puis je ne suis pas amoureuse de l'amour, je suis amoureuse de Denis! Je n'ai pas l'intention de me promener d'un homme à l'autre sous prétexte que je suis seule. Essaie de défaire un lien du coeur si tu en es capable... surtout quand le gars te demande de lui faire confiance.
- Tout ça, sans savoir s'il reviendra. J'ai vécu cette situation

avant mon mariage. Ça n'allait pas entre nous, mais mon ami revenait toujours.

- Mais Denis et moi, c'était le paradis! Le problème n'est pas entre lui et moi. Il est entre nous deux et ses enfants pris en otage par Germaine. Ce n'est pas la même situation! De plus, tu me parles de ton expérience précédant ton mariage, il y de cela vingt ans. Depuis ce jour, tu es avec le même homme. Comment peux-tu en juger? J'ai beaucoup souffert par amour, et je sais aujourd'hui ce que veut dire véritablement le verbe "aimer". Ça fait plus de vingt ans que j'essaie de le conjuguer à tous les temps.

La discussion s'arrête là. Elle sait que Margot ne voulait que l'aider. Elle se rend compte que sa force se développe au contact de l'adversité. La décision de ses sentiments vient d'elle et non plus des autres. Delphine n'accepte plus les autorités extérieures, elle croit ce qu'elle ressent.

Elle étudie dans ses livres toute la soirée et une partie de la nuit. Elle a l'impression qu'elle avance, qu'elle est sur la bonne voie, mais, quelque chose lui échappe...

Elle est encore au lit lorsque Denis la ramène sur terre.

- Delphine, c'est avec toi que je voudrais aller en Tunisie, pas avec Germaine.

- Mais c'est bien avec elle que tu as fait les démarches, n'est-ce pas?

- J'aimerais qu'elle se perde dans le souk!

- C'est méchant ce que tu dis là.

- Si elle pouvait donc aimer la Tunisie au point de ne plus vouloir revenir, je serais heureux.

- Ce serait bien plus simple si tu décidais de la quitter! Pourquoi toute cette comédie?

- Quand je repense à nous deux, je me vois arriver par surprise dans la cuisine et te prendre dans mes bras alors que tu préparais le repas, tu t'en souviens?

- C'est un de mes plus beaux souvenirs!

- Tu sais, j'ai essayé de t'oublier. C'est impossible, je ne le pourrai jamais. Si Germaine pouvait comprendre d'elle-même que nous n'avons pas d'avenir ensemble et décidait finalement de me quitter, ce serait idéal!

- Tu choisis le chemin le plus long...

- Je sais, mais je sens que ça doit se passer ainsi. Un jour, elle finira bien par comprendre!

- Tant que tu lui donnes de l'énergie, elle ne comprendra pas.

- Elle n'en a plus d'énergie!

- Si rien n'a changé dans vos habitudes sexuelles, elle doit croire que tu l'aimes encore...

Non, mais pour qui la prend-il? Elle rapporte cette conversation à son fils.
- Maman, as-tu déjà fait l'amour sans aimer?
- Non Patrick. Les hommes qui sont passés dans ma vie, je les ai aimés, ils ont eu une partie de mon coeur. De la sexualité pour de la sexualité, non, je ne pouvais pas, il fallait que j'aime. Malheureusement, pour certains de la gent masculine, ce n'est pas toujours ainsi que ça se passe, je l'ai appris à mes dépends.
- Moi, ça m'est déjà arrivé. Je t'assure que ce n'est pas l'idéal. Ne t'imagine pas que Denis est heureux dans ses relations avec Germaine.
Elle devrait écouter ses enfants plus souvent. Ils ont une facilité à simplifier les événements qui est surprenante.

***

Delphine enfile son manteau et se rend aux « Ailes de la mode », boutiques de conception unique. Elle se demande ce qu'il y a dans cet endroit qui la fascine autant? Pourquoi est-ce si réconfortant? Est-ce le décor? Est-ce le magnifique piano d'où l'on peut déjà entendre de belles mélodies de Noël? Même son côté gourmand la fait fléchir. Elle a souvent un coup de faiblesse pour les pâtisseries. Pourquoi ne pas complimenter les artisans de cette gâterie?
- Monsieur, ose-t-elle dire au propriétaire, vos pâtisseries sont tout à fait irrésistibles!
Le sourire de récompense qu'elle reçoit est un cadeau en soi.
- Merci madame! Notre objectif est justement que vous y succombiez le plus souvent possible.

***

Ses livres commencent à être usés tellement ils ont servi. Elle retourne en librairie, elle doit continuer ses recherches. Elle revient avec un livre qui traite de la conscience et de l'amour. Ça coïncide bien avec ce qu'elle vit présentement.
- Où en es-tu dans tes lectures Delphine? lui demande son amie Michèle.
- J'apprends comment sentir et comprendre l'énergie qui existe en chacun des humains, comment on arrive à passer de l'inconscient à la conscience. Je lis aussi sur l'intuition.
- La vie m'a appris à toujours me fier à mon intuition.

- J'apprends aussi comment utiliser mon dialogue intérieur pour le transmettre ensuite. Le but est de rendre le mental obéissant, plutôt que de le laisser contrôler. Ce n'est pas toujours facile à faire, crois-moi!
- Non, je sais! Mais penser, c'est créer. On doit faire attention à ce que l'on pense! C'est ce que je n'arrête pas de dire à mes enfants.

En se couchant, elle réalise qu'aujourd'hui, ça aurait été l'anniversaire de son père. Celui-ci est décédé, il y a déjà douze ans. Elle pense à lui souvent; il a été un bon père. Elle sait qu'il veille encore sur elle.

« Papa, si tu es avec les anges en ce moment, voudrais-tu intercéder en ma faveur? Denis et moi, nous nous aimons, mais il ne voit pas encore le trésor qui est en lui. Soutiens-moi dans cette épreuve. Je sais que je dois me tenir debout, mais parfois, je m'ennuie de son rire, de son amour. Envoie-moi de bonnes énergies et éclaire-le. Je te fais confiance. »

Cette nuit-là, elle dort comme un bébé et fait deux beaux rêves. Denis et elle se trouvent dans une barque au Lac du Cerf. Ils sont enveloppés dans la couverture qu'ils avaient à Cayo Coco, la nuit où ils ont dormi sur la plage. Ils voguent doucement sur l'eau en regardant droit devant eux. Ensuite, ils se retrouvent dans un appartement. Ils viennent de déménager; Denis suspend des cadres aux murs. Ils sont heureux.

- Merci papa.

***

Au retour de l'école, elle reçoit un appel inattendu :
- C'est Denis qui m'a donné votre numéro. J'enseigne à sa fille Marie; je suis à la recherche d'une classe de sixième année qui voudrait bien correspondre avec mes élèves.

Delphine éprouve une étrange sensation. C'est comme si Denis avait volontairement fait en sorte qu'elle établisse un lien avec le professeur de sa fille.

- Mais certainement. Je me ferai un plaisir de me renseigner auprès de mes collègues le plus rapidement possible.

Le lendemain, son amie Cybel qui enseigne en sixième année accepte la proposition avec enthousiasme.

***

La journée se passe à lire, c'est un besoin. Elle en oublie de manger. Ça tombe bien, elle a sept ou huit kilos en trop; elle retrouvera sa taille de jeune fille bientôt.

Elle sait que Sylvie s'inquiète pour elle.
- Je vais beaucoup mieux. J'espère seulement que Denis retrouvera son équilibre.
- Tu sais Delphine, la douleur fait éclater la coquille de l'entendement!
Elle remarque qu'en tout temps, elle a une amie qui lui redonne confiance.

***

Elle se sent paresseuse aujourd'hui. Elle s'installe confortablement dans un fauteuil et relit pour la troisième fois le livre sur la conscience. Sa lecture est soudainement interrompue.
- Delphine, comme j'avais hâte de te parler! Vendredi dernier, ça n'allait pas du tout. J'avais l'air d'une vadrouille, mon moral était à zéro. J'aurais tellement voulu t'appeler.
- Que s'est-il passé?
- Je me suis rappelé de la nuit où tu es allée seule à l'hôpital. Tu semblais tellement souffrir, j'ai honte! Comment ai-je pu t'avoir laissé partir, sans t'accompagner? J'aimerais tant pouvoir revenir à cette nuit et tout recommencer, si tu savais!
- Tu n'as pas à avoir honte Denis, tu souffrais tellement toi-même, tu étais désemparé. Je comprenais.
- Un jour, j'aurai bien l'occasion de me racheter, je prendrai soin de toi! Avec Germaine, tu sais, ce n'est pas le paradis, elle me trouve de plus en plus ennuyeux, renfermé; elle me reproche de ne pas me confier.
- Que lui réponds-tu?
- Que je n'ai rien à dire. Delphine, je ne peux pas me confier à elle! Chaque fois que j'écoute de la musique, c'est toi que je rejoins en pensée.
Il semble réaliser qu'il ne pourra passer sa vie avec une femme qu'il n'aime plus.

Elle se sent énergique comme si un rayon laser lui traversait le corps. Elle sait que le destin est avec eux, elle sent que la roue a commencé à tourner. Elle s'installe pour écrire les cartes de Noël qui partiront pour la France.

***

- Peux-tu m'éclairer sur la situation? demande Delphine à la psychologue de l'école.

- Il n'y a aucun doute que cet homme t'aime. Il y a sûrement une raison obscure pour qu'il soit accroché à sa femme de cette façon.

- Il me dit être retourné pour ses enfants.

- Savais-tu que la majorité des maladies psychosomatiques chez les enfants sont causées par des parents qui ne s'aiment plus, mais qui persistent à vouloir rester ensemble pour diverses raisons? Tous les membres de la famille vivent une illusion. Ils s'inventent de fausses personnalités; le véritable moi est complètement renié.

Delphine est en effet convaincue qu'il y a une raison obscure pour que les choses se passent aussi lentement. C'est pour cela qu'elle fait confiance au destin.

***

A son arrivée, l'enthousiasme de Denis comble Delphine de bonheur.

- Viens que je te prenne dans mes bras! Comme tu m'as manqué! Les journées sont longues et pénibles, je m'ennuie de toi. Pour m'occuper, je m'implique davantage dans différents comités.

Blottis l'un contre l'autre, ils écoutent de la musique. Soudain, il lui dit d'un ton tout à fait détaché :

- En janvier, Germaine doit voir un chirurgien; elle aurait une tumeur à l'abdomen.

- Tu es surpris? La maladie se manifeste souvent lorsque quelque chose nous dérange. Je le sais, j'ai été malade plusieurs années. Je souffrais d'anémie, de leucopénie et d'arythmie. J'ai même fait de l'athsme pendant six mois. Je n'arrivais pas à me prendre en main, je n'avais pas la force d'affronter mes épreuves. Mais je me suis vite pardonnée, car il est vrai que je n'ai pas eu un chemin de vie facile. Tout ceci me porte à croire Denis, que la plupart des maladies sont crées dans le subconscient.

Bien à contre-coeur, il la quitte vers minuit. Elle trouve inhumain le fait de dormir seule, mais en pensée, elle sait qu'il est toujours à ses côtés. L'absence n'est qu'une illusion, pense-t-elle.

***

Delphine apprend aux élèves à confectionner un bas de Noël avec de la feutrine. Ils le rempliront ensuite de friandises pour l'offrir à un membre de leur famille. Quelques mamans l'aident à enfiler les aiguilles. Elle apprécie beaucoup l'aide des parents bénévoles. C'est aussi une occasion qui leur permet d'apprécier le travail fait par les enfants. Ceux-ci sont toujours heureux d'être aidés et valorisés.

***

Ses fils sont inquiets.

- Maman, on a peur que ton cerveau n'éclate à s'emplir de connaissances de la sorte!

- Rassurez-vous, je me porte très bien! Mon esprit analytique ne sera satisfait, que lorsque j'aurai compris un peu mieux le comportement humain sur cette foutue planète.

Quelles sont les valeurs qui dirigent ma vie? se demande Delphine. Elle remarque que la plupart des conflits viennent du fait que les gens n'ont pas tous le même système de valeurs. Elle se souvient que si elle acceptait les valeurs de ses parents, elle était récompensée, elle était une bonne fille. Lorsqu'elle était en désaccord, elle était moins bonne, elle risquait d'être punie. Donc, parfois, elle accomplissait des tâches par devoir.

Elle décide de tracer la carte de ses valeurs. Elle sourit en pensant que si le soutien avait été sa valeur première, à son retour de l'hôpital, la nuit où elle fut malade, Denis se serait retrouvé à la porte avec ses valises. Mais étant autonome, elle n'a posé aucun geste regrettable.

Il en va de même avec tous les mensonges et les manipulations de Denis. L'honnêteté n'étant pas la valeur première de Delphine, mais bien la deuxième, elle a été capable de lui pardonner plusieurs fois. Sans contredit, elle constate que pour elle, l'amour-fidélité est la valeur la plus importante. Comme l'honnêteté vient en deuxième position, elle comprend pourquoi elle est en conflit entre son amour pour lui et le comportement malhonnête qu'il affiche. Ce sont ses deux valeurs fondamentales! Viennent ensuite le respect, la communication mutuelle, l'unité spirituelle et le soutien. La liste des valeurs est infinie, il s'agit de les classer par ordre d'importance.

Delphine réalise que ses propres valeurs ont changé au cours de sa vie. Elle comprend pourquoi, même libre, il lui serait impossible de tromper Denis. Elle lui est fidèle parce qu'elle l'aime vraiment. Elle respecte son cheminement par amour. Elle est honnête, il aura toujours la vérité sur ses sentiments. Elle le soutient en lui permettant de garder le contact avec elle. Quelle découverte sur elle-même!

Elle pense à Denis. Il n'a jamais cru en l'amour jusqu'à

123

maintenant, cette valeur ne faisant même pas partie de son système. Elle commence à comprendre : il est déchiré entre "le sens de la famille" qui fut sa valeur première durant toute sa vie, et l'amour qu'il lui porte. Il doit ajouter l'amour sur sa carte, et il ne sait pas où le placer. Le pouvoir viendrait au second rang, et la sexualité en troisième place. L'honnêteté, le respect et le soutien, semblent loin derrière. Germaine et lui ne se respectent pas du tout et se mentent mutuellement.

Mais, si je réfléchis bien, Denis et moi n'avons pas du tout les mêmes valeurs! se dit-elle. En ajoutant l'amour dans sa vie, il doit se sentir écartelé entre ses autres valeurs. C'est probablement ce qui crée chez lui une incohérence et une instabilité épouvantables! Il vit un conflit de valeurs! Heureusement, les gens peuvent changer, et les valeurs aussi!

Delphine pense que les valeurs sont la plupart du temps transmises par la famille. Si l'homme qu'elle aime n'arrive pas à changer ses propres valeurs, ses enfants véhiculeront les mêmes. Ils auront appris que "le sens de la famille", même s'il n'y a pas d'amour au sein des membres, c'est ce qu'il y a de plus important dans la vie, suivi du pouvoir sur l'autre et de la sexualité.

Dans ce genre de famille, la collectivité est plus importante que l'individu. Comme individu, Denis n'a jamais existé, puisqu'il n'a toujours vécu que pour ses enfants.

Delphine songe que si elle veut devenir un modèle efficace pour ses enfants et ses élèves, elle doit adopter des valeurs fortes et un comportement cohérent.

Là où elle a commencé à changer ses valeurs de vie, c'est lorsque son fils Patrick, même s'il avait l'âge de la majorité, manifesta des problèmes de comportement. Elle l'avait mis à la porte à quelques reprises, mais il revenait toujours lorsqu'il n'avait plus aucune ressource. Son coeur de mère le reprenait chaque fois.

- Patrick, notre relation est de plus en plus difficile; y a-t-il quelque chose que je puisse faire pour t'aider?

- Rien maman, tu ne peux rien faire. Je te demande seulement ceci : continue de m'aimer!

Pas facile d'aimer, dans de telles circonstances! Ce que son fils lui demandait, c'était de l'aimer sans conditions.

Elle abandonna donc les menaces, le chantage. Elle cessa toute critique, ne lui posant plus de questions sur ses allées et venues. Elle n'était pas indifférente, loin de là, mais elle arrêta de se plaindre. Elle s'est mise à l'oeuvre pour voir les bons côtés de son fils, pour le valoriser. Elle ne se couchait pas le soir sans l'embrasser et lui dire qu'elle l'aimait.

Ce ne fut pas facile les premiers mois. Maintenir cette attitude est tout un défi! Impossible à réaliser si à la base il n'y a pas d'amour véritable. Il faut aimer de toute son âme pour laisser un enfant faire ses erreurs sans s'emporter. Mais voilà, Delphine aime son fils! Ils ont un lien du coeur très fort. Elle voulait que leur relation s'épanouisse; elle souhaitait qu'il réussisse sa vie, qu'il crée quelque chose par lui-même. Elle aurait tout fait pour qu'il devienne un homme!

Il est sur la bonne voie aujourd'hui : celle de l'autonomie et de l'autodiscipline. S'il a changé d'attitude, c'est aussi en partie, parce que sa mère a décidé de procéder autrement.

En remettant les valeurs fondamentales à leur place, toute la famille s'est sentie plus équilibrée, plus solide.

Elle réalise que Denis lui demande la même chose : l'aimer sans conditions. Lorsqu'il lui rend visite, quelquefois, il n'a pas envie de parler. Il veut seulement être à ses côtés en écoutant de la musique. C'est comme s'il venait puiser l'énergie de l'amour, afin de trouver la force qui lui ferait changer ses valeurs.

Elle est bouleversée par ce qu'elle vient de comprendre; le voile commence enfin à se lever...

***

Delphine refait sa coiffure en s'attardant davantage devant le miroir. J'ai l'impression que je me fais belle comme si Denis allait arriver, pense-t-elle. Subitement, elle se sent heureuse. Elle regarde par la fenêtre de sa chambre et aperçoit sa voiture dans le stationnement. Il arrive, tout essoufflé.

- Tiens, c'est ton cadeau de Noël!

Il lui remet des cassettes de musique qu'il a enregistrées, ainsi qu'un disque. Elle lui donne à son tour, un disque ainsi qu'une petite carte dans laquelle elle énumère les valeurs auxquelles elle croit.

- Il est préférable à mon avis, d'avoir des valeurs communes si on veut qu'une relation soit harmonieuse.

- Je sais Delphine, lui dit-il en la prenant dans ses bras. Je travaille là-dessus. Je t'aime tant!

Il pleure doucement. Elle lit la vraie puissance dans ses yeux : ils sont remplis d'amour. Son regard est franc.

- Peut-être pourrais-tu refaire ta carte des valeurs? Il serait peut-être préférable qu'on ne se revoie pas durant ce temps?

- Laisse-moi au moins te téléphoner!

Son coeur se laisse attendrir.

- Je te souhaite un Joyeux Noël ma Delphine. Je vais penser à toi toute la journée!

Après son départ, elle s'emplit de lui en écoutant ses cassettes. Elle remarque que sur les boîtiers, c'est écrit : "Avec tout mon amour." Elle est heureuse.

***

Elle a organisé avec les élèves un déjeuner-pyjama. C'est tellement mignon de les voir habillés ainsi. Après s'être régalés de gauffres, muffins et biscuits, ils s'assoient pour un cercle magique. Chaque élève devait apporter l'objet auquel il est le plus attaché, et justifier son choix.

Delphine débute l'activité en leur montrant ses deux petits chats en peluche qui se tiennent par le cou.

- Ces petits chats représentent l'amour; ils s'appellent Delphine et Denis. Ils sont inséparables.

Elle remarque les sourires sur les figures des enfants. Il y en a même un qui lui dit :

- Ils ont l'air de s'aimer beaucoup!

Ensuite, tour à tour, les enfants expriment leurs sentiments et leurs émotions en présentant leur objet. Plusieurs ont apporté des animaux en peluche, des poupées, leur couverture de bébé, des voitures de collection.

- Mon petit chien en peluche est le dernier cadeau reçu par mon grand-père avant qu'il ne décède. J'y suis très attaché.

Cet élève serrait contre son coeur ce souvenir si précieux. Un courant de compassion traversa tous les élèves, ce fut un moment intense d'émotions.

- Ceci est la dernière photo de moi et ma grand-mère. Je l'ai toujours avec moi, raconte une autre élève.

- La croix que je porte au cou est le premier bijou reçu à ma naissance, dit une autre.

Les enfants aiment bien ce genre d'activité. Ils ont la chance de s'exprimer et d'être écoutés sur un sujet qui leur tient à coeur. C'est aussi une belle occasion de se connaître davantage et de former des liens d'amitié, pense Delphine.

Suite à toutes ces confidences, ils procèdent à l'échange des cadeaux. Parmi les jolis cadeaux reçus, un garçon offrit à Delphine deux beaux petits chats en porcelaine.

- Regarde Delphine, ils ressemblent à tes chats en peluche!
- Ils seront les chatons de mes deux chats.
- Delphine, avant de partir, parle-nous des valeurs de vie! lance un élève.
- Comme ce sera bientôt Noël, que diriez-vous d'entendre parler de la joie?

« *Vous savez les enfants, le matin, vous avez toujours deux choix : vous lever du bon pied ou être de mauvaise humeur. Personne d'autre ne peut faire ce choix à votre place. Vous êtes responsables de ce que sera votre journée, c'est une question d'attitude, tout simplement.*

C'est vous qui décidez si vous serez triste ou joyeux, mais n'oubliez pas que l'on récolte ce que l'on sème. Même lorsque l'on vit un conflit, il faut essayer de demeurer enthousiaste. Pour cela, il faut avoir un idéal, il faut croire en quelque chose. La joie nous permet d'aller au-delà de nos limites.

La vraie joie part du coeur. Lorsqu'on rend service, il faut le faire dans la joie et non pour faire plaisir à tout le monde.

Par exemple, si on vous demande de faire la vaisselle, faites-là donc en chantant, le temps passera plus vite.

Si vous deviez jouer avec un ami et qu'il annule, ne soyez pas tristes, peut-être que quelque chose de mieux se présentera.

Si plus tard votre petit ami ou petite amie vous quitte, il faut croire que le prochain ou la prochaine vous conviendra mieux.

Si à un moment donné, dans votre vie, quelqu'un essaie de vous démolir, c'est pour que vous développiez vos forces mentales.

Il faut aussi apprendre à dédramatiser certaines situations. Si on amplifie un petit conflit, celui-ci grossira. Moins on pense aux événements malheureux, moins il s'en présentera. »

- Delphine, que puis-je faire pour aider une voisine qui ne sourit jamais? Elle est souvent malade et déprimée.
- Les personnes qui manquent de joie dans leur vie, sont celles qui ont le plus besoin d'amour. Ton sourire peut lui réchauffer le coeur. Grâce à toi, elle trouvera peut-être la vie moins lourde à supporter.

Elle constate que plusieurs élèves ont le sens de la fraternité, leur générosité est réelle. Ils savent ce que veulent dire les mots "compassion" et "consolation."

***

- Delphine, je te souhaite un Joyeux Noël, de belles vacances et que tous tes rêves se réalisent!

Monique, celle qui partage sa tâche lui remet une petite boîte joliement emballée. Delphine découvre un superbe porte-clés en étain. Il s'agit d'un coeur et d'une petite clé retenue par une chaînette.

- Quand j'ai aperçu ce coeur, j'ai pensé à toi.
- Tu veux que je trouve la clé qui ouvrira le coeur de Denis?
- C'est à toi que j'ai pensé d'abord.
- C'est une attention qui me touche beaucoup Monique.
- En continuant de lire, peut-être trouveras-tu la clé qui ouvrira tous les coeurs?

***

Ouvrant son courrier, une carte de Noël attire son attention. Elle vient de son courtier en immeubles.

« Je te souhaite un Bel Amour dans ta vie. Tu le mérites bien. »

Toutes ses lettres à Denis débutaient par « Mon Bel Amour.» Quelle coïncidence! se dit-elle. Elle court au téléphone.

- Germaine est au courant que nous nous sommes offerts mutuellement un disque en cadeau. Elle m'a acheté le même que tu m'as donné, il est au pied de l'arbre de Noël. Elle était furieuse...
- Comment l'a-t-elle su?
- Elle l'a deviné lorsqu'elle m'a surpris à l'écouter. Ensuite, elle a fouillé mes poches et y a trouvé ta petite carte. Durant la soirée, j'étais seul dans mon atelier de travail, j'y ai fait toute une colère. J'en voulais à mon voisin, à l'humanité entière!
- Mais Denis, ce n'est pas la faute de ton voisin, encore moins celle de l'humanité! Tu ne penses pas que ta colère est la preuve de tes illusions?
- Peut-être.... Je ne comprends plus ce qui m'arrive. Je suis impatient envers tout le monde, surtout lorsque je suis au volant de ma voiture.
- La solution est en toi, tu ne peux blâmer qui que ce soit.

Cette nuit-là, elle rêve que Denis l'attend au pied de l'oratoire St-Joseph. Faut-il recourir à la prière pour obtenir un miracle? Les miracles existent-ils?

***

Sa mère donne le réveillon de Noël. Après quelques coupes

de vin, Patrick semble vouloir confier à l'amoureux de sa grand-mère les étapes de son cheminement jusqu'à maintenant. Son père lui a vraiment manqué, pense Delphine.

Au moment de partir pour la messe de minuit, ce n'est pas le bonheur.

- Les gars, je sais que vous venez à la messe pour me faire plaisir, mais j'aime bien la tradition de Noël et j'apprécierais votre présence.

Delphine n'aurait pas dû insister, car elle n'a pas réussi à leur rendre le coeur heureux. C'est le conflit des générations. L'an prochain, elle se promet bien de respecter leur choix.

Au retour de la messe, ils font honneur à une table bien garnie. Je me demande si Denis a réussi a avoir du plaisir en cette nuit de Noël? se dit Delphine. En se couchant, aux petites heures du matin, ses dernières pensées s'envolent vers lui.

A son réveil, elle est songeuse. Comment fait-il pour être le tyran de ses propres actions?

***

CHAPITRE 9

Le sens de la vie

Il est important pour le bien-être de notre planète de nous sortir du monde «dominé-dominant»

Lise Bourbeau

En feuilletant la revue mensuelle à laquelle Delphine est abonnée, son intérêt est capté par la promotion d'un livre qui expliquerait le sens de la vie.

Cet article m'intéresse, pense-t-elle.

On y explique que le hasard n'existe pas, et qu'il faut prendre au sérieux les coïncidences qui se manifestent dans la vie. Ce livre excite sa curiosité. Je sais que le hasard n'existe pas, car je dois bien avoir noté une vingtaine de coïncidences qui m'encourageaient à croire en Denis, pense Delphine.

Ce livre raconterait aussi comment ressentir l'énergie de l'amour, et comment on peut soutirer l'énergie des autres en les dominant. Le sujet semble plus qu'intéressant.

Ce soir, ils reçoivent à souper un ami de Patrick.

- Ma mère a lu un livre qui l'a complètement transformée. Elle ne voit plus la vie du même oeil; elle est radieuse et remplie d'espoir pour l'avenir.

- Je crois deviner de quel livre il s'agit, dit Delphine.

Elle court chercher le magazine, et effectivement, il s'agissait bien du même. Raison de plus pour qu'elle l'achète dès demain!

Le libraire lui sourit en lui ouvrant la porte.

Arrivant au comptoir-caisse, livre en mains, une dame derrière elle l'interpelle sur un ton enthousiaste.

- Vous allez adorer ce livre. Quel bijou! Cet auteur est génial, il nous aide à mieux saisir le chemin de l'évolution.

- Ah oui? Justement, je cherche à comprendre le sens de la vie.

- Alors, vous allez être servie! Je vous souhaite une bonne lecture.

Cette dame la regarde sortir de la librairie avec un regard plein de bonté. Pourtant, Delphine ne la connaissait pas.

***

Elle prend la route en direction de St-Antoine.
- Je te présente une de mes soeurs, dit Charlène.
- Ça me fait plaisir de te connaître Delphine. C'est dommage que Denis ne soit pas avec toi! Viens-tu magasiner au Carrefour du Nord avec nous?

S'arrêtant pour prendre un café, les confidences vont bon train.
- J'espère qu'un jour, ta patience et ton amour seront récompensés, ma chère Delphine, dit la tante de Denis.

Après avoir quitté ces gentilles dames, sur le chemin du retour, elle arrête quelques minutes chez sa mère.
- Comme je crois que ce sont les valeurs qui dirigent notre vie, j'ai tracé ma carte des valeurs il n'y a pas longtemps. Aimerais-tu faire ta propre carte maman? Il s'agit de placer les valeurs par ordre d'importance.

Pour sa mère, l'honnêté arrive au premier rang, suivi de l'amour.
- Maman, c'est donc dire que si je te mentais, d'après ta carte, tu m'aimerais moins?
- J'ai toujours eu beaucoup de difficulté à côtoyer des menteurs et des manipulateurs...

Comme son petit-fils Patrick lui a déjà menti dans le passé, c'est probablement pour cette raison qu'encore aujourd'hui, elle n'a pas tout à fait confiance en lui. Delphine comprend alors pourquoi elle est négative envers Denis. Mais sa mère a une grande capacité d'amour, elle sait qu'elle est capable de pardonner. Le temps fera son oeuvre...

***

Elle s'installe pour enfin commencer la lecture de ce livre qui semble expliquer le sens de la vie.

- Ecoute ça Patrick, je viens de lire quelque chose de troublant :   présentement les êtres humains vivraient une **renaissance de la conscience**. Celle-ci se manifesterait par des coïncidences heureuses qui traceraient la route à suivre.
- Tu sembles surprise? Ça fait au moins neuf mois que les

coïncidences se multiplient depuis que tu connais Denis. C'est invraisemblable!

- Cette renaissance ferait prendre conscience que depuis plusieurs siècles, l'être humain recherchait le confort et la sécurité, en attendant de comprendre la vérité.

- Tiens! J'ai toujours pensé qu'entre naître et mourir, la vie devait avoir un autre sens que seulement manger, travailler et dormir. Et que nous faut-il donc comprendre?

- Il paraît que **l'énergie commence par une sensation intensifiée de la beauté**.

- Je commence à comprendre! Qu'il s'agisse d'un coucher de soleil, du bleu de la mer, d'un bel oiseau ou d'une magnifique forêt, je t'ai souvent entendue t'exclamer devant les merveilles de la nature. Et Dieu sait si tu en as de l'énergie!

- A bien y penser, c'est vrai qu'à chaque fois que j'apprécie la beauté de quelqu'un ou de quelque chose, je me sens pleine d'énergie. N'est-il pas vrai que l'on se sente bien après avoir complimenté quelqu'un?

- Malheureusement maman, plusieurs ont tendance à critiquer plutôt qu'à complimenter...

Considérant que ça fait plusieurs conscientisations dans la même soirée, Delphine éteint la lumière et elle s'endort avec son morceau de musique préféré de l'heure : "The light of the spirit".

Au petit matin, elle se réveille ayant en tête ce bout de chanson d'Édith Piaf :

« Dieu réunit ceux qui s'aiment. »

Cela la fait sourire...

L'année se termine harmonieusement avec ses deux fils. Ils écoutent la télé en grignotant quelques douceurs.

- Pas de somptueux réveillon du jour de l'an encore pour nous, n'est-ce pas maman? dit Philippe.

- L'important, c'est que nous soyons bien ensemble, tu ne trouves pas?

Que la nouvelle année soit douce et bonne! Que ce soit une année où l'amour triomphera!

***

- Patrick, la nuit dernière, j'ai rêvé que je cultivais un ricin. Cette plante m'incitait à accepter l'instabilité de l'existence, car il paraît que c'est la volonté de Dieu de nous obliger à vivre le détachement. Ensuite, de magnifiques tapis décoraient ma maison, semblant annoncer des amours heureux et une vie confortable.

- Avec de tels rêves maman, tu ne peux faire autrement que de conserver l'espoir!

Elle reçoit un appel de la France.
- Bonne Année Delphine! Nous te souhaitons tout l'amour du monde!
- Le temps travaille pour moi, Marylène. Bonne Année à toi aussi!

Le téléphone n'arrête pas de sonner.
- Je te souhaite une Heureuse Année mon Amour! Je me suis levé de bonne humeur ce matin car je savais que je t'entendrais!
- Bonne Année à toi aussi, je te souhaite tout ce que ton coeur désire! Je pense à toi souvent tu sais? Denis, toi lorsque tu penses à nous deux, qu'est-ce qui te manque le plus?
- Ce qui me manque le plus?... C'est que tu ne sois pas à mes côtés le matin à mon réveil et le soir quand je m'endors. Te souviens-tu quand je me levais le matin, que je faisais le tour du lit, et que je te poussais pour m'allonger à nouveau près de toi?

Que ce souvenir est doux à son oreille!
- Bien sûr que je m'en souviens, tu étais tellement drôle à voir!
- Et puis, je pense souvent au festival de jazz; nous étions si heureux tous les deux! Je m'ennuie aussi de nos conversations. Si au moins j'avais un ami à qui je pourrais me confier...
- Si j'avais su, je t'en aurais acheté un pour Noël! As-tu réfléchi à ta carte des valeurs?
- Bien sûr. Si on arrive à placer l'amour en premier, les autres valeurs suivent automatiquement. Je vais y arriver. Le fait de savoir que j'ai ton amour me donne beaucoup d'espoir. J'apprécie ta patience Delphine.
- J'ai confiance en toi, mais je pense que tu as besoin d'aller chercher des connaissances; demande de l'aide! Attends une minute, Patrick veut te parler.
- Est-ce que ça te plairait une bonne partie de billard demain soir?
- Et comment! Tu passes me prendre?

***

Elle n'est jamais seule avec le téléphone.

134

- Delphine, je suis à lire un livre qui parle d'évolution. J'ai expérimenté plusieurs choses et le résultat est étonnant...
- Quelle coïncidence Sylvie! Je crois que nous lisons la même chose.
- Que penses-tu du chapitre qui traite des luttes de pouvoir? Il paraîtrait que lorsqu'on domine une personne, on reçoit son énergie, cela nous rendrait plus fort. Ce serait l'origine de tous les conflits familiaux. L'insécurité créerait un besoin de prendre l'énergie des autres pour se sentir mieux.
- Je comprends pourquoi en présence de certaines personnes, je deviens soudainement fatiguée! Quand je suis témoin d'une conversation où les gens s'obstinent ou s'engueulent pour obtenir gain de cause, mon énergie baisse considérablement. Je comprends aussi pourquoi je fuis ceux qui veulent constamment avoir raison. Mais que dois-je faire pour conserver mon énergie?
- La réponse est au prochain chapitre. Je n'ai pas encore terminé ma lecture.
- On s'en reparle; ce livre est drôlement intéressant, n'est-ce pas?

***

La lecture occupe toutes ses journées. Ce qu'elle découvre est tellement intéressant, qu'elle oublie sa déception de ne pas être en Russie.

- Maman, j'ai besoin de gants et de lunettes de ski, lui dit Philippe.
- Je t'accompagne. Quelques heures dans les magasins me libéreront l'esprit.
Au retour, Patrick lui résume la soirée d'hier en compagnie de Denis.
- Il m'a dit qu'il t'aime. Il est à refaire sa carte des valeurs. Il n'a plus le goût d'aller en Tunisie, par contre, il avait l'air content d'être avec moi.

Delphine s'installe à nouveau dans son fauteuil et reprend sa lecture.

- Les gars, ce livre est super! Ecoutez bien ceci sur les énergies. Si je ne veux pas perdre mon énergie, je dois faire entrer de l'amour en moi et ressentir cet amour.
- Comment fait-on cela? demande Philippe surpris.
- Chaque fois qu'on apprécie la beauté d'une chose ou d'une personne, on reçoit cette énergie de l'amour. Et ce serait cette

énergie qui amènerait les coïncidences, un peu comme si c'était un cadeau de l'intelligence universelle.

- Si je comprends bien, ce cadeau ressemble à la loi du retour.

- En quelque sorte, oui. Si tu donnes de l'amour, il y a de fortes chances que tu le récoltes. Mais, **il y aurait chez les humains, quatre mécanismes de domination qui déclenchent les luttes de pouvoir, ce qui diminuerait les effets de l'amour. Ces mécanismes, à des degrés différents, prendraient l'énergie des autres.**

- Maman, je sens qu'on va bientôt comprendre comment fonctionnent les êtres humains, dit Patrick.

- **Il y aurait sur la terre, des intimidateurs, des interrogateurs, des indifférents et des plaintifs.** Mon père était jusqu'à un certain point un intimidateur.

- Et il a fait de toi une plaintive?

- Si quelqu'un essaie de t'intimider, ou tu l'intimideras à ton tour ou tu te plaindras. C'est logique non? Comme je craignais et respectais mon père, je préférais me plaindre les rares fois où il me disputait. Je n'aurais jamais osé l'affronter.

- Et ta mère?

- Elle était plutôt interrogatrice.

- Et elle a fait de toi une interrogatrice aussi, si je ne me trompe?

- Mais j'aurais pu devenir aussi, indifférente. J'aimais trop la vie pour ça. Curieuse de nature, je me suis toujours posé plein de questions sur l'existence.

- Si je résume, un intimidateur créerait un autre intimidateur ou un plaintif. Par contre, un interrogateur créerait un autre interrogateur ou un indifférent. Que c'est fascinant tout ça!

- Voyons voir ce que j'ai fait avec vous deux! Etant plutôt plaintive et interrogatrice, je pense avoir fait de toi Patrick, un intimidateur et un indifférent, selon les circonstances.

- Quand tu te plaignais, il m'arrivait en effet d'essayer de t'intimider...

- Et lorsque je te posais trop de questions, tu étais souvent indifférent et la plupart du temps, tu mentais. Je me rends compte que mes interrogatoires du type : « Où étais-tu? Avec qui? A quelle heure es-tu revenu? Les parents étaient-ils là? », ont développé chez toi, le mensonge et la manipulation.

- En effet. Comme j'avais peur de me faire disputer, souvent je ne disais pas la vérité. Sans t'en rendre compte maman, tu m'incitais presqu'à mentir.

Saisie, Delphine réalise qu'elle a exercé sur Patrick les

quatre types de domination : elle l'a menacé en faisant du chantage, elle l'a questionné, elle s'est plainte et finalement, après avoir utilisé bien inconsciemment ces différents mécanismes, elle est devenue complètement indifférente.

Mais rien de tout cela ne fonctionne! remarque Delphine.

Si on aime véritablement quelqu'un, on ne lui fait pas de chantage ni de menaces; ce serait utiliser une autorité malsaine. Si on aime quelqu'un, on ne s'introduit pas dans sa vie par une foule de questions soupçonneuses qui ne cherchent qu'à le prendre en défaut; on lui fait confiance et on attend qu'il parle. Si on aime quelqu'un, on n'est surtout pas indifférent; on s'intéresse à ce qu'il est, en lui accordant du temps et de l'attention. Si on aime quelqu'un, on cesse de se plaindre pour des peccadilles. Y a-t-il quelque chose de plus fatigant que quelqu'un qui se plaint tout le temps?

Delphine était ainsi. « Qu'est-ce que j'ai bien pu faire au bon Dieu pour avoir des enfants pareils? C'est toujours moi qui fais la vaisselle, vous ne m'aidez jamais! »

- Je réalise que vous avez dû souffrir de ce comportement...
- Maman, lorsque je t'ai simplement demandé de continuer de m'aimer, sans t'en rendre compte, tu as éliminé ces quatre mécanismes de domination.
- C'est vrai... J'ai d'abord cessé de me plaindre et je ne te posais plus de questions. Ensuite, je t'ai assuré que tant que tu aurais besoin de moi, je serais là pour t'aider. Le temps des menaces était révolu.
- J'ai finalement compris que j'étais important à tes yeux.

Ce changement d'attitude ne fut pas facile, Delphine le concède. Le résultat? Après quelques mois, le comportement de son fils avait considérablement changé. Il reprenait confiance, et de ce fait, avait une meilleure estime de lui-même. Progressivement, il a cessé de mentir. Ensuite, plutôt que d'être installé devant la télévision à la journée longue, il a eu le goût de bouger, de faire quelque chose de sa vie. Il s'est finalement trouvé un emploi, et par la suite, une petite amie tout à fait charmante. Les luttes de pouvoir entre eux étaient choses du passé : Delphine avait compris ce qu'est l'amour sans possession. C'est magique, les résultats parlent d'eux-mêmes.

En ce qui concerne Philippe, elle a fait de lui un plaintif; il est la copie conforme de ce qu'elle était. A l'adolescence, il a vécu deux ans avec son père dans une relation tout à fait étouffante. Il est devenu par le fait même un intimidateur.

Lorsqu'il est revenu habiter avec elle, elle a dû reprendre son éducation presqu'à zéro. Heureusement qu'elle l'aimait profondément, car il aurait pu être un candidat parfait pour le suicide. Quand un enfant se fait dire qu'il a été un "accident", qu'il n'aurait jamais dû naître, c'est enregistré dans son mental. Cela demande beaucoup d'amour pour arriver à déprogrammer ces mots qui tuent.

Elle comprend que la guérison de Philippe dans ses mécanismes de domination se fasse plus lentement. L'amour peut tout guérir, elle sait qu'elle va réussir. Il s'agit de développer la patience...

Elle pense à Denis. Elle se contentait de l'aimer au quotidien. Il n'existait donc aucune lutte de pouvoir entre eux.

- Il a dû s'en faire poser des questions dans sa vie pour qu'il soit à ce point aussi manipulateur! réalise Patrick.

- Lorsque Germaine le menaçait de prendre les enfants, il paniquait. Lorsqu'elle le questionnait sans relâche sur notre relation, il devenait indifférent. Finalement, jouant la plaintive, elle a réussi à le rendre coupable.

- En effet, il se sent coupable d'abandon, de répliquer Patrick.

- Mais elle doit bien se rendre compte qu'il ne l'aime pas pour autant? dit Philippe. L'amour, ce n'est pas une philosophie, c'est une énergie! On dirait un détenu, et elle, c'est la gardienne de prison.

- A ton avis maman, lequel des deux est le plus prisonnier? demande Patrick.

- Lorsque Denis aura libéré toutes ses dépendances, il posera le bon geste. En attendant, je dois m'armer de patience! Le pouvoir de l'amour sera-t-il plus fort que l'amour du pouvoir?

Delphine reprend sa lecture. On y parle d'évolution personnelle. Les êtres humains devraient tenir compte de la manière dont les choses leur sautent aux yeux, dont certaines pensées viennent les guider.

Elle se rend compte que c'est exactement ce qu'elle vit présentement. Toutes les coïncidences, les pensées qui arrivent dans sa tête, les rêves qu'elle fait et les livres qui lui tombent sous la main. Elle se sent guidée, comme si on lui indiquait la route à suivre, à partir de ce qu'elle ressent. Elle réalise **qu'il n'y a pas seulement les rêves qui guident les hommes, mais aussi les**

rêveries et les pensées. Ceci peut se manifester par un événement ou un décor qui indiquerait ce qui peut arriver.

Elle est de plus en plus convaincue que Denis et elle, cheminent de façon différente. Elle, ce sont ses rêves nocturnes qui lui donnent ses réponses; lui, ce sont ses rêveries et ses pensées.

***

- Maman, j'ai commencé à lire ton livre, lui annonce Patrick. C'est incroyable tout ce qu'on y apprend! **Il paraît que si l'énergie d'une personne tombe, le corps souffre.** Ce serait seulement grâce à l'amour qu'on pourrait maintenir un niveau de vibration élevé qui nous gardera en bonne santé.

- As-tu déjà vu quelqu'un de très amoureux, être malade? Mais lorsque les luttes de pouvoir s'enclenchent entre deux personnes, d'après moi, c'est possible que la maladie se manifeste.

Depuis qu'elle a découvert le sens du verbe aimer, elle a de l'énergie à revendre grâce à tout cet amour. Elle commence vraiment à croire que l'amour guérit tout. Peut-être que les miracles viennent aussi de cette source? Dans la bible, c'est écrit : « **Il te sera donné selon ta foi.** »

Ça bourdonne dans sa tête toutes ces hypothèses, mais ça correspond tellement à ce qu'elle vit, qu'elle se promet bien d'étudier la question plus en profondeur.

***

- Monique, je suis à lire un livre qui explique comment utiliser l'énergie d'une manière nouvelle avec les enfants. Ceux-ci, pour apprendre à bien évoluer, auraient besoin de l'énergie des adultes en permanence et de manière inconditionnelle. **Le pire qu'on pourrait leur faire, serait de prendre leur énergie en voulant les corriger.** Il ne faudrait pas non plus vouloir s'occuper de plus d'enfants qu'on ne le peut.

- C'est certain. S'il y a trop d'enfants, on se sent débordées et souvent on perd notre énergie. S'il y avait toujours quelqu'un pour répondre aux questions des enfants, ils n'éprouveraient pas le besoin de jouer un rôle ou de se vanter.

- Mais qu'est-ce qu'on fait dans une classe avec vingt-sept élèves? Je comprends maintenant pourquoi il m'arrive à l'occasion de perdre patience! Patrick me disait l'autre jour, qu'il comprenait pourquoi toute sa vie, il a pensé que j'aimais Philippe plus que lui. Et Philippe pensait le contraire bien entendu! Ils sont deux, mais je les ai élevés seule. J'ai donné cinquante pour cent à l'un, et cinquante pour cent à l'autre. Mais pour se développer adéquatement, un enfant aurait besoin de recevoir cent pour cent de l'adulte. Mes fils n'ont pas eu la présence d'un père; les hommes qui sont passés dans ma vie, ne s'en sont pas vraiment occupés. Maintenant, ils savent que je les aimais également, j'ai fait au mieux de ma connaissance, avec les moyens que j'avais.

- Mais Delphine, comment peut-on donner toute l'énergie nécessaire à vingt-sept élèves en même temps? C'est humainement impossible! Comment réussir à leur donner ce dont ils ont besoin? Il arrive que plusieurs parents démissionnent à la maison, se fiant que l'école s'occupera de tout.

- Combien de fois a-t-on entendu dire : « Je ne sais pas comment vous faites avec tous vos élèves. Moi j'en ai deux à la maison, et souvent je n'y arrive pas. Ils me mettent hors de moi, je ne sais plus quoi faire! »

Et l'on se fie sur l'école pour trouver des solutions... Le problème, c'est que la plupart des parents livrent un combat contre leurs propres enfants et tout cela laisse des séquelles. Ils veulent diriger leurs enfants comme s'ils étaient eux-mêmes. Chaque fois qu'un enfant est critiqué ou rejeté, il perd de l'énergie. Ce qui fait qu'il se sente moins bon, moins confiant.

- A cause de leur esprit de compétition, de vouloir à tout prix gagner et avoir raison, les gens se font vieillir les uns les autres à une vitesse terrifiante, réalise Monique.

- Mais les enfants à qui on enseigne représentent la société de demain, ils sont l'espoir et l'avenir du pays. Il faudrait absolument refaire de l'éducation une priorité sociale! Mais comment va-t-on y arriver, avec des parents qui démissionnent, avec des coupures de budget, avec des enfants qui de plus en plus, dépendent de médicaments pour contrôler leur hyperactivité?

- Comment peut-on arriver à enseigner le français et les mathématiques quand au départ, plusieurs enfants sont incapables de se concentrer, tellement l'estime d'eux-mêmes est faible?

- Monique, ça fait longtemps qu'on le dit : **le nombre d'élèves est trop élevé par classe.** C'est impossible de combler tous les besoins affectifs et scolaires comme on le voudrait. On ne travaille pas sur des ordinateurs, mais sur des enfants qui souvent souffrent, ont peur, sont rejetés, n'ont pas d'amis ou se sentent incompris de leurs parents.

- Mais comment palier à toutes ces lacunes?

- Sûrement pas en sabrant dans les budgets destinés à l'éducation!

L'éducation devrait être, pour les gouvernements, une priorité. Il faudrait replacer l'école sur ses rails pour ne pas aggraver la fracture sociale. La fierté d'un pays ne devrait-elle pas se mesurer à plus qu'un drapeau? Les éducateurs ont le devoir de préparer les enfants à devenir des citoyens responsables. Pour cela, il faudrait remettre les valeurs fondamentales à leur place. Malheureusement, souvent, c'est l'argent qui décide de tout, au détriment de tous ces jeunes qui boivent, se droguent ou se suicident, tellement ils ont perdu le sens des valeurs.

- Monique, j'ai appris il n'y a pas tellement longtemps, qu'un de mes anciens élèves s'est suicidé. Que peut-on faire pour éviter cela?

- Le décrochage scolaire est de plus en plus fréquent, et la violence s'installe souvent parmi les groupes de jeunes. Les résultats parlent. Les parents et les enfants devraient passer du temps de qualité ensemble. Les enfants ont besoin d'entendre autre chose que seulement : « As-tu fait tes devoirs? T'es-tu brossé les dents? »

- On n'a plus le temps de chercher des coupables, mais des solutions. Un climat de confiance totale devrait exister entre les parents et les enseignants, car tout le monde a à coeur la réussite personnelle et scolaire des enfants. L'école idéale serait une école où les enfants pourraient vivre dans la paix et l'harmonie. Il faut arrêter de dire que le système doit changer et ne rien faire. Il faut agir avant qu'il ne soit trop tard!

- Mais comment faire plus avec moins? De nouveaux besoins sociaux se font sentir, et ce n'est sûrement pas en faisant des économies que les jeunes auront les outils nécessaires pour créer leur propre vie. Ce serait sacrifier l'avenir du pays! Il faut ouvrir les yeux sur le monde. Il faudrait que ceux qui dirigent le pays prennent conscience un jour, de la responsabilité de ce que veut dire le mot "diriger".

- Dans mon cours sur les valeurs de vie, je demandais justement aux élèves ce que voulait dire ce mot. Une élève a répondu :

« Diriger, c'est montrer le chemin. »

Toute une leçon venant d'une gamine de dix ans! Montrer le chemin! La seule façon de le faire, c'est par l'exemple. **Trop de gens sont si occupés à conserver leur travail, qu'ils oublient de « faire » leur travail.** Si l'amour de l'humain ne remplace pas l'amour de l'argent et du pouvoir, la société actuelle est vouée à l'échec et à la déchéance; graduellement, la planète s'autodétruira.

« Que cela plaise ou non, c'est un besoin chez l'être humain d'aimer et d'être aimé! C'est le seul but de l'évolution. »

Delphine sent qu'à son retour en classe, certaines choses vont changer dans sa façon de percevoir les élèves. Elle veut être capable de leur donner le plus d'énergie possible sans perdre la sienne. Elle croit comprendre comment procéder.

A la maison, Patrick avance rapidement dans sa lecture.

- Maman, je suis rendu au chapitre qui traite des luttes de pouvoir qui existent dans les relations amoureuses. Sais-tu pourquoi lorsque l'amour naît entre deux personnes, une fois la passion diminuée, apparaissent les conflits? C'est que nous n'aurions pas intégré le sexe opposé.

- Je ne comprends pas vraiment. Je sais que chaque personne a en elle un côté féminin et un côté masculin plus ou moins développé, mais je ne me suis jamais arrêtée à comprendre davantage ce concept.

- Au cours de la lecture, j'ai saisi que si on résistait au coup de foudre au début, en entretenant des relations platoniques avec l'autre, on développerait un autre sentiment. Il faudrait goûter le début d'une relation amoureuse dans la solitude et arriver à ressentir l'autre au-dedans de soi. Ce n'est pas facile à faire!...

- Si je comprends bien, je serais une personne incomplète recherchant ce qui lui manque dans l'autre sexe?

- Et lors d'une relation sexuelle, deux personnes ne font plus qu'une. Mais en réalité, dans cette personne, il y a deux personnalités et chacune des deux veut diriger la personne entière qu'ils ont créée.

- ... et de là les luttes de pouvoir surgissent. **Mais aujourd'hui, plus personne ne veut être dominé.** Donc, j'ai eu raison de couper tout contact physique avec Denis! C'est ce que nous appliquons sans le savoir. Il est à régler ses dépendances envers Germaine, c'est-à-dire qu'il est à devenir un être complet et moi aussi! Lorsque j'ai connu Denis, mes dépendances étaient résolues en partie. Il me restait à apprendre le détachement. Mais le détachement ne veut pas nécessairement dire renoncement.

Delphine réalise que c'est tellement simple quand on comprend! Mais elle a l'impression qu'il lui manque encore certains éléments en ce qui a trait aux côtés féminin et masculin. Elle finira bien par trouver...

Se rappelant la dame qui l'avait interpellée à la librairie, elle se dit que celle-ci avait raison : ce livre est vraiment une contribution pour un monde meilleur.

Cet auteur est génial, j'aimerais bien le connaître! pense-t-elle.

Avant de se coucher, elle jette un coup d'oeil sur tous les livres qu'elle a lus. Que de connaissances ils lui ont apportées! Demain, elle retournera en librairie, elle sent qu'il lui manque encore quelque chose...

A son réveil, elle se rappelle avoir fait un magnifique rêve qu'elle s'empresse aussitôt de raconter à son fils.

- On me présentait un superbe bracelet en or serti de diamants. Ces pierres symbolisaient la perfection d'un amour rendu à maturité.

- Ça voudrait donc dire que la tradition de la bague à diamants viendrait de là! Se pourrait-il maman que ce rêve annonce ton union avec Denis?

- Si tu pouvais dire vrai Patrick...!

Elle sent qu'elle est près du but. Elle se rend à la librairie. Elle parcourt les allées, n'ayant aucune idée de ce qu'elle trouvera. Tout à coup, son regard est attiré par un livre. Elle fait comme d'habitude, elle consulte la table des matières et elle remarque qu'il y a un chapitre consacré aux principes féminin et masculin qui existent dans chaque être humain. Elle a l'intuition qu'elle a le bon volume entre les mains.

Installée confortablement dans son fauteuil, Delphine commence la lecture de ce chapitre.

**

- Patrick, je crois que je viens de comprendre quelque chose de très important. J'aimerais que tu sois bien attentif à ce que je vais t'expliquer.

- Je t'écoute maman...

- Le côté féminin présent en chaque personne se rapporterait à la créativité, la spontanéité, la beauté, la douceur, la tendresse, les sentiments, les arts et la musique. Le côté masculin se rapporterait plutôt au côté rationnel de l'être qui se traduit par la force, le courage, la persévérance, la volonté, la capacité d'analyser et de diriger, afin de passer à l'action. Comprends-tu que pour vivre en harmonie et équilibré, on doit intégrer ces deux principes?

- Mais comment savoir si je les ai?

- On doit référer aux modèles qui nous ont éduqués. Dans mon cas, ce sont mes parents. Ma mère était douce, tendre; elle était toujours bien mise, elle appréciait les belles choses. Donc, son côté féminin était particulièrement développé. Elle était courageuse, patiente, tolérante, mais manquait un peu de confiance en elle. Son côté masculin demandait à être travaillé. Mon père aussi avait son côté féminin. Il était affectueux, aimait les arts, surtout la musique. J'adorais quand il jouait de la guitare! Il était fort, courageux, savait prendre des décisions, mais il était parfois impatient et intolérant. Il avait aussi à travailler son côté masculin.

- Maman, réalises-tu que tu as ton côté féminin en double dose?

- Bien sûr. C'est ce qui expliquerait pourquoi j'ai tant souffert par la suite, du manque de tendresse et d'affection. Mes souffrances au niveau affectif étaient à peine supportables. Quant à mon côté masculin, je manquais un peu de patience et de tolérance, tout comme mon père.

- Que s'est-il passé avec papa?

- Ton père avait une mère très autoritaire. Elle embrassait rarement son mari et ses enfants. La tendresse était quasi inexisteante dans cette famille. Donc, ton père n'avait pas son côté féminin puisque sa mère ne l'avait pas. Il n'y avait pas non plus de modèle féminin dans cette famille qui aurait pu remplacer sa mère, une tante par exemple.

- Et mon grand-père?

- Je l'aimais beaucoup, c'était un homme bon. Mais c'était aussi un homme mou, qui se laissait dominer par sa femme. Il n'avait pas confiance en lui, il ne prenait jamais de décisions. Il n'avait pas intégré son côté masculin. Ton père n'avait aucune admiration pour son père, donc, il rejetait aussi son côté masculin.

- Mais qu'arrive-t-il lorsque quelqu'un se rejette complètement?

- Tout le problème est là... Il cherche à dominer, il prend le pouvoir. Durant mes six années de mariage, n'habitant plus avec mon père, l'image de l'homme se modifia, car mon mari n'était pas comme mon père avec qui j'avais une belle relation. Je ne comprenais plus rien, perdant peu à peu confiance en moi. Ce fut le divorce.

- Que s'est-il passé lorsque tu as rencontré Paul?

- Il fut élevé par des gouvernantes, sa mère fréquentant plus souvent l'hôpital que la maison. Paul n'a pas connu ce qu'est la tendresse d'une mère aimante. Durant huit ans, je me suis acharnée à lui dire qu'il n'était pas affectueux, que je ne me sentais pas aimée.

Il m'écoutait, mais il ne comprenait pas. Il ne savait pas comment s'y prendre, car on ne lui avait jamais montré. Il n'avait pas son côté féminin. Par contre, il a développé son côté masculin : il avait confiance en lui. J'ai appris de lui la patience et le courage. Mais ce n'était pas suffisant, j'avais trop besoin d'affection. Je ne pouvais croire que je passerais ma vie à quémander de la tendresse. J'ai préféré le quitter.

- Et Louis?
- J'étais craintive face aux hommes; ils sont tous si charmants au début... Mais, ce fut le coup de foudre! Je me promettais bien de faire ce qu'il fallait pour que notre union réussisse.
- Après quelques mois, j'avais remarqué que le comportement de Louis avait changé. Il était souvent de mauvaise humeur, faisant de plus en plus de colères injustifiées.
- Il n'avait pas beaucoup de patience ni de tolérance. Par opposition, c'est grâce à lui si j'ai développé ces deux vertus.
- Je t'ai souvent vue pleurer, lui pardonnant sans cesse.
- Là où Louis a fait une erreur, c'est lorsqu'il a insulté verbalement ma mère. Il ne fallait pas s'en prendre à celle-ci, c'est mon modèle féminin.
- Je me souviens qu'il a fait ses valises rapidement...

Après réflexion, elle se rappelle que Louis a été élevé par une grand-mère qui maniait facilement le balai, et elle ne sait absolument rien de son père; il évitait toujours d'en parler.

- Et Denis dans tout ça?
- Tu le connais, c'est un passionné de musique, un sentimental! Il est affectueux et tendre comme du bon pain! Grâce à sa grand-mère qui l'adorait, il a son côté féminin! C'est pour ça qu'on s'entend si bien, on a les mêmes goûts et les mêmes intérêts.
- Et son côté masculin?
- C'est là où ça se complique... il rejette son côté masculin. Devant ses enfants, il n'a aucune force, aucun courage, aucune volonté. Il ne sait pas dire non. De plus, il est incapable de prendre une décision, de faire un choix en rapport avec son coeur. Il a vu son père se promener huit ans entre sa femme et sa maîtresse, et il n'a jamais accepté ce comportement. Il s'est juré qu'il ne l'imiterait pas. Mais l'histoire de son père n'a rien à voir avec la nôtre. Nous, ce n'est pas une histoire seulement physique, c'est une histoire d'amour!
- Maman... je viens de saisir la raison de tout ce qui s'est passé dans ma vie. C'est comme si le ruban se déroulait à une vitesse vertigineuse. Nous sommes peut-être sur la terre pour régler ce que nos parents n'ont pas réussi dans leur vie?
- Je pense que oui... Mais si tu n'as pas aimé certains

comportements de la génération avant toi, tu n'as pas le droit de la juger, mais tu n'es pas obligé de l'imiter. Tu dois créer toi-même ta propre identité, tu ne dois dépendre de personne. Tu n'es pas ton père, tu es toi! Il faut que tu intègres ton côté masculin si tu veux devenir un adulte équilibré. Patrick, tu dois devenir ton propre modèle. Je veux que tu saches aussi que quoique tu fasses, je t'aimerai toujours. Je n'ai aucun contrôle sur ta vie. Tu as ta propre voie d'évolution et la vie est une longue ascension vers le bonheur. Tout ce que je peux souhaiter, c'est que ta route soit parsemée de belles choses.

- Je te remercie maman, ça me rassure... Je ne me voyais pas devenir parfait du jour au lendemain. Mais... est-ce que j'ai mon côté féminin?

- Qu'en penses-tu? Crois-tu qu'il y a assez de tendresse et d'affection entre nous?

- Je sais maintenant que tu m'aimes sincèrement. Je le ressens avec mon coeur.

- Je suis consciente que tu as beaucoup souffert de ne pas avoir de père qui s'occupe de toi, mais je ne suis pas certaine que tu aurais aimé le modèle que tu aurais eu sous les yeux. Ton frère a vécu deux ans avec ton père et il a encore peur de lui après toutes ces années. Il te reste à lui pardonner son absence Patrick. Pense à l'enfance difficile qu'il a dû avoir... Le pardon est le meilleur remède.

- Je sais maman. Je lui ai déjà pardonné.

- Une chose est certaine maintenant Patrick; tu as les outils nécessaires pour choisir adéquatement celle avec qui tu voudras partager ta vie. Tu n'as qu'à t'assurer au tout début d'une relation, si l'élue de ton coeur a bien intégré ses deux principes. Si ce n'est pas le cas, tu pourras l'aider à conscientiser ce qu'elle a à régler dans sa vie.

- Et j'éviterai peut-être ainsi de créer une famille dysfonctionnelle, n'est-ce pas?

- Si tu t'engages à partir des vraies valeurs, il y a de fortes chances que tu passes ta vie avec la même personne. L'amour, l'amitié et l'admiration mutuelle sont des valeurs essentielles dans un couple. Si j'avais su cela il y a vingt-cinq ans, j'aurais pu éviter bien des souffrances! Ma conscience n'était malheureusement pas assez éveillée et je manquais de connaissances.

Que d'émotions dans la même journée! Pourtant, Delphine savait qu'on apprend selon nos modèles. N'a-t-elle pas souvent entendu dire : «Tel père, tel fils!» ou «Telle mère, telle fille!» Un autre proverbe lui revient en tête : « Lorsque tu maries quelqu'un, tu maries la famille. » Comme c'est vrai parfois.

Elle se dépêche d'aller au lit, l'école reprend demain. Elle ne pourra jamais plus regarder ses élèves avec les mêmes yeux. Pourtant, rien n'a changé, c'est elle qui voit le monde différemment. Elle ressent en elle une énergie de dix-mille volts.

***

Les vacances ont été profitables pour la plupart, ils semblent bien reposés. Ce matin, dans son cours sur les valeurs de vie, elle tente de leur expliquer les bienfaits de la patience.

« La patience, c'est la vraie sagesse. Le temps est notre meilleur allié, c'est un grand maître. Regardez la nature, celle-ci n'ignore-t-elle pas les sauts brusques?*

S'il vous arrive de rencontrer des difficultés ou des doutes, je sais que parfois vous vous découragez et êtes tentés d'abandonner. Par contre, si vous savez patienter, vous obtiendrez ce que vous recherchez. La patience n'est qu'un moment à surmonter, croyez-moi!

Si vous attendez quelque chose qui n'arrive pas au moment voulu, c'est qu'il y a une raison. Si vous tentez de forcer les choses, la victoire sera de courte durée. Si vous savez attendre le bon moment, le succès ira de soi, parce qu'il aura été attendu et nécessaire.

Rappelez-vous qu'il ne faut jamais désespérer de Dieu et des hommes. Ne soyez pas impatients; la crise actuelle que le monde traverse, une des plus grandes de notre histoire, sera surmontée, si nous savons en retirer des leçons utiles pour notre avenir. Savoir travailler avec le temps, c'est une des clés de la vie. Prenez l'exemple des cathédrales; la construction pouvait s'étendre sur plus d'un siècle. Rappelez-vous toujours que rien de beau et de grand ne se crée rapidement. »

Décidément, elle n'a aucune discipline à faire durant ce cours. Elle songe que ce n'est pas tout de dire les choses, il faut aussi les mettre en pratique. Il ne sert à rien d'enseigner aux enfants la patience, ce sont des mots. On doit leur montrer ce que c'est par l'exemple. En réfléchissant bien, avec vingt-sept élèves, elle a souvent l'occasion de développer cette vertu...

Elle sent que ça bouge dans leur tête. Il y a une élève qui lui dit :

- Mais ce n'est pas facile à faire Delphine! Je pense à mon père qui est impatient en voiture. J'ai toujours peur que nous ayons un accident quand il s'emporte à cause des automobilistes. Que puis-je faire?

- Dis-lui que tu l'aimes, mais que tu as peur lorsqu'il s'énerve, que ça ne réglera rien. Dis-lui que ça te rend malheureuse.

Elle sait que pour un enfant, ce n'est pas toujours facile de communiquer avec ses parents. Combien de fois a-t-elle entendu : **« Mes parents ne me voient pas et ne m'entendent pas. Ils sont trop préoccupés par leurs problèmes d'argent. »**

C'est grave pour un enfant de réaliser cela. Celui-ci a besoin qu'on lui accorde du temps et qu'on l'écoute, sinon, il risque de développer des problèmes de comportement.

Quand elle dit aux élèves que le cours est terminé, ils sont déçus. Elle doit passer aux mathématiques.

- Je vous promets qu'au prochain cours, je vous révélerai le "secret du bonheur."

Ce cours lui a fait du bien à elle aussi; on n'enseigne jamais trop bien ce qu'on a besoin d'apprendre. Dieu sait si elle en développe présentement de la patience...

Elle soupe seule avec Patrick. La conversation est agréable et enrichissante. Il progresse à vue d'oeil mon grand, pense Delphine.

***

Elle reçoit un appel d'Estelle, la dame avec qui elle a travaillé aux élections.

- Je pars en Tunisie au mois de janvier.
- Tu pars à la même date que Denis? Quelle coïncidence! Estelle, as-tu déjà rêvé d'être un ange gardien?

***

Delphine fait part aux copines de ce qu'elle a découvert dans ses lectures.

- Tu as touché ma conscience, lui dit Margot.
- Tu sais, je suis si heureuse depuis que je comprends mieux une facette du comportement humain. Pour moi, il n'y a rien de pire que de ne pas comprendre. Mon seul but est de voir les gens heureux autour de moi.

***

Comme elle est heureuse de l'entendre! Denis rit de bon coeur en constatant son enthousiasme.

- Tu sais Delphine, je pense souvent à nous deux quand nous voguions sur l'eau, au Lac du Cerf. Tu te souviens de la barque?

- Bien sûr! J'ai rêvé à cette scène il n'y a pas tellement longtemps. Tu parles d'une coïncidence! Toi tu penses, et moi je rêve! Excuse-moi Denis, mais ça sonne sur l'autre ligne. Je te reviens dans une minute.

C'est Estelle. Elles devaient souper ensemble ce soir, mais celle-ci préfère remettre leur rencontre au lendemain midi. Delphine n'y voit pas d'inconvénient. Lorsqu'elle est revenue à Denis, elle a été tentée de lui dire que c'était son ange gardien qui l'appelait sur l'autre ligne... Elle n'a pas osé, elle eu peur qu'il ne la croit!

- Je t'écoute Denis.

- Je ne suis plus le même, je ne m'intéresse à rien, je suis comme mort. J'aurais besoin d'une nouvelle batterie pour recharger ma vie. Ce soir, je dois reconduire Marie qui s'entraîne dans un gymnase. Je serai libre durant une heure, on pourrait se rejoindre au restaurant? J'ai besoin de te voir!

Elle comprend soudain pourquoi Estelle vient d'annuler la soirée. Il n'y a pas de hasard...

***

- Tiens, tu t'es fait couper les cheveux! Tu n'as plus ton air de métèque. Rassure-toi, je te trouve toujours aussi beau.

- Delphine, j'ai découvert deux Denis en moi. J'aime celui qui était avec toi.

- Tu aimes la liberté Denis; avec Germaine, tu es contrôlé.

- Non, elle ne me contrôle plus, du moins, pas en ce qui concerne l'argent; maintenant, c'est moi qui m'en occupe.

Elle se dit qu'il est à libérer sa dépendance financière.

- Je trouve qu'elle ne laisse pas respirer les enfants, elle est toujours à les critiquer.

Il n'est pas difficile pour Delphine de comprendre que son mécanisme de domination avec les enfants, est l'intimidation.

- Tu sais Delphine, il faut me donner du temps. Je suis né le premier avril, j'ai seulement neuf mois...

Les émotions sont fortes. Elle n'arrive pas à croire qu'il parte en voyage sans elle. Elle a le coeur à la dérive, elle pleure un peu en le quittant.

- Ne pleure pas, je t'en prie. Je te téléphonerai demain soir. Il la regarde partir; il a l'air tout à fait abattu.

***

Elle a apporté quelques photos de Denis pour qu'Estelle puisse le reconnaître. C'est vrai qu'avec sa tête toute blanche, il ne peut passer inaperçu.

- Dis donc Delphine, c'est étonnant le nombre de coïncidences qui se présentent dans ta vie. Ça ne doit pourtant pas arriver qu'à toi ce phénomène-là?

Delphine se souvient avoir lu dans un musée, cette maxime du grand chimiste Louis Pasteur :

« Dans le champs de l'observation, le hasard ne favorise que les esprits préparés. »

Elle ne peut s'empêcher de penser que monsieur Pasteur était bien en avant de son temps!

- Estelle, je ne te demande pas de le surveiller; agis plutôt comme un ange gardien. Je te souhaite un beau voyage au pays des chameaux et donne-moi des nouvelles dès ton retour!

Tel que promis, Denis l'appelle dans la soirée.
- Nous nous sommes querellés Germaine et moi. Si elle décide de ne plus partir demain, j'irai tout seul!

Il semble énervé. Elle revient sur la conversation d'hier où il lui disait avoir seulement neuf mois.

- Denis, tu m'as dit hier être né le premier avril. Qu'est-ce qui t'a fait naître?
- Mais c'est ton amour! Tu m'as fait naître à la vie.
- Donc, à ton avis, c'est l'amour qui fait naître?
- Pour moi, il n'y a aucun doute ; j'étais dans les limbes avant de te connaître.
- Si c'est l'amour qui fait naître, as-tu songé que Germaine n'est pas encore née?
- ...
- Et si Germaine n'est pas née, tes enfants non plus ne le sont pas!
- Je commence à comprendre, tu viens de me faire sauter une année d'école! Il y a un obstacle entre nous, je me suis laissé prendre. Je n'ai vraiment plus envie de partir demain.
- J'ai lu plusieurs livres récemment, et suite à ces lectures,

j'ai appris à faire des liens. Je crois avoir compris bien des choses. A ton retour, je pourrai t'en parler.

- Pourquoi pas maintenant?

- Parce que tu n'es pas prêt à entendre certaines vérités. Je te souhaite bon voyage et salue la Tunisie pour moi!

- Au fait, ce n'est pas une tumeur que Germaine a à l'estomac, mais une hernie. Je te rappellerai à mon retour, je t'embrasse fort!

Delphine a la gorge nouée, mais d'un autre côté, elle est soulagée. Durant deux semaines, elle ne sera pas toujours à se demander s'il a téléphoné ou pas. Elle est surprise de réaliser à quel point elle est plus forte qu'elle croyait!

Avant de se coucher, elle lit un peu. Que peut donc ressentir une personne qui développe une hernie? Serait-ce le refus d'une rupture dans une relation? Où peut-être une colère réprimée à cause d'une faiblesse qui l'empêche de créer sa vie à son goût?

Elle regarde son bras droit. Elle a encore des rougeurs sur la peau qui la démangent. Serait-ce son impatience de ne pas obtenir quelque chose rapidement ou des désirs qui ne semblent pas pouvoir être satisfaits? Je devrais me contenter de vivre le moment présent, songe Delphine. Elle est persuadée que la patience est la vertu la plus difficile à acquérir pour tout le monde.

Elle croit que plusieurs médecins, les vrais, ceux qui ne s'occupent pas seulement du corps, mais qui traitent aussi les maladies de l'âme, savent que la plupart des maladies prennent leur source dans le psychique. C'est à partir des peurs et des doutes que le subconscient peut arriver à créer des malaises qui affectent les cellules, développant ainsi toutes sortes de maladies.

*** *

CHAPITRE 10

Le secret du bonheur

Le pardon est la plus grande récompense que l'on se fait à soi-même. Le pardon comme l'amour ne se contente pas de mots. Il se doit d'être vécu.

François Doucet

Les enfants n'oublient jamais une promesse.

Une élève demande :
- Delphine, c'est quoi le secret du bonheur?
- Ce secret-là, vous pourrez le partager avec tous ceux que vous aimez.
- Si on sait le secret du bonheur, on est alors certain d'être heureux!
- Pour être vraiment heureux les enfants, il faut absolument se sentir bien dans sa peau. L'estime de soi est essentielle. Avant d'aimer les autres, il faut s'aimer soi-même. Ça ne veut pas dire d'être égoïste pour autant.
- Comment on fait pour s'aimer?
- Pour s'aimer, il faut d'abord savoir qui nous sommes. Il nous faut donc connaître nos qualités et nos défauts. Une fois qu'on est conscient de cela, le travail sur soi devient beaucoup plus facile. Je vous donne un exemple. Si quelqu'un me dit que je suis égoïste, étant donné que la générosité est sur ma liste des qualités, ça ne m'atteindra pas. Je serai désolée pour la personne qui pense cela, mais ça ne m'influencera pas du tout. Par contre, si quelqu'un me dit que j'ai été impatiente à un moment donné, je sais que ça peut être possible. Au lieu d'en vouloir à cette personne, j'essaierai de réfléchir à ce qu'elle m'a dit et ce sera peut-être une belle occasion pour moi de m'améliorer. Souvent les gens passent sur notre route pour qu'on progresse plus rapidement. Malheureusement, certaines personnes sont trop orgueilleuses pour admettre leurs faiblesses. De là naissent plusieurs conflits. Il s'agit de connaître notre valeur, d'être conscient de la personne que nous sommes. Une bonne façon pour réussir à s'aimer, c'est d'intégrer les valeurs qui sont écrites dans la marguerite; on peut aussi en ajouter d'autres.
- Mais Delphine, souvent on se fait accuser injustement. C'est difficile de ne pas réagir!
- C'est pour ça que tu dois développer la confiance en toi.

- Moi Delphine, l'autre jour, un élève m'a traitée de lézard.
- Comment as-tu réagi?
- Je lui ai dit : « Moi, je trouve ça mignon un beau petit lézard! » Comme il ne savait plus quoi dire, il s'est enfui.

Delphine admire cette élève pour sa spontanéité.
- Je te félicite, tu as très bien répondu! Prenez son exemple les enfants, c'est une question d'attitude tout simplement.

Delphine réalise que si les enfants mettent en pratique les valeurs de vie, ils équilibrent automatiquement leurs côtés féminin et masculin. C'est tout simplement comme une recette : un gâteau est succulent lorsque tous les ingrédients y sont. Elle dispose de cinq mois pour leur transmettre ces valeurs. C'est peu, mais ils auront au moins quelques connaissances de base.

- Lucie, mon action sera limitée avec les élèves si je n'ai pas l'appui de leurs parents. Si les mêmes valeurs ne sont pas véhiculées à la maison, l'enfant recevra des messages contradictoires. J'aimerais inviter les parents pour leur expliquer ma façon de procéder. J'aurai ainsi le sentiment d'être plus efficace.

***

Les élèves préparent une lettre d'invitation pour leurs parents. A la fin des cours, Delphine accueille Mélissa, une future enseignante, qui fera son stage dans sa classe. Durant deux mois, celle-ci participera à la vie de l'école en observant et en enseignant.

Son premier contact avec elle est excellent. En plus d'être spontanée et printannière comme une rose, Mélissa aime les enfants, c'est déjà un bon point. Elle semble débrouillarde et de plus, elle a un très joli sourire.
- Mélissa, on prépare la répartion des tâches?

Les élèves sont volubiles et ils sourient plus facilement. Delphine remarque qu'ils ont un grand besoin de communiquer, même ceux qui sont les plus effacés.
- Les enfants, je vous accorde dix minutes, simplement pour bavarder entre vous.
- Ils sont aux oiseaux! Personne ne crie, le débit est normal, remarque Mélissa.
- J'ai l'impression que des amitiés sont à se développer. Tant mieux! C'est tellement triste de constater que plusieurs enfants arrivent difficilement à se faire des amis.

Ce soir, Delphine prépare son cours qui portera sur la tolérance. Ensuite, elle termine la correction d'examens. Elle pense à Denis... Que fait-il? Aime-t-il les promenades à dos de chameau? Elle s'endort en rêvant de voyages avec lui.

***

Lucie, la directrice de l'école, la convoque à son bureau.

- J'ai reçu un appel anonyme d'un parent. Celui-ci me demandait de vérifier quelles étaient les valeurs véhiculées dans ta classe.

Delphine ne comprend pas les intentions de ce parent.

- A ce propos Lucie, j'aimerais bien que tu assistes à mon cours sur la tolérance. Si ce monsieur rappelle, tu seras davantage en mesure de lui expliquer que je tente de véhiculer de belles valeurs qui feront possiblement de son enfant quelqu'un de solide dans la vie. Evidemment, parler de l'amour et de la foi peut être menaçant pour celui qui voudrait tout contrôler. Je dois dire que je n'ai jamais accordé trop d'importance aux téléphones anonymes. Il faut avoir une bien piètre opinion de soi-même pour agir ainsi. Ne pas être capable de seconder ses propres opinions...

Lucie est assise dans la classe parmi les élèves. C'est d'elle que Delphine a appris la tolérance, par son exemple.

« La tolérance, les enfants, c'est accepter les autres comme ils sont. C'est permettre que l'autre fasse des erreurs. L'erreur est humaine, il n'y a personne de parfait sur cette terre. Je n'ai pas encore remarqué quelqu'un sur la rue qui portait des ailes.

L'autre jour, figurez-vous que moi, ponctuelle de nature, j'ai oublié la surveillance du matin à l'extérieur. J'étais à la porte de ma classe, lorsque Lucie arriva. Elle me dit calmement : " Il y a des matins comme ça, où ça va moins bien, n'est-ce pas?" Immédiatement, je réalisai que je n'étais pas à mon poste de garde. J'étais gênée, je me confondais en excuses. Elle me rassura en me disant qu'elle était là, et que l'entrée s'était bien déroulée quand même. Je me promettais bien que ça n'arriverait plus.

Savez-vous ce qui arriva la semaine suivante? J'ai encore oublié! Toujours aussi sereine, Lucie vint à ma rencontre et me dit: " Moi aussi ce matin, j'avais tendance à oublier. " Je me pris la tête entre les mains, ne pouvant croire que j'avais oublié ma surveillance deux fois de suite!

Lucie, par son exemple, me communiquait le message suivant : "Je suis un miroir pour toi, alors si quelqu'un oublie quelque chose ou arrive en retard, c'est ainsi que tu dois agir."

Quelle belle leçon de tolérance! Après cette expérience, je ne me suis pas sentie diminuée. A ses yeux, je demeure un bon professeur. Je n'aurais pas apprécié qu'elle me dise sur un ton désobligeant et soupçonneux : "Tu n'étais pas à ton poste?"

Je sais que ce n'est pas toujours facile d'être diplomate et d'utiliser les mots appropriés selon les circonstances, mais il faut essayer si on ne veut pas contribuer à la confusion du monde. »

Suite à ce cours, Delphine se dit que si certains élèves pensent qu'elle est parfaite, ils ont maintenant la preuve du contraire. De toute façon, au début de l'année, elle leur a dit que si elle savait tout, elle serait un dictionnaire, et que si elle était un dictionnaire, elle serait rangée sur une tablette. Cela les fit sourire, et ils comprirent qu'elle ne cherchait pas à les intimider.

- Lucie, j'aimerais reporter à plus tard ma réunion avec les parents. Je veux avoir plus d'exemples à leur donner, venant des enfants. Ainsi, je pourrai leur faire part de toutes mes observations et mes conclusions. Je me donne deux mois pour atteindre certains objectifs.

***

Avant de s'endormir, ses fils la rejoignent sur son lit.

- Maman, il y a plusieurs années, tu nous avais promis qu'on aurait un chien, dit Philippe. C'est mon plus grand rêve, j'aime les chiens, tu ne peux pas savoir à quel point! Je serais tellement heureux si tu voulais!

Delphine est touchée en plein coeur.

- Demain, nous irons chercher un chien!

Philippe est fou de joie, il en pleure! Elle songe qu'elle doit avoir vraiment changé pour s'être laissée convaincre aussi facilement; elle se surprend elle-même... Elle n'a jamais vu Philippe aussi heureux!

- Maman, c'est le plus beau cadeau d'anniversaire que tu pouvais me faire! Je m'en souviendrai de mes dix-neuf ans!

***

Ils se rendent tous les trois à "La Miaouf", l'auberge des animaux. Ils se laissent attendrir par une jolie chienne de trois mois, nommée Roxie. Elle est née du croisement d'un coley et d'un berger allemand. Elle est magnifique et semble très affectueuse. Lorsqu'elle aperçoit Philippe, elle lui saute dans les bras, et s'appuyant la tête sur son épaule, elle le regarde, l'air de dire : « Adoptez-moi! »

Delphine fond sur place! Elle vient de comprendre l'attachement que les enfants portent aux animaux. Ils reviennent donc avec Roxie qui semble heureuse d'être avec eux. Ses fils sont rayonnants.

Roxie a droit au traitement de faveur : un shampoing dans le bain. Faire la toilette d'un chien, c'est du sport! Mais Roxie les a tous conquis, elle est tellement mignonne et attachante, elle jappe rarement et semble comprendre tous leurs gestes. Delphine sent qu'elle leur apprendra beaucoup sur son monde animal.

***

Elle décide d'initier ses élèves à la peinture créative.

- Cette technique ne demande pas d'habiletés particulières les enfants; il suffit simplement d'avoir le sens des couleurs et de laisser aller ses mouvements selon son inspiration.

Les élèves produisent des oeuvres extraordinaires. Les styles sont tout à fait différents les uns des autres, les mélanges de couleurs sont superbes. Delphine sent qu'ils ont un énorme besoin de créer. En circulant dans les allées, un garçon lui dit :

- Delphine, je ne te considère pas seulement comme un professeur, mais aussi comme une amie.

C'est la première fois qu'un élève lui dit cela. Quelques-uns par distraction, l'ont déjà appelée "maman", mais d'être considérée comme une amie, elle trouve ça bon à entendre.

***

Les ayant invités à souper, Yves et Anne arrivent, accompagnés de leurs "bouts de choux". Les enfants sont ravis de faire la connaissance de Roxie, la nouvelle pensionnaire. Pendant que le petit monde s'amuse, elle en profite pour expliquer à son frère et sa belle-soeur les attributs des côtés féminin et masculin.

- Tout est logique, Delphine. C'est si fascinant de comprendre! Au fait, je te remercie de m'avoir référé le livre qui explique le sens de la vie. C'est très intéressant. Puisqu'on en parle, as-tu bien saisi le chapitre où on explique comment aller chercher de l'énergie?

- Non seulement je l'ai compris, mais j'essaie de tout mettre en oeuvre pour ne pas la perdre. C'est ce qui explique ma grande force physique. Il m'arrive à l'occasion d'être un peu lasse, mais ça ne dure pas longtemps, je récupère vite.

Elle les entretient un peu sur la métaphysique. En souriant, Yves lui demande l'explication pour les "otites" et les "sinusites".

Elle sait qu'il a constamment le nez bouché, et Anne a souvent des maux d'oreille. En ironisant, elle lui répond :

- Se peut-il qu'elle ne veuille plus t'entendre et que toi tu ne puisses plus la sentir?

Ils éclatent de rire tous les trois. Elle sait que leur union a bien failli s'écrouler à un moment donné, mais ils semblent maintenant chercher des solutions constructives. Elle aime bien son frère et sa belle-soeur, elle se sent de plus en plus près d'eux.

***

Delphine a rendez-vous avec le professeur qui correspond avec Cybel. Celle-ci lui remet le courrier pour les élèves de sixième année.

- Marie, la fille de Denis, m'a confié que « ses deux plus gros problèmes étaient partis en voyage... »

***

Enfin, février est là! Denis revient dans quelques jours. Delphine a hâte d'avoir de ses nouvelles.

Elle file à St-Antoine dîner avec Charlène, la mère de Denis.

- Tu sais Delphine, je n'ai pas vraiment eu d'enfance. Ma mère est morte lorsque j'avais trois ans. A cet âge, être orpheline de mère est dramatique pour une fillette. J'aurais toute une histoire à raconter!

Delphine l'écoute avec une grande compassion mêlée d'admiration. La mère de celui qu'elle aime semble porter en elle une petite fille vulnérable, qui n'est pas tout à fait guérie de ses blessures.

Sur le chemin du retour, elle jette un regard en direction de l'aéroport de Mirabel. Denis doit atterrir dans quelques heures. Son coeur commence à faire des bonds. Elle n'espère quand même pas de nouvelles avant quelques jours, elle doit le laisser retrouver ses enfants.

***

Elle reçoit un appel d'Estelle, l'ange gardien du voyage en Tunisie.

- Tout ce que j'ai constaté Delphine, c'est qu'ils n'avaient pas du tout l'air d'un couple en voyage de noces. Tout le monde a trouvé Denis bien sympathique. Germaine était plus réservée, elle ne se mêlait pas beaucoup au groupe.

- Donc, ce n'était pas vraiment des retrouvailles.
- Mon Dieu, non, je ne les ai jamais vu se tenir par la main ou s'embrasser. Ils n'étaient pas du tout démonstratifs l'un envers l'autre.
- Sais-tu s'il a fait la connaissance d'un dénommé Langlois?
- Certainement! Ils étaient souvent ensemble. J'ai même cru comprendre que Denis lui a parlé de toi. Le connais-tu?
- Je l'ai entrevu à l'agence l'autre jour. Louise lui vendait le voyage, et je me suis souvenue qu'il partait à la même date que Denis. S'il pouvait donc arriver à se faire un ami.
- Il faut que je te dise ceci : hier, dans l'avion, Denis est passé près de moi. Je lui ai dit que j'étais son ange gardien. Il m'a souri et m'a dit qu'il comprenait.
- Avait-il l'air fâché?
- Pas du tout, il semblait même content!
- Je te quitte Estelle, j'ai un appel sur l'autre ligne.

- As-tu reçu un appel de Denis? lui demande Louise.
- Non, pas encore, mais Estelle vient juste de me téléphoner. Je ne suis pas inquiète. As-tu eu des nouvelles de ce monsieur à qui tu as vendu le forfait?
- Monsieur Langlois? Tu parles d'une coïncidence! Justement, je le vois entrer. Il vient sûrement me raconter son voyage.
- Demande-lui s'il accepterait de me parler quelques minutes.

Quelques instants plus tard, ce monsieur faisait part à Delphine que Denis s'était confié à lui.
- Il m'a dit à quel point il t'aimait et il m'a raconté votre magnifique voyage à Cayo Coco. D'après moi, son union avec Germaine tire à sa fin.

Donc, il a parlé d'elle en voyage... Lorsqu'un homme veut sincèrement renouer avec sa femme, il ne se confie pas ainsi à un étranger.

Il peut prendre le temps qu'il faut pour lui téléphoner, elle est rassurée. J'ai l'impression d'être constamment aidée dans le déroulement de cette histoire, se dit Delphine.

***

Dehors, il fait une de ces tempêtes de neige! Elle lit, emmitouflée dans ses couvertures n'ayant pas envie de se lever. La sonnerie du téléphone la fait sursauter.

- Delphine, comme j'avais hâte de te parler!
- Et moi donc Denis, comme je suis heureuse de t'entendre!
- J'ai bien aimé visiter la Tunisie, c'est un beau pays. J'aurais tellement aimé faire ce voyage avec toi! Imagine-toi que j'ai fait la connaissance de mon ange gardien!

Delphine éclate de rire.

- Je vois que tu n'as pas perdu ton sens de l'humour!

Elle lui raconte comment elle a connu Estelle, et comment le destin a fait qu'elle soit sur sa route.

- Germaine est perturbée. Nous nous sommes querellés deux ou trois fois en voyage et encore ce matin. Elle n'arrêtait pas de faire des comparaisons en me posant des questions sur notre voyage à Cuba.

Elle a changé de mécanisme, se dit Delphine. D'intimidatrice, elle est devenue interrogatrice.

- Que répondais-tu?
- Que ce n'était pas de ses affaires. Je n'ai même pas pu t'écrire une carte postale, elle me suivait partout. Je me suis fait un copain parmi les membres du groupe et je lui ai parlé de nous deux. Tu sais, je me suis ennuyé.
- Moi aussi je me suis ennuyée, te verrai-je bientôt?
- Demain, je serai chez toi.

Rien ne semble réglé. Elle avait si hâte à son retour! Elle comptait tellement sur ce voyage pour qu'il démêle cela une fois pour toutes. Elle sent qu'elle n'est pas au bout de ses épreuves...

***

C'est la remise des bulletins. Plusieurs parents lui apprennent qu'ils ont remarqué un changement dans le comportement de leur enfant. Ça l'encourage à continuer dans ce sens.

***

Denis arrive chez elle avec une heure de retard. Elle désespérait de le voir apparaître.

- J'attends que Germaine réagisse, je ne peux prendre aucune décision pour l'instant. Je suis désolé Delphine...

Elle se sent totalement désemparée. C'est tellement loin des retrouvailles auxquelles elle s'attendait... Sur un fond musical de Vivaldi, l'homme qu'elle aime est dans ses bras, aussi fermé qu'une huître. Alors que Delphine croyait que ce voyage lui ouvrirait les yeux, il semble encore plus mêlé qu'avant.

***

Cette nuit, elle a quand même fait un beau rêve. Une jeune fille lui présentait une magnifique agate en lui annonçant le respect et la fortune. A son tour, Delphine lui montrait la bague de sa grand-mère qu'elle portait fièrement: un saphir, serti de petits diamants. Ce bijou la conduisait vers la lumière, lui promettant des relations sentimentales tendres et spitituelles.

***

- Maman, c'est la mère de Denis au téléphone! lui dit Philippe.

- Delphine, j'ai eu des nouvelles de Denis par ma belle-soeur Laurence. Celle-ci prétend que les problèmes de couple de Denis et Germaine sont causés par Francis et qu'ils devraient le placer en foyer d'accueil.
- Quoi? Mais Francis ne peut être responsable du non-amour de ses parents! Il est élevé dans un milieu où l'amour est absent. Pour un enfant, il y a de quoi se révolter et vouloir contrôler tout le monde. Il se cherche une identité, et ce n'est pas en se faisant constamment punir qu'il s'en créera une bonne.
- Son comportement est de plus en plus dérangeant...
- C'est compréhensible, Francis s'est fabriqué un faux moi, comme son père. Etre le plus dissipé de sa classe est une identité. Comme il croit qu'il ne vaut rien, il rejette toute discipline et responsabilité; il ne risque pas de rater quelque chose, il se pense déjà un raté! Il devrait normalement apprendre les vraies valeurs à partir de l'exemple de ses parents. Mais où sont le rire, la joie, le plaisir et l'humour dans cette maison, Charlène?

***

C'est la St-Valentin. Delphine a acheté des coeurs en chocolat pour ses fils et ses élèves.
Elle remarque que la petite lumière de son vidéoway clignote. Quelqu'un lui a envoyé un courrier. Elle allume la télévision et sur le menu des messages elle lit :

« Delphine, en cette journée de la St-Valentin, je souhaite Bonne Fête à la plus grande " amourologue " de l'Univers. Ton Bel Amour. »

Même s'il n'est pas à mes côtés, il y a pensé! songe Delphine. Elle reçoit des messages d'amour sincères de ses élèves, écrits sur de jolis coeurs en papier rouge. Philippe n'ayant malheureusement plus de petite amie, soupe avec elle. Elle cuisine un délicieux gâteau en forme de coeur.

- Philippe, je sais qu'un jour arrivera dans ta vie une belle jeune fille qui découvrira le garçon généreux que tu es. Ne désespère pas.

- J'espère que tu dis vrai maman.

A l'heure du souper, Denis l'appelle. Il est désespéré.

- Delphine, je suis dans le fond du baril...

- Denis, **la vie est un cadeau**! Vas-tu le déballer pour découvrir tout ce qu'il y a à l'intérieur, le refuser ou te contenter de le regarder?

- Je souffre tellement; tu es la seule personne qui m'aide et qui me comprenne.

- A mon avis, tu manques de connaissances, tu t'empêches de grandir tout simplement.

- Je me considère pourtant assez mûr...

- J'ai lu quelque part, qu'un fruit mûr est en train de pourrir, alors qu'un fruit vert est en train de mûrir. Si on ne modifie jamais ses croyances, on est comme de l'eau stagnante.

- J'ai besoin de ma mère, pourquoi ne m'appelle-t-elle pas?

- Mais c'est toi qui a coupé les ponts en n'allant plus la voir, tu pourrais y aller avec les enfants!

- Germaine m'a avoué qu'elle aimerait vivre une grande passion.

- Je la comprends, elle vit avec un mort! Ça n'a rien de bien passionnant!

- Delphine, tu es la seule amie que j'ai, ne me laisse pas tomber, je t'en prie!

- Il va pourtant falloir que tu te prennes en main Denis, je suis à bout de souffle!

En raccrochant, elle se dit qu'elle doit rester forte. Elle ne veut pas s'attarder sur sa faiblesse du moment. Elle sait qu'il s'en sortira. Après avoir lu durant quelques heures, elle en arrive à la conclusion que Denis regarde passer sa vie. C'est un adulte-enfant qui est totalement centré sur lui-même. Son sentiment de vide est comme une rage de dents continuelle, et lorsqu'on souffre, on ne peut penser qu'à soi. S'il ne fait pas passer sa vie en premier, il ira se perdre dans les désirs et les attentes des autres.

***

C'est dimanche. Elle passe la journée avec Charlène, Cindy et son mari. Celui-ci ne veut plus entendre parler de Denis.

- Si tu aimes ton beau-frère, tu ne peux le juger. Denis est à la recherche d'un modèle masculin. Comme son père est décédé et que de toute façon, il a rejeté le modèle qu'il avait, il doit se créer lui-même. Il est à renaître présentement et la renaissance est un renversement total de la conscience qui demande du temps.

- Mais Delphine, où prends-tu ta force?

- Ce qui allège mes souffrances, c'est l'amour, c'est la clé de toutes les vertus. C'est l'énergie de l'amour qui me fait conserver ma joie et mon enthousiasme. Denis vient juste de naître, il faut lui laisser le temps de grandir.

***

De retour en classe, Delphine enseigne aux élèves les bienfaits de l'honnêteté.

« Rappelez-vous toujours que **la vérité, c'est la vraie liberté.** *Trouver la vérité, c'est se rapprocher de son coeur. Chaque fois que vous dites la vérité, vous augmentez votre énergie. La malhonnêteté se fait toujours au prix de notre estime de soi.*

Je sais que lorsque nous mentons, nous créons une confusion en nous. Cette confusion nous empêche de trouver la paix. N'oubliez pas que les nuits sont les témoins de nos jours. Si vous êtes en paix avec vous-mêmes, si vous n'avez rien à vous reprocher, votre sommeil sera beaucoup plus réparateur. N'est-ce pas que l'on dort mieux lorsque nous n'avons rien à nous reprocher? »

Tous font un signe affirmatif de la tête. Elle peut deviner que quelques-uns n'ont pas la conscience tranquille.

« Si vous trichez en classe, c'est à vous que vous nuisez, pas à moi. Mais attention à l'effet du boomerang. Tout ce que vous envoyez dans l'univers comme énergie négative, vous reviendra. C'est une loi naturelle, toutes vos actions vous seront rendues. C'est la même chose avec le vol. Si vous prenez quelque chose qui ne vous appartient pas, tôt ou tard, vous perdrez vous-même quelque chose; la vie s'occupera de vous faire comprendre cela. Le proverbe qui dit : "l'honnêteté ne paie pas", est faux. Tôt ou tard, la vie nous attend au tournant. Par contre, si vous vous consacrez à l'honnêteté et à la vérité, la vie vous rendra ses bienfaits. Une vie consacrée à la vérité veut donc dire une vie d'honnêteté totale. »

Suite à ce cours, elle passe à la correction de la dictée.

- Vous allez conserver votre cahier pour la correction. J'ai confiance en vous tous, je sais que vous êtes honnêtes.

Pour la plupart, c'est une vérité. Elle n'est pas sans remarquer que quelques-uns en ont profité pour tricher quand même et se donner une belle note. Delphine fait celle qui n'a rien vu. Elle doit leur laisser faire leurs erreurs, ça fait partie de la guérison. Pour ce qui est de la note, c'est quand même elle qui a le dernier mot.

Après la classe, deux élèves toutes penaudes lui demandent si elles peuvent lui parler. L'une d'elle avoue enfin :

- Delphine, nous avons eu une belle note dans la dictée. Nous devons t'avouer que nous avons triché...

Est-ce une réaction suite à son cours? Elle n'avait pas prévu une telle confession. Voyant la tristesse dans leurs yeux, elle répond :

- Si vous avez éprouvé le besoin de venir me l'avouer, c'est sûrement que vous n'avez pas l'intention de recommencer?

- Oh non Delphine! répondent-elles en choeur.

- Les filles, je vous pardonne... Je vous trouve très courageuses de vous être livrées ainsi. Etre capable d'avouer une erreur est une grande qualité, vous savez.

Chères petites, comme elle les aime à cet instant! Elles sortent de la classe légères comme des plumes. Un autre élève l'attend dans le corridor.

- Mon ami vient de m'avouer qu'il continuerait à tricher, car lorsqu'il n'a pas de belles notes, il se fait battre à la maison.

La peur, devant les exigences maladives de certains parents, peut rendre les enfants malhonnêtes. Cet élève lui avait déjà confié que lorsque sa mère le frappait, elle lui disait que c'était parce qu'elle l'aimait, qu'elle devait l'éduquer.

Ce que cet enfant aura appris, c'est "qu'aimer, veut dire frapper." Il y a d'autres façons d'éduquer un enfant... Delphine ne permettrait pas à qui que ce soit de frapper son chien.

Ça lui rappelle une conversation qu'elle a eue avec une maman lors de la remise des bulletins. Elle avait remarqué que son fils avait imité sa signature sur un examen. Lorsque Delphine lui présenta la feuille, elle s'écria :

- Ce n'est définitivement pas ma signature...

- Qu'allez-vous lui dire madame?

- Je ne sais vraiment pas... J'ai honte! Que me conseillez-vous de faire?

- Tout d'abord, qu'est-ce qui est le plus important pour vous, les hautes notes ou l'honnêteté?
- L'honnêteté, bien sûr!
- Alors, vous pourriez lui dire: « Je suis déçue, et j'ai le droit d'être déçue. Mais je te pardonne et je veux que tu saches que je t'aime quand même. Je suis prête à te faire confiance à nouveau et je suis persuadée qu'un tel geste de ta part ne se reproduira plus. Si tu éprouves des difficultés en classe, je veux en être informée; ainsi donc, je serai en mesure de t'aider et de t'encourager. »
- C'est exactement ce que je voudrais lui dire!
- C'est une bonne façon de régler la situation. Il faut faire confiance aux enfants, sinon ils s'enfonceront davantage dans leurs faiblesses.

Le lendemain, cet élève semblait plus serein.

***

Elle reçoit chez elle la maman d'un élève qui est devenue une amie. Celle-ci lui avait déjà fait part de ses problèmes familiaux, lors d'une rencontre pour les bulletins. Depuis que les confessions privées n'existent plus, les psychologues et les professeurs semblent avoir remplacer les curés. Cette dame voudrait bien essayer de sauver son union.

- La semaine dernière, mon mari a dû s'absenter quelques jours. Comme sa voiture nécessitait une réparation, j'ai décidé de la faire réparer. J'étais certaine que ça lui ferait plaisir, que ça lui sauverait du temps. Sais-tu ce qui s'est passé Delphine? Le morceau à remplacer était sur la garantie et je ne le savais pas... Ça m'a coûté une centaine de dollars. Qu'est-ce que j'ai pu entendre! Il m'a engueulée et m'a dit de me mêler de mes affaires la prochaine fois. Ses reproches m'ont blessée, je me suis mise à pleurer. Il n'a pas compris que mon geste était de bonne foi...
- L'argent semble prioritaire dans ses valeurs. Malheureusement, c'est le cas de bien des gens... Si tu l'aimes encore, si tu es persévérante, tout est possible, mais à la base, ton sentiment doit être sincère.
- Delphine, j'aimerais lire tous les livres que tu as lus.
- Je dois bien contribuer à faire augmenter les ventes à la librairie!
- Les gens ont tellement besoin de comprendre, si tu savais!
- Je crois que tu as raison; dans certains cas, des explications peuvent même guérir. Je me demande comment j'ai pu vivre sans comprendre durant toutes ces années...

***

C'est la dernière journée d'école avant la relâche. Ce matin, les élèves ont apporté un vieux chandail; ils vont le peindre. Plutôt que de jeter les vêtements démodés, Delphine leur montre ce qu'on peut faire pour les récupérer.

***

En fin d'après-midi, elle est contente d'entendre Denis.
- Delphine, comment vas-tu?
- Tu sais, je ne peux pas toujours être forte, je suis humaine. Je me sens parfois blessée comme femme. Il m'arrive de penser que tu as seulement besoin d'un ami. Mais moi, je te considère bien plus que cela. Des amis, j'en ai plusieurs. Ce qu'il me faut, c'est un compagnon de vie. A chaque fois que tu m'appelles, tu viens chercher mon énergie, et après t'avoir écouté, ma réserve diminue.
- Je vais faire en sorte de t'en donner de l'énergie, je vais trouver un moyen. Parfois, je me demande pourquoi tu t'intéresses encore à moi.
- Parce qu'un jour tu m'as demandé de te faire confiance et que je crois que tu en vaux la peine. C'est le plus bel acte d'amour et de foi que je n'ai jamais fait.
- Je t'embrasse, je t'aime tu sais!

C'est bien pour cela qu'elle est patiente et persévérante. Elle le sait justement qu'il l'aime.

Subitement, elle se demande ce qu'elle fera de sa semaine de vacances. Elle a en tête, son amie Hélène, qui habite présentement Toronto. Il y a plusieurs années, sa fille était dans sa classe et depuis ce temps, elles sont demeurées en contact. Il y a bien deux ans qu'elle ne l'a vue. Elle décide de lui téléphoner.

- Delphine? Je te croyais morte, que deviens-tu? Es-tu toujours avec Louis?
- Non, c'est une longue histoire. J'ai un autre amour dans ma vie, mais c'est encore bien compliqué. Et toi, ça va?
- J'en aurais long à te raconter. J'ai bien failli mourir; j'ai été opérée pour un problème de circulation. Mon mari a un cancer et ma fille a de gros problèmes dans sa vie. Ce n'est pas la joie ici, par moment, j'ai envie de tout lâcher.   Je suis en congé jusqu'à mercredi, pourquoi ne viendrais-tu pas?
- C'est une excellente idée, j'essaierai de te remonter le moral. Demain, je garde les enfants de mon frère, mais à partir de dimanche, je suis libre. Je serai chez toi vers dix-huit heures.

- Ta visite me réjouit! Tu arrives à point car j'avoue que je suis au bord du découragement. A dimanche!

Delphine veut absolument lui acheter le livre sur la métaphysique. Tout le monde semble être malade dans sa famille, elle espère que ce n'est pas contagieux...
En entrant dans la librairie, un livre attire son attention. Elle consulte la table des matières. Le livre traite des énergies, de l'amour sans conditions, des secrets de la nature et des lois qui régissent l'univers. On y raconte l'évolution de l'homme. Elle achète le livre de métaphysique pour Hélène et en ajoute un de plus à sa bibliothèque.

Yves et Anne lui amènent leurs enfants. Ils passent une belle soirée à s'amuser avec Roxie. Elle les garde à coucher. Avant d'aller dormir, elle se rappelle une lettre que son amie Sarah lui a envoyée il y a déjà douze ans alors qu'elle n'arrivait pas à mettre un terme à sa relation avec Paul. Ces écrits pourraient tout aussi bien convenir à Denis, se dit-elle. Elle retrouve la lettre dans son coffre aux trésors.

Ma chère Delphine,

Tant que le doute sera dans ta mémoire, que la crainte habitera ton coeur, tu souffriras éperdument et inutilement. Il est temps de te réveiller enfin, pour le bien-être de tes enfants. Quand le doute sortira de ton Etre, et qu'à la place la confiance règnera, tu seras maître de ta destinée.
Celui avec qui tu vis n'a rien à voir avec tes véritables besoins. Sache te comporter en adulte enfin! Vois le mal qui se fait autour de toi, comme le plus destructif des poisons.
Dieu ne veut pour chacun d'entre nous que le meilleur qui s'en suive de toute épreuve traversée. Sache lui en être digne, car il ne peut accorder à personne un don quelqu'il soit, sans que chacun le veuille réellement! Il te faut tenir solide la barre pour sortir vainqueur de cette tempête. Réveille-toi, et pense qu'en le faisant très vite, tu vas permettre que tes propres enfants soient dans l'équilibre de l'amour réel.
Personne ne peut entrer dans ta vie, tant qu'un autre en occupe encore les lieux. Sois forte et ferme dans ta décision, et pour la suite de ce déroulement. Si tu veux demeurer dans ta situation actuelle, tu en es libre, mais triste tu seras, car bien des regrets vont s'en suivre puisque le coeur n'y est pas. Prie pour que

s'achève au plus tôt ce qui n'aurait jamais dû être. Laisse tomber tes chaînes, tu en rendras grâce ensuite.

Ton amie Sarah

Douze ans plus tard, elle réalise qu'elle doit beaucoup à Sarah. Il fallait qu'elle sorte de cette relation pour son bien-être et celui de ses enfants. Elle ne l'a jamais regretté.

Elle prépare sa petite valise, embrasse ses deux fistons, et ramène ses neveux à leurs parents. Son frère commence à comprendre ce qu'elle vit.

- As-tu d'autres livres à me suggérer pour que je puisse trouver des réponses à mon tour?

Sa belle-soeur la regarde. Delphine sait qu'elle pense comme elle, qu'on reçoit sans cesse des messages de l'Univers nous indiquant la route à suivre, étant aidés et assistés. Le cerveau fonctionne à un faible pourcentage, peut-être pouvons-nous l'aider à se développer un peu plus? Se peut-il que les êtres humains puissent penser différemment en se servant de l'expérience et de la raison?

- Pour commencer, tu dois mettre de côté certaines croyances venant de ton éducation. Te souviens-tu, lorsqu'on était petits, à l'école, on nous enseignait à prier. On pouvait parler à Dieu, aux anges et aux saints, mais personne n'avait le droit de les entendre... sans passer pour un illuminé. "Illuminé", vient du mot "lumière", et si tu consultes le dictionnaire, la lumière est synonyme de "connaissances acquises, d'un savoir, c'est ce qui éclaire l'esprit." Si on dit de quelqu'un qu'il n'est pas une lumière, c'est qu'il ne sait rien. Ceux qui savent ne sont pas nécessairement des "illuminés" dans le sens péjoratif, c'est qu'ils ont tout simplement acquis des connaissances. Si je n'avais jamais eu de réponses à mes prières dans ma vie, il y a longtemps que j'aurais cessé de prier!

Après avoir suggéré à son frère quelques lectures, elle quitte la Belle Province pour découvrir sa voisine l'Ontario. Il fait un temps splendide; roulant paisiblement, elle est comme sur un nuage.

***

Hélène et elle sont toujours heureuses de se revoir. Sa fille a déjà vingt-six ans. Comme le temps passe vite...

Durant le souper, la communication n'est pas claire entre Hélène et son mari; les couteaux volent bas. Delphine essaie de leur communiquer ses récentes recherches sur l'amour, mais le mari de sa copine ne semble pas vouloir comprendre; il ne croit qu'en ses opinions. Elle change de sujet immédiatement, revenant à une conversation plus banale.

Le repas terminé, Hélène la laisse seule avec sa fille. Celle-ci est en thérapie depuis un an pour un problème de poids. Delphine se dit qu'elle doit manger ses émotions. Elle l'écoute parler, et finalement, elle croit déceler un problème de compétition avec sa mère. Lorsqu'elle sera partie, la mère et la fille auront sûrement des choses à se dire.

Hélène et elle bavardent ensuite jusqu'aux petites heures du matin. La santé semble être une denrée rare dans ce foyer. Elle lui remet le livre de métaphysique. Quand la médecine traditionnelle ne peut plus rien faire, peut-être que la médecine de l'âme y arrivera, sait-on jamais... Le psychothérapeute Thomas Moore n'a-t-il pas écrit :

« Si les dieux font leur apparition dans les maladies, c'est peut-être que nos existences ont trop perdu la foi et ont besoin de ce genre de visites. »

Elle raconte à son amie comment elle a connu Denis et ce qui l'a poussée à vouloir étudier.

- A chaque livre lu, je découvrais quelque chose de plus qui confirmait ce que je vivais. Je m'empressais aussi de mettre en pratique les nouvelles connaissances.

- Mon amie Billie a voulu se suicider la semaine dernière. Celle-ci a vécu toute sa vie un conflit avec sa mère qui ne semble pas pouvoir se régler. Si tu as un livre à suggérer, je crois qu'elle voudrait bien comprendre la raison de ses difficultés. Je dois aller la voir demain, j'aimerais que tu m'accompagnes.

***

Lorsqu'elle aperçoit Billie, elle a l'impression de connaître cette femme; elle devine qu'elle n'a pas eu une enfance très facile, ça se voit sur ses traits.

Billie se met tout à coup à lui parler de sa mère et de son enfance douloureuse.

- Mon frère est mort du sida il y a quelques mois, et celui-ci avant de mourir m'a laissé ce message : « Moi, je n'ai pas été assez fort pour l'affronter, mais toi, je veux que tu y arrives, promets-le moi! »

Il parlait de sa mère, cette intimidatrice de haute performance qui semblait n'avoir aucune conscience.

Billie raconte l'enfance horrible qu'elle et son frère ont eue avec leur mère. Peut-on appeler cela une enfance? Delphine aurait fait n'importe quoi pour pouvoir lui donner à cet instant, une mère qui l'aurait aimée.   Elle essaie de lui expliquer comment sa mère a réussi à prendre ses énergies et celles de son frère.

- Tu sais Billie, ta mère a dû elle-même avoir une enfance terrible pour avoir agi de la sorte.   Tu peux cesser tout contact physique avec elle ou   écris-lui une lettre en n'oubliant pas de lui pardonner.

Choquée, Billie lui répond :

- Pardonner? Pardonner à celle qui nous faisait manger nos vomissures quand nous étions malades, à celle qui nous battait sans raison?

- Je sais Billie que c'est difficile à faire.   Mais tu peux le faire pour toi, pour te libérer! N'oublie pas que ton frère t'a laissé une clé pour t'en sortir; moi, je t'en donne une autre : le pardon.   La haine que tu entretiens peut te tuer à ton tour.   Tu as voulu te suicider dernièrement. Tu as quarante ans, il te reste autant d'années où tu pourrais être heureuse.   Ton fils a besoin de toi, tu as le devoir envers lui d'être une mère aimante.   Ne refais pas ce que ta mère a fait, tu peux arrêter le processus immédiatement, n'abandonne pas ton fils en t'enlevant la vie, ce serait lâche...   La vie est trop belle pour que tu la gâches ainsi.

- Delphine, j'ai l'impression   de recevoir une tonne de briques sur la tête! Je sais que je dois régler ce problème une fois pour toutes et être enfin heureuse, mais j'ai peur d'elle!

- Je sais qu'au fond de toi-même, malgré tout, tu aimes ta mère. Dis-le lui, pardonne-lui, et vis ta vie!   Parfois, un geste d'amour peut faire fondre le plus dur des coeurs. Laisse passer le temps...

Durant quelques minutes, le silence règne.

- Se peut-il que mon frère soit devenu homosexuel à cause de ma mère? demande Billie.

- C'est possible.   Un petit garçon qui regarde agir une femme comme ta mère agissait, peut se dire en lui-même que jamais il ne voudra de femmes dans sa vie, il aurait bien trop peur d'en rencontrer une semblable! Ça peut paraître logique.

Elle reste sans voix.

- Billie, tu es une femme intelligente et tu as du coeur. Avec de la volonté, tu t'en sortiras.

Delphine quitte l'Ontario pour rentrer chez elle. Six heures de route à faire; que de pensées traversent son esprit... Elle pense à l'histoire de Billie; les gens déséquilibrés sont encore trop nombreux sur cette terre, pense-t-elle.

Il y a encore trop de violence physique et verbale au sein de la société. Aucun problème social n'est aussi universel que l'enfant opprimé, mais comment faire pour arrêter le processus?

En rentrant chez elle, ses deux garçons se disputaient. L'intimidateur intimidait le plaintif. Evidemment, le plaintif se plaignait, et le chien ne semblait pas du tout apprécier cette lutte de pouvoir.

Après avoir calmé ses deux oiseaux et servi de médiatrice durant vingt minutes, elle réalise qu'ils sont à vivre lentement, mais sûrement, une sorte de renaissance familiale.

***

Elle retrouve son amie Michèle au Mont St-Hilaire.

- Comme c'est beau les arbres couverts de givre, on dirait des arbres de cristal! remarque Delphine.

- L'hiver au Québec a aussi son charme. Te sens-tu en forme pour monter là-haut? La vue est spectaculaire!

- L'air est tellement bon, allons-y, c'est le meilleur endroit pour refaire nos énergies!

Au retour de sa randonnée, la voisine l'attendait.

- Delphine, je suis découragée, j'ai envie de tout quitter... J'essaie de changer mes attitudes face à mes enfants, mais je n'y arrive pas toujours...

- Ne te décourage surtout pas! Changer d'attitude, ça demande du temps. Ne sois pas trop sévère envers toi.

Celle-ci a beaucoup trop d'attentes de la part de son mari et de ses enfants.

- Aimer, c'est arrêter de vouloir tout contrôler et demeurer le coeur ouvert. Je sais, ce n'est pas toujours facile...

***

Delphine observe Mélissa, sa stagiaire. C'est sa première

journée d'enseignement. Elle sent qu'elle prend à coeur sa future vocation. A la fin des cours, un élève lui dit :

- Tu vas devenir une bonne enseignante Mélissa, tu comprends les enfants et de plus, tu expliques bien.

Mélissa est enchantée du compliment, Delphine aussi! Le jugement des enfants est souvent plus cohérent que celui de bien des adultes. Il faudrait peut-être les écouter davantage. Pour cet élève, il est impératif qu'une personne aime les enfants pour pouvoir enseigner. Est-ce bien toujours le cas?

- Delphine, je me suis fait insulter à la récréation, on m'a traité d'imbécile! lui dit un élève.

- Ça doit être le bon moment alors de parler du respect.

« Si vous voulez que vos amis vous respectent, commencez par les respecter vous-mêmes. C'est si facile de blâmer les autres! On pourrait peut-être commencer à s'interroger. Est-ce vraiment si difficile d'avoir un langage respectueux envers les autres? Cessez de vous traiter de toutes sortes de noms. Savez-vous qu'une parole blessante peut marquer une personne pour la vie? Par exemple, si quelqu'un tombe, c'est qu'il a été distrait, et non pas qu'il est débile ou imbécile. Apprenez à utiliser les bons mots.

Le respect, c'est le compagnon de l'amour. Quand j'aime quelqu'un, automatiquement je devrais le respecter. Ne serait-il pas normal de respecter les personnes avec qui nous vivons? N'avons-nous pas tendance à prendre tout pour acquis? Et ne devrions-nous pas justement être encore plus attentionnés envers eux?

Rappelez-vous aussi les enfants que votre corps vous appartient. Ne laissez jamais qui que ce soit avoir un pouvoir physique sur vous. Si jamais vous apprenez qu'un ami ou une amie se fait violenter, il faut le dire à un adulte responsable, en qui vous avez confiance. Des enfants opprimés, il y en a plus que nous croyons, et cette façon d'agir doit être dénoncée.

Malheureusement, nous vivons dans une société où en général, les gens préfèrent se mêler de leurs affaires, par peur des représailles. Moi, je me suis toujours dit que si je ne m'inquiète pas de savoir ce qui se passe chez mon voisin, c'est peut-être lui un jour, qui fera du tort à mes enfants.

Ceci ne veut pas dire de se mêler continuellement de la vie de tout le monde, mais plutôt d'entretenir de bonnes relations avec ceux qui nous entourent. C'est plus sécurisant de savoir à qui nous avons affaire!

Il faut apprendre aussi à respecter tout ce qui nous

entoure : le matériel scolaire, les livres, tout ce qui nous appartient et ce qui ne nous appartient pas. C'est aussi une urgence de respecter l'environnement. Un ciel pur, une planète en fleurs, nous tiendront en santé.

Rappelez-vous que toute personne mérite le respect : autant le balayeur de rues, que le pape ou la reine d'Angleterre. Tout être humain, même celui assis sur le trône le plus élevé, ne sera toujours assis que sur son fondement. Tous les hommes de la terre devraient être égaux peu importe la race, la religion, la langue ou la couleur. C'est la première loi de la Charte des droits de l'homme. Tant que les humains n'auront pas compris cela, il y aura toujours des guerres. Si tout le monde apprenait le respect, il y aurait de l'harmonie partout. »

- Il y a des professeurs à l'université qui auraient intérêt à entendre cela. Les étudiants ne sont pas tous respectés.
- La perfection n'existe pas Mélissa.

En pensant au respect, elle se souvient des années où elle était avec Paul. Un soir, elle devait animer une réunion de parents. Paul finissait d'arroser les fleurs qu'il venait de planter dans la rocaille. En sortant de la maison, sur le balcon, elle manqua le pied et tomba tête première dans cette rocaille, écrasant toutes les fleurs sur son passage. Se relevant péniblement, blessée et couverte de boue, elle entendit Paul crier :
- Elle a écrasé toutes les fleurs!

Aujourd'hui, elle en rit, mais à l'époque, elle se disait qu'il ne s'inquiétait même pas de sa plus belle fleur... Ce qui lui fait penser que **les choses importantes de la vie, ne sont justement pas des "choses"**.
Suite à cet incident, évidemment, elle est arrivée en retard à sa réunion!

***

C'est son jour de repos. Aujourd'hui elle n'a le goût de rien. Elle flâne, lorsque soudain, le téléphone sonne.
- Delphine, je suis désobéissant, mais il fallait que je te parle. J'ai de la difficulté avec mes enfants. J'ai peur de les perdre. Francis fait souvent des crises de colère. Marie me fuit, elle se referme sur elle-même. J'ai confiance en toi. Dis-moi ce que je dois faire?
- Si tu veux mon avis, tes enfants ont besoin de se sentir

importants, quoiqu'ils fassent. Ils ont besoin d'être valorisés. Lorsque Francis fait ses crises de colère, ne vois-tu pas que c'est un cri d'alarme qu'il envoie? Il crie qu'il souffre, qu'il a besoin d'être aimé. Reste calme, ne t'énerve pas. Au lieu de le réprimander, explique-lui les choses doucement. Par ses crises, il veut prouver au monde entier qu'il existe.

- Peut-être as-tu raison... Parfois, j'ai de la difficulté à contrôler mes émotions. Il me pousse à bout. Je vais d'abord essayer de me comprendre moi-même.

- Pour ce qui est de Marie, si tu veux retrouver sa confiance, parle de toi, de ce que tu ressens. Evite de la questionner. Ecoute ton coeur, il y a tellement d'amour en toi! Tu es généreux, sensible... tu trouveras bien les mots.

***

Cette semaine, Mélissa prend la classe en charge. Son approche avec les élèves est exemplaire, on voit qu'elle aime vraiment les enfants. Ceux-ci collaborent bien.

- Delphine, que dirais-tu de venir parler de ton expérience aux futurs enseignants de ma classe, afin de transmettre ton amour du métier? Les étudiants ont besoin d'entendre parler du quotidien en classe, par des exemples concrets. La théorie, ce n'est pas suffisant. Il y a tout un monde entre la littérature et la vraie vie.

- L'idée me plaît. Pourquoi pas?

- J'en ai même déjà parlé à ma superviseure.

Après la classe, elle se rend aux "Ailes de la Mode" pour renouveler son abonnement à un magazine.

Lorsqu'elle arrive au comptoir du magasin, la dame lui remet en prime, un cadeau. Delphine éclate de rire. C'est une petite boîte blanche gravée de deux anneaux de mariage, avec l'inscription "True Love". Elle reçoit aussi un échantillon pour son sac à main. Lorsqu'elle ouvre la petite boîte, elle lit : "True love is forever".

- Pourquoi riez-vous? lui demande la dame.

- Parce qu'avec ce que je vis présentement, le parfum est plutôt de circonstances.

- Vous vivez donc un grand amour?

- Jamais je n'ai aimé autant de toute ma vie!

- Vous êtes privilégiée, le véritable amour est tellement rare. Je vous envie...

***

Lucie, la directrice, la convoque à son bureau.

- Un de tes collègues est inquiet à ton sujet. Il a cru remarquer que tu ne voyais que les qualités chez les élèves, que tu ne voyais plus leurs défauts. Il craint que ta discipline en soit affectée.

- Ne t'inquiète pas pour la discipline Lucie, je contrôle très bien ma classe. Je les vois les défauts, mais je ne mets pas l'accent dessus. Je préfère renforcer le positif. Si on entretient l'idée des comportements négatifs chez les élèves, ceux-ci ne s'amélioreront jamais. Je favorise donc la valorisation du moindre effort chez l'enfant. C'est ainsi que graduellement, le côté positif ressortira en force.

Delphine sait que par leur éducation, plusieurs personnes vibrent plus négativement que positivement. C'est plus facile de se plaindre que de changer une façon de penser. Mais c'est procéder à l'envers, car le négatif attire le négatif. Si tout le monde arrivait à comprendre cela, plusieurs aspects négatifs de la terre diminueraient au point de disparaître. Nous sommes loin de cette vérité, pense Delphine.

Fatiguée, elle se couche tôt après avoir lu quelques pages d'un bouquin pas mal intéressant. Elle en apprend toujours davantage. Le savoir a-t-il une fin? Heureux ceux qui aiment lire car les connaissances et l'ouverture d'esprit conduisent au bonheur de comprendre la vie!

Cette nuit, elle a rêvé qu'on lui offrait un magnifique gâteau blanc et bleu. Ce gâteau annonçait un moment heureux, un échange de sentiments d'où émanait un esprit de sagesse, de sérénité et finalement de victoire.

***

CHAPITRE 11

Ces enfants de ma vie

Voyez la pierre précieuse qui sommeille en chaque être.

Sanaya Roman

Au tableau, Delphine écrit le slogan venant du Ministère de l'Éducation :

« La réussite scolaire, ça commence à la maison. »

Elle ajoute quelques pensées tirées de la revue Vie péda-gogique :

« Le défi d'une école de qualité dépend de nos convictions et de nos valeurs. On n'aborde pas l'acte d'éduquer avec des systèmes et des méthodes, mais avec des croyances et des principes. »

Elle se tourne vers les parents.

« Si vous êtes ici ce soir, c'est que vous accordez une importance à l'école et à la valorisation des études. Cette rencontre a pour but le succès de vos enfants, autant sur le plan personnel que sur le plan académique. La réalisation des apprentissages doit se faire dans de bonnes conditions. Sans votre intérêt et votre participation, les efforts des enfants risquent de diminuer.

Ils ont besoin de modèles pour construire leur identité. Si je n'ai pas votre appui, mon action sera beaucoup plus limitée. Il est important que l'enfant ne reçoive pas de messages contradictoires. On doit lui offrir un encadrement dans lequel il se sentira en sécurité, encouragé et stimulé.

On entend beaucoup parler d'estime de soi, présentement. De plus en plus, les jeunes se perdent dans l'alcool, la drogue, et quelques-uns finissent par se suicider. Ceci crée des inquiétudes justifiées. Les enfants sont comme des arbres, il faut les aider afin qu'ils poussent droits.

Avec vos enfants, je revise les valeurs de vie. Jusqu'à maintenant, nous avons travaillé quelques pétales de la marguerite: la foi, l'amour, la tolérance, l'honnêteté, le respect, la patience...

Votre rôle est de seconder ces valeurs auprès de vos enfants, en vous intéressant à leurs travaux, en les encourageant et en les félicitant. Les enfants ont tellement besoin d'être valorisés!

L'école ne peut pas vous remplacer, elle ne peut que vous accompagner. Le professeur qui a le plus d'impact sur votre enfant, c'est vous. Ce qui favorise la réussite scolaire, ce n'est pas uniquement notre compétence à transmettre des connaissances, mais notre faculté d'établir une bonne relation avec eux.

L'autre jour, j'ai demandé aux élèves s'ils avaient déjà dit à leur mère qu'elle était belle. Plusieurs m'ont regardée, stupéfaits. Je leur ai annoncé que ce soir-là, ça ferait partie du devoir à la maison.

Le lendemain, un garçon est entré en classe, et m'a dit :

« Delphine, ça ne réussit pas ton affaire. Lorsque j'ai dit à ma mère que je la trouvais belle, elle m'a demandé ce que je voulais qu'elle m'achète. »

C'est bien de montrer la valeur de l'argent aux enfants, mais on ne doit pas faire de l'argent une valeur. Regardez la marguerite: aucun pétale ne contient un signe de dollar.

Le lendemain de mon cours sur l'honnêteté à vos enfants, une élève trouva de l'argent par terre. Elle le ramassa et mit les pièces dans ses poches. Tout à coup, elle vit de la monnaie tomber des poches d'une fille devant elle. Elle déduisit que ce qu'elle avait ramassé lui appartenait. Elle raconta à toute la classe, comment elle s'était sentie heureuse de voir la joie sur la figure de l'autre élève, lorsqu'elle lui remit les sous.

Finalement, suite à un cours sur la patience, quand je racontai à vos enfants que chez moi, il n'y avait plus de disputes, un garçon me demanda si je pouvais le prendre comme pensionnaire. Il était fatigué d'être le bouc émissaire de ses frères plus âgés que lui. »

Après ces exemples, en terminant, elle leur explique comment éliminer les mécanismes de domination qui engendrent les luttes de pouvoir.

Plusieurs parents restent avec elle un peu plus longtemps, car ils veulent avoir des références sur les livres qu'elle a lus.

Elle est satisfaite de cette soirée. Monique et Mélissa l'ont bien secondée dans ses exemples avec les enfants. Elle a du mal à s'endormir cette nuit-là, tellement elle est pleine d'énergie.

Dès le lendemain matin, elle trouve sur sa table de travail, plusieurs lettres de parents qui lui signifient leur appui. Avec leur collaboration, le travail sera plus facile.

A la récréation, étant de garde avec Cybel, celle-ci lui dit :
- De quel droit te permets-tu de parler aux parents d'élèves de cette façon?
- Pas d'un droit Cybel, mais de ce qui se doit. Comme éducatrices, nous avons un rôle social à accomplir. Nous sommes les boussoles pour ces jeunes enfants. Nous avons sous notre responsabilité, durant un an, des enfants qui nous font une pleine confiance. Il faut que les parents aussi nous donnent cette confiance; nous devons regarder dans la même direction, sinon nous travaillons dans le vide. Tout le monde est songeur face à l'avenir des jeunes. Il faudrait peut-être arrêter de songer et commencer à agir! Nous avons une immense responsabilité dans l'éducation, notre travail est une vocation. Les valeurs fondamentales doivent reprendre leur place, et à mon avis, c'est le plus bel héritage qu'on puisse léguer aux enfants.
- Je crois que tu as raison, mais ce n'est pas facile à faire...
- Je n'ai jamais dit que c'était facile! Aimer véritablement est la chose la plus difficile qui soit, mais combien gratifiante lorsqu'on réussit!

**

Profitant probablement du fait qu'elle prend un bain, ses fils commencent à avoir des divergences d'opinions. Le ton monte. Elle qui vient de dire aux parents de ses élèves qu'il n'y a plus de disputes chez elle...

Lorsque nous changeons nos valeurs, cela demande du temps. Personne ne peut changer ses comportements à la vitesse de l'éclair, c'est impossible. Une fois la conscientisation établie, la personne manifeste des hauts et des bas. Ce qui est important de savoir, c'est que suite à une baisse d'énergie, la conscience s'ouvre un peu plus et ensuite le degré d'énergie s'élève encore davantage.

Sortie de la salle de bain, essayant de calmer ses deux

chéris, la sonnerie de la porte se fait entendre. Sauvés par la cloche, ses fils cessent leurs déclarations d'amour.

- Ah, Denis! Tu arrives juste au bon moment.

Comme elle a besoin d'énergie, elle lui saute au cou. Il la serre très fort, devinant qu'il vient de se passer quelque chose et qu'elle a besoin de réconfort. A cet instant, elle oublie qu'ils ne devaient pas se voir... Il arrive toujours à un moment où elle a besoin de lui. Revenue de ses émotions, elle remarque qu'il a les yeux plein d'eau.

- Je rêve au futur avec toi Delphine; j'ai visité une maison en pensant à nous deux. Je nous vois, bien installés dans ce petit nid d'amour.

- Je ne te cache pas que je suis quand même inquiète face à ton éventuel retour.

- Je te jure que lorsque je reviendrai, ce sera pour de bon!

Lorsqu'il la quitte, ils sont tristes tous les deux. Quand cette attente va-t-elle donc prendre fin?

***

C'est aujourd'hui qu'elle donne un cours aux étudiants de l'université. Mélissa l'accompagne.

En arrivant, elle dessine au tableau une immense marguerite, et y inscrit sur chacun des pétales une valeur de vie.

Les étudiants entrent progressivement. Elle a le temps de bien les observer. Elle peut deviner ceux et celles qui ont la vocation.

« Aujourd'hui, je viens vous transmettre l'amour de mon travail et vous donner des moyens qui vous permettront de mieux diriger les élèves. Tout d'abord, je prends pour acquis que si vous étudiez dans ce domaine, c'est que vous aimez les enfants. Si ce n'est pas le cas, je vous suggère de changer de discipline.

L'enseignement n'est pas un travail comme les autres, c'est la profession la plus noble qui soit. Nous formons et éduquons des petits êtres qui sont sous notre tutelle durant dix mois de leur vie. Durant ces dix mois, ils vous observeront, vous aimeront ou vous détesteront. Une année scolaire dans le quotidien de l'enfant, c'est très long. Il vaut mieux établir une bonne relation dès le début, sinon, l'année risque d'être interminable.

Si vous avez choisi cette discipline pour les vacances, les heures de travail ou le salaire, vous faites fausse route. Les vacances sont essentielles, sinon personne ne résisterait dans ce milieu. Entre deux groupes d'élèves, il est nécessaire de refaire nos énergies, mais les vacances ne sont pas un but en soi.

Si vous ajoutez les heures de travail à la maison à faire de la correction ou de la planification, vous réaliserez que souvent les semaines sont très chargées. C'est une illusion de penser que nous avons de belles heures.

Quant au salaire, celui-ci vous permettra de vivre, mais votre plus grande paie sera la joie ressentie lorsque vous verrez la compréhension dans les yeux des élèves. N'oubliez pas que dans tout le système scolaire, ce sont les enfants les plus reconnaissants.

Si vous éprouvez au fond de vous-mêmes l'amour des enfants et le désir de leur transmettre vos valeurs et vos connaissances, alors, vous êtes prêts pour la plus fabuleuse des aventures.

Votre attitude développera chez eux, la confiance ou la méfiance. Il est impératif de développer la patience, la tolérance et la cohérence. Il faut aussi apprendre à écouter les élèves, ils ont beaucoup de choses à nous dire. Ridiculiser ou punir un enfant n'a jamais rien donné. On doit plutôt lui faire prendre conscience de ses gestes et paroles.

La communication avec les parents est une clé inestimable. Il est important que ceux-ci sachent que nous travaillons pour le succès de l'enfant. Pour cela, le lien direct avec eux est essentiel.

Il faut aussi demeurer réalistes. Nous ne pouvons exiger des jeunes ce que nous n'arrivons pas à faire nous-mêmes. Nous sommes les modèles, plusieurs nous imiteront. Rappelez-vous toujours que l'humour est un outil merveilleux. "Avoir le feu sacré, ç'est très bien, mais si on a le feu et qu'on commence à sacrer, il vaut alors mieux changer d'orientation!" N'oubliez jamais que vous exercerez le plus beau métier du monde. »

Delphine termine ce cours en donnant des exemples sur chacune des valeurs de vie, et en expliquant les mécanismes de domination qui sont à éviter.

C'est le plus beau cours de sa vie! Elle vient de réaliser un rêve: enseigner en formation des maîtres, transmettre son savoir et son expérience à ceux et celles qui seront la relève. Elle sort de l'université, aussi légère qu'une plume.

***

Ce sont les retrouvailles avec ses élèves de l'année 1986-87, avec qui elle est allée en France durant dix jours.

Elle trouve formidable de revoir ces filles et ces garçons qui sont devenus de jeunes adultes! Elle les trouve beaux, intéressants et aussi vivants qu'à l'époque. Comme le temps passe! Pour tromper la nostalgie de lointains horizons, elle puise dans le grenier aux souvenirs.

Virginie a laissé un peu d'elle-même à la Tour Eiffel en perdant son appareil-photo.
Fanny s'est perdue dans la même Tour; elle ne retrouvait plus le groupe...
Alexandre, lui, dansa dans la Tour. Il cherchait les toilettes.
Marie-Claude n'a pas perdu son appareil, mais elle prenait des photos sans pellicule. Sa mère avait oublié de faire le nécessaire.
Pascal, le plus petit de la classe, applaudissait lors d'un spectacle à Honfleur. Il lui dit : « J'applaudis, mais je n'ai rien vu! »
Martin cassait la vaisselle dans sa famille d'accueil. Il était tellement nerveux, entouré de toutes ces filles!
Hugo faisait peur au chien de la famille avec tous ses pétards.
Josée a fait connaissance avec les chardons français. Paraît-il que ça piquait...
Stéphanie aimait bien jouer à cache-cache avec son correspondant.
Sylvie, lors d'une fête, recevait des bonbons sur la tête.
L'accent de Daniel n'était pas du tout compris par les petits Français.
Dominique ne trouvait pas la chasse d'eau des toilettes et n'arrivait pas à fermer le bouchon du bain. C'était une histoire d'eau!
Isabelle et Audrey se sont endormies dans une église; Maxime lui, a dormi dans ses bras.
Eric a cuisiné un pâté chinois.

Quand François a pris sa douche, le linge de Martine qui était suspendu à la pôle, fut tout mouillé.

Comme elle les aime ces enfants de sa vie pour ce qu'ils étaient et ce qu'ils sont maintenant!

- J'espère vous avoir laissé un peu de moi-même. Quand je vous ai quittés en fin d'année, je ne sais pas vraiment si je vous ai donné ce dont vous aviez besoin, mais il y a une chose dont je suis certaine : vous m'avez apporté beaucoup. C'est grâce à vous tous si j'ai pu conserver mon coeur d'enfant, et ça, c'est une richesse inestimable! Vous avez été de belles notes sur la musique de ma vie. Vous ferez partie de mes plus beaux souvenirs.

***

A l'école, elle rencontre Lucie et l'assistant-directeur. Une fois l'an, ils prennent le temps d'évaluer l'année. Ils revoient les objectifs, les difficultés rencontrées, et leurs attentes pour l'année suivante. L'atmosphère est détendue.
- Comment fais-tu Delphine pour prendre la vie du bon côté à ce point, lui demande l'assistant directeur.
- J'ai tout simplement lu.
- Tu devrais suggérer ces lectures à mon épouse!
- Personne ne peut transformer qui que ce soit à part lui-même, répond Delphine en riant.
Le sujet est clos.

***

C'est le premier avril. Déjà un an que Denis est entré dans sa vie! Dans ses pensées, elle lui envoie un bouquet d'amour.

Dans la soirée, il arrive à l'improviste.
- Delphine, le premier avril est une date importante pour moi. Tu as bouleversé ma vie. Je t'aime, tu n'as pas à t'inquiéter; un jour je te promets que nous serons réunis.
- Tes paroles me rassurent, j'ai confiance en toi.
- Je te remettrai cela au centuple, je te le promets!
L'heure qui suit se passe à écouter de la musique et à rêver à leur futur.

***

Elle se lève ce matin en appréciant le fait d'être vivante et d'aimer Denis plus que jamais.

En classe, les élèves cheminent. Il y a des journées plus faciles que d'autres. Ils font vraiment des efforts pour améliorer leur attitude.

Mélissa fait du bon travail. Delphine apprécie beaucoup la division des tâches. Elles ne sont pas trop de deux pour vingt-sept élèves.

Profitant d'un petit conflit entre deux élèves, elle trouve opportun de mettre l'accent sur la valeur de l'amitié.

« L'amitié les enfants, c'est aussi précieux que l'amour. D'ailleurs, tout véritable amour commence de cette façon. On doit entretenir l'amitié par la joie, la paix et l'harmonie. Ce n'est pas toujours facile, ça prend de la patience et du courage.

Dans toute relation, les amis doivent se sentir utiles, importants. Pour savoir si nous possédons les qualités qui feront de nous un bon ami, on doit se poser les questions suivantes :

Renierait-on un ami en difficulté?

Défendrait-on un ami si on savait qu'il est accusé de quelque chose qu'il n'a pas commis?

A-t-on de la difficulté à pardonner à nos amis?

Dans toute amitié, le soutien est primordial. Un véritable ami, c'est quelqu'un sur qui l'on peut compter. C'est aussi quelqu'un à qui on peut raconter ses petits secrets, en sachant qu'il sera discret.

Si on ne sait pas pardonner à ses amis, c'est à soi-même que l'on fait du mal. Ce n'est pas bon d'éprouver de la rancune envers qui que ce soit. L'amitié est quelque chose de très précieux. C'est à nous de savoir l'entretenir. »

- Delphine, je viens de réaliser quelque chose. Souvent, je laisse accuser ma soeur, alors que c'est moi la coupable. Ensuite, j'ai honte de ce que j'ai fait. Je commence à comprendre pourquoi ma soeur me déteste et brise toutes mes affaires. A l'avenir, je ne le ferai plus, ce n'est pas correct.

- Je te félicite pour ton courage... Ce n'est pas évident d'admettre une telle attitude.

Quelle prise de conscience venait de faire cette élève et quel bel exemple d'humilité pour les autres. En plus de vouloir redevenir amie avec sa soeur, elle devient du même coup plus honnête. Delphine peut voir dans les yeux de plusieurs enfants qu'ils ont peut-être vécu quelque chose de semblable.

***

Elle passe une partie de la soirée avec le directeur de la chorale. Ils planifient le séjour parmi eux des jeunes d'une chorale française.

- Ce n'est pas toujours facile de diriger tant de monde, je dois avoir une bonne discipline si je veux obtenir du succès, lui dit le directeur.

- Ça prend surtout beaucoup d'amour et de patience avec les enfants.

Delphine lui glisse quelques mots sur les mécanismes de domination à éviter.

- C'est tellement logique ce que j'entends. Me sachant plutôt intimidateur, penses-tu que je puisses arriver à changer à mon âge?

- Il y a seulement ceux qui sont au cimetière qui ne peuvent changer, lui répond Delphine en souriant.

***

La tristesse est au rendez-vous ce matin. Denis lui manque terriblement.

- Delphine, je constate à t'entendre que tu es malheureuse. Je comprends ta souffrance. J'ai failli te mentir sur mes sentiments et te laisser aller. Tu aurais peut-être cessé de souffrir, mais je n'ai pas eu le courage de le faire.

- Denis, tu aurais fait ça? Je ne t'aurais pas cru! Ça se ressent ces choses- là!

- Tu sais, je me suis dit l'autre jour : « Je vais lui prouver que je l'aime, je vais l'épouser! » Tu dois être forte. Je sais que je te demande beaucoup, mais tu ne trouves pas que ça vaut la peine d'attendre quelques mois, pour vivre par la suite, au moins trente ans de bonheur?

- Oui, ça vaut la peine, je le sais!

- Me feras-tu confiance à nouveau?

- Bien sûr, je t'ai toujours fait confiance!

- Je t'ai enregistré une autre cassette de musique, j'irai te la porter bientôt.

Cet appel lui a fait du bien. Le reste de la journée se passe calmement. Elle continue à lire, découvrant toujours des mots qui l'aident à poursuivre sur le chemin de l'amour.

***

Mélissa prend la classe en charge toute la journée. Au salon du personnel, elle en profite pour peindre sur les feuilles cartonnées sur lesquelles seront fixées les photos-souvenirs, pour le vingt-cinquième anniversaire de l'école.

- L'homme que j'aime est à régler ses dépendances. C'est pour cela que son retour prend du temps.

Elle discutait avec Ginette, une collègue.

- Je ne te connais pas beaucoup Delphine, mais tu sembles vivre la même situation que moi. Je n'ai pas eu une vie facile. Souvent, je suis désemparée, je ne comprends plus rien...

Delphine avait remarqué que cette femme était presqu'éteinte, ne souriant jamais. Un fardeau très lourd semblait peser sur ses épaules. Elle lui parle de ses lectures, de ses expériences de vie, des mécanismes de domination. Ginette lui dit :

- Tu viens de me communiquer ce qu'il faut pour que je prenne ma vie en main. Il faut que tu enseignes ce que tu sais car les gens ont besoin d'être éclairés. C'est l'amour qui dirige ta vie, il devrait en être ainsi pour tout le monde.

Au moment de la quitter, Delphine remarque sur son visage, le plus beau des sourires.

- Ginette, souris à la vie. Si tu voyais comme tu es belle lorsque tu souris! Le monde a besoin de ton sourire. Je te souhaite bon courage dans tes démarches, je sais que tu réussiras.

***

Au volant de sa voiture, son intuition lui dit qu'elle verra Denis sous peu. Au coin de la rue, elle n'est pas surprise d'apercevoir sa voiture dans le stationnement. A son arrivée, il rayonne de bonheur. La prenant tendrement dans ses bras, il lui dit :

- Enfin, tu es là! J'avais peur de te manquer... Je tenais à te remettre cette cassette de musique. Je dois partir, je suis attendu chez un client.

Attendrie, elle le regarde s'éloigner. En sortant la cassette de son étui, Delphine découvre une toute petite lettre. Elle s'empresse de lire, la joie au coeur.

Chansons pour rêver

Chansons pour rêver d'amour,
Chansons douces et profondes.
Chansons pour que nos coeurs se confondent,
Chansons qui me feront penser à toi pour toujours.

Delphine, ferme les yeux et laisse-toi bercer. Ces chansons sont pour toi et moi, elles sont à la mesure de notre amour. Tu ne

186

serais pas là, que ces chansons ne seraient pas aussi magiques;
elles seraient noyées au milieu de toutes les chansons du monde, ce
ne serait que des chansons.
Ma vie à tes côtés sera comme un beau rêve sans fin. Ecoute
bien ces chansons douces et profondes qui me feront penser à toi
pour toujours.

Je t'aime,

Denis

Ce petit mot d'amour lui redonne de l'énergie. Pour l'anniversaire de Patrick, Delphine prépare un souper spécial. Déjà vingt-trois ans! A chaque jour, il acquiert un peu plus de maturité. Quelle récompense d'être témoin de cela!

***

Pour les professeurs, c'est une journée de perfectionnement en français, donnée dans un hôtel de la région.

A l'heure du lunch, Monique lui apprend qu'elle sera opérée.

- Mon état de santé ne s'améliore pas. Les médecins m'ont dit que mes cellules étaient atteintes, et qu'il fallait procéder à une opération le plus rapidement possible.

Personne n'ose prononcer le mot "cancer", mais tout le monde sait qu'il s'agit de cela.

En métaphysique, on explique que souvent, le cancer peut se développer suite à une colère refoulée. Y a-t-il quelqu'un que mon amie déteste? songe Delphine. Bonne et généreuse de nature, toujours souriante, elle a de la difficulté à l'imaginer rancunière. Elle décide d'aller au fond des choses.

- Dis-moi Monique, y a-t-il quelqu'un que tu détestes?
- Non, personne... tout va bien dans ma vie.
- Permets-moi d'en douter. Tes cellules seraient en santé si tout allait bien. Y a-t-il quelqu'un par le passé qui t'aurait fait du mal et à qui tu en voudrais?

La réponse vint spontanément.
- Oui, tu as raison... Il y a deux ans, j'ai été ridiculisée devant plusieurs personnes. J'ai tellement pleuré. Je n'ai jamais pu accepter ce qui s'est passé.
- Depuis quand as-tu des problèmes de santé?
- Depuis deux ans.

- Ce soir, en te couchant, je te suggère de pardonner à cette personne.

- Je ne serai jamais capable de faire cela, je la déteste trop!

- Alors je t'annonce que tu as des chances d'aller retrouver les anges!

Voyant qu'elle ne blaguait pas, Monique répondit :

- Je crois que je vais essayer...

- Si tu t'es laissée affecter par les dires de cette personne, c'est que tu avais quelque chose à apprendre sur toi-même. Si tu avais eu confiance en toi à ce moment, tu ne te serais pas sentie blessée. Moi je sais que tu es une personne extraordinaire, généreuse et pleine de bonté. Mais toi, tu en doutes. Tu te laisses impressionner par les autres. Tu dois découvrir l'être que tu es, et une fois que tu auras réussi, plus personne ne pourra t'atteindre dans ton coeur, tu ne seras plus jamais à la merci de ton entourage. Sans le savoir, cette personne te force à changer ce que tu dois améliorer chez toi, pour ton bien-être. Alors, en pensée, dis-lui merci et pardonne-lui.

- Je ne sais pas comment faire...

- Fais le vide en toi, concentre-toi sur la personne qui t'a blessée, et dans tes pensées, le plus naturellement possible, pardonne-lui. Suite à cet abandon, tu sentiras dans ton corps une chaleur nouvelle. Ensuite, oublie tout cela et ne pense qu'à être heureuse. Le pardon sincère est une voie certaine pour demeurer en santé tandis que la rancune peut tuer. Tu devrais lire sur la métaphysique, c'est surprenant!

Monique a manqué d'amour envers elle-même. Le jour où elle arrivera à s'aimer complètement, les jugements extérieurs ne l'atteindront plus.

***

Delphine passe la journée de Pâques, seule, à lire à la maison, tous les membres de sa famille étant occupés ailleurs. La solitude ne l'a jamais ennuyée, ces moments étant parfois précieux. Elle a reçu une carte de Ginette où c'est écrit :

« Entre la connaissance et l'agir, il y a un pays, et ce pays, je vais le parcourir! Merci pour le partage des connaissances. Joyeuses Pâques! »

***

Son amie Louise lui donne signe de vie.

- Delphine, tu devrais donner des cours aux adultes sur les

valeurs de vie, tu as le don de la communication; as-tu pensé que ça pourrait aider les gens désireux d'améliorer leur qualité de vie?
- Peut-être plus tard. On verra, le destin se chargera bien de moi en temps et lieux. Pour l'instant, ma petite famille, Denis, mes élèves et mes amis suffisent à remplir mon emploi du temps. Il n'y a pas une journée où je m'ennuie, j'ai une vie bien remplie.

Le téléphone sonne à nouveau. C'est la mère d'un élève.
- Delphine, il faut que je te raconte un incident qui s'est passé à la maison. En passant l'aspirateur hier matin, j'ai accroché une chaise et j'ai vu tomber environ trois cents cartes de hockey. Instantanément, la colère s'empara de moi. Au moment où je m'apprêtais à disputer mon fils, je me suis souvenue de ton cours sur la tolérance. Ma colère tomba et voici ce que je lui ai dit : « Chéri, j'ai fait une gaffe; tu ne seras pas content. » Lorsqu'il vit les cartes par terre, il me dit : « C'est seulement ça maman? Moi, je t'ai déjà fait bien pire que ça...» Il s'empressa ensuite de les ramasser et alla les ranger où elles devaient être. Je n'en revenais pas! Il n'y a pas eu de cris, ni de menaces et de rancune. Grâce à ton cours, j'ai été capable de ne pas retomber dans mon vieux mécanisme d'intimidation. Je constate que changer d'attitude donne de bons résultats.
- Je te remercie pour tes bons mots, ça me fait chaud au coeur.
- Je t'encourage à continuer Delphine!

***

Denis fixe les bicyclettes sur la voiture et ils filent au port de Montréal. La journée est idéale! Ils pédalent sous le soleil ardent, s'arrêtant de temps à autre pour admirer les volées d'oiseaux ou sentir l'odeur des arbres qui s'éveillent à la vie.

Chemin faisant, ils croisent un jeune couple.
- Parlez-vous français? leur demande Delphine.
Surpris, ils s'arrêtèrent.
- Mais oui madame.
Dirigeant son regard vers Denis, elle enchaîne :
- Vous voyez cet homme? Et bien je l'aime!
- Mais c'est merveilleux! répond le couple en riant.
Denis rit à gorge déployée, en la regardant tendrement.

Quelques minutes plus tard, pour éviter un arbre, elle bifurque, et frappe une grosse roche. Tout ce qu'il y avait dans son petit panier fixé à sa bicyclette, tomba sur le sol. Et elle, n'eut été de son ange gardien, elle passait par-dessus bord pour aller rejoindre les poissons dans le fleuve. Elle réussit à maîtriser son modèle des années cinquante, juste à temps. Denis, observant la scène, se demande déjà comment il va pouvoir la repêcher.

Faisant demi-tour, un très bel homme qui l'a vue faire ses pirouettes, s'affaire à ramasser les effets qui étaient tombés du panier.

- Merci beaucoup monsieur. C'est que je ne vois plus clair, tellement j'aime cet homme-là!

Le gentil monsieur se met à rire, et Denis est écroulé à nouveau.

- Tu vois, j'ai fait rire quatre personnes dans ma journée, c'est ça le bonheur!

Suite à ce joyeux incident, avant de continuer leur excursion, ils rassemblent leurs économies pour acheter de quoi se ravitailler. Une petite bouffe en plein air, accompagnée du chant des oiseaux, quoi de plus romantique?

Ils empruntent ensuite la piste qui longe le canal Lachine. Des arbres gigantesques bordent un côté de la route. Après avoir roulé plus de vingt kilomètres, ils rentrent chacun chez soi. Elle a toujours mal lorsqu'il la quitte.

S'il est vrai que Dieu réunit ceux qui s'aiment, qu'il fasse vite, car le temps file, et la vie passe, pense Delphine. Cette vie, je veux la vivre avec Denis, et non la regarder passer.

Elle remercie quand même le ciel pour ces instants de bonheur, partagés avec son bien-aimé.

***

CHAPITRE 12

L'attente dans l'espoir

Ton courage est la preuve la plus certaine de ta foi en la vie. Et cette confiance sera toujours justifiée.

K.O. Schmidt

A son réveil, submergée par un océan d'amour, Delphine réalise qu'elle aime Denis gros comme la terre, comme un enfant qui ne sait pas comment mesurer son amour.

La persévérance étant son amie la plus fidèle depuis quelque temps, elle voudrait bien transmettre à ses élèves les pouvoirs de cette vertu.

« La persévérance est une clé inestimable pour atteindre le bonheur. Combien abandonnent leurs rêves, parce qu'ils ne savent pas persévérer?

Lorsqu'on croit en quelque chose, il ne faut jamais se résigner. Il faut avoir la volonté d'agir, la force de continuer. Il existe toutes sortes d'excuses pour abandonner, mais vous avez en vous les ressources nécessaires pour faire face aux épreuves ou aux défis. Désespérer est indigne. C'est dans l'épreuve que l'espoir est essentiel. L'espoir est le seul sentiment contre lequel le temps ne peut rien.

*Il n'est jamais trop tard pour agir. Ça prend toutefois beaucoup de courage. Pour cela, il faut arrêter d'avoir peur; c'est elle qui nous empêche souvent de continuer. Il ne faut jamais capituler sans avoir au moins essayé. Serez-vous de la majorité qui parle ou de la minorité qui agit? Un des grands buts de la vie, n'est pas seulement le savoir, mais l'action. **Avoir une seule croyance vaut plus qu'avoir mille intérêts »**.*

- Delphine, ça veut dire que même si mes notes sont moyennes en mathématiques, je peux espérer un jour devenir un bon médecin?
- Bien sûr! Tu sais, quand j'avais ton âge, j'avais de la difficulté à l'école. Mes notes étaient moyennes, je devais étudier très fort. Mais j'avais un but : je voulais devenir institutrice coûte que coûte. Je me suis même inscrite à des cours d'été pour augmenter mon rendement. Heureusement que mes parents

m'encourageaient à poursuivre mon rêve; je leur dois beaucoup aujourd'hui.

Une autre main se leva.

- Il y a longtemps que je supplie ma mère pour avoir un chien, mais elle refuse tout le temps. Dois-je continuer à persévérer?

C'est une question délicate à laquelle Delphine ne s'attendait pas.

- Tu sais, avoir un chien demande beaucoup d'attention et de soins. Peut-être que ta mère n'est pas prête à prendre une telle responsabilité. Si elle achète un chien uniquement pour te faire plaisir, tu ne seras pas heureux. Il faut éprouver l'amour des animaux pour vivre avec, sinon, il est préférable de ne pas en avoir. Quand j'ai décidé d'acheter un chien à mes enfants, c'est que psychologiquement j'étais prête, j'étais aussi heureuse qu'ils pouvaient l'être. Garde ton rêve; si ce n'est pas possible pour l'instant, lorsque tu seras complètement autonome, tu seras libre d'en avoir un.

Suite à ce cours, Delphine réalise que tout au long de sa vie, à force de vouloir pleinement être heureuse, elle a développé la persévérance, ce qui lui a apporté plusieurs petits succès, malgré toute l'instabilité vécue.

C'est la dernière journée de Mélissa en classe. Les élèves la fêtent. Ils lui ont écrit de belles cartes. J'avoue qu'elle va me manquer, c'était tellement agréable de travailler à deux, songe Delphine.

***

Toutes les familles d'accueil attendent l'arrivée des cousins français à l'hôtel de ville.

Ils arrivent enfin, un peu blanchis par le décalage horaire. Après une petite réception donnée en leur honneur, les choristes intègrent leur famille d'accueil pour un repos bien mérité. Delphine ramène à la maison une des accompagnatrices.

- Je vous laisse vous reposer. Nous aurons tout le loisir de faire plus amples connaissances demain, puisque j'accompagnerai le groupe pour la visite touristique de Montréal.

***

Visiter Montréal en une journée demande un horaire précis et respecté. Les jeunes Français semblent plus frais et dispos.

Delphine devine que la directrice de la chorale est une femme de tête. Son travail est une passion. Exigeante pour ses élèves, Delphine perçoit qu'elle les aime quand même beaucoup.

La journée débute à l'Oratoire St-Joseph. Dans le choeur, la chorale se rassemble et entonne quelques chants. C'est divin à entendre.

L'autobus se dirige ensuite vers "Le Vieux Montréal". Ils descendent à la Place D'Armes et entrent dans l'église Notre-Dame. Quel chef-d'oeuvre que cette église avec ses voûtes turquoise et or! Les amis d'outre-mer lui portent un regard admiratif. Ils chantent à nouveau dans le choeur de l'église. Les touristes applaudissent sans retenue.

Ils empruntent la rue Notre-Dame jusqu'à la Place Jacques-Cartier. Tout le groupe est attendu dans un restaurant. La journée se termine par l'assaut des boutiques de la rue St-Paul.

Revenues à la maison, la pensionnaire de Delphine raconte à brûle pourpoint que sa vie ne se déroule pas comme elle l'avait souhaité.

- Tout le monde pense ou décide pour moi. J'ai toujours fait ce que les autres me disaient de faire sans tenir compte de mes besoins personnels. J'ai remarqué que vous aviez une bibliothèque bien garnie. J'aimerais bien me procurer quelques livres; je ne me souviens pas les avoir vus en France.

- Je vous emmène avec plaisir à la librairie. Vous savez, toutes ces lectures m'ont amenée à me poser des questions : Y a-t-il quelqu'un de vraiment heureux sur cette terre? Pourquoi bien des gens ont le coeur si vide quand arrive quarante ans?

- Je pense que plus jeunes, nous devions vivre l'illusion de la certitude. Maintenant, plusieurs doivent vivre la certitude de l'illusion... Je crois que l'hypocrisie de l'amour a dominé plus qu'une génération.

***

Après avoir donné quelques concerts, c'est le rassemblement des membres de la chorale au centre culturel. Ils prendront ensuite la direction de Québec.

- Au revoir; je vous souhaite un bon séjour dans la capitale! Vendredi, je vous retrouverai à Mirabel, leur promet Delphine.

Delphine a l'impression que plein de gens traversent sa route et repartent le coeur plus léger. Ça la rend heureuse, mais elle aimerait également partager ses connaissances avec Denis.

En arrivant chez elle, le fils de sa voisine est sur le palier.
- Delphine, j'ai quitté la maison suite à une dispute avec ma mère. Je ne sais vraiment pas où aller... Peux-tu m'héberger pour la nuit?
Le coeur de Delphine n'a fait qu'un tour.
- Mais bien sûr, je vais t'installer un lit dans le salon.

Ça lui rappelle de mauvais souvenirs. Quand Patrick a quitté la maison en furie, il y a quelques années, elle souhaitait de tout son coeur que quelqu'un l'héberge et en prenne soin, le temps qu'il se retrouve et que l'harmonie revienne entre eux. Aujourd'hui, c'est à son tour d'aider le fils d'une voisine.

***

Elle a rêvé au frère de Denis qui est décédé. Il lui disait de ne pas s'inquiéter, qu'il lui enverrait un signe bientôt. Denis aura-t-il réellement un signe de son frère?...

Les bonnes nouvelles existent aussi.
- J'ai été opérée, je me porte bien. Mes cellules malades étaient bien localisées.
- Avec de la foi et des pensées positives, tout est possible. Je suis heureuse pour toi Monique.
Comme elle raccroche, ça sonne à nouveau.

- Si tu savais Delphine comme j'aime ton numéro, je suis heureux lorsque je le compose. Je ne sais pas ce qu'il y a dans l'air, mais il arrive plein de malheurs à la maison : l'oiseau de Marie s'est envolé, et l'iguane de Francis est mort.
- Je t'en prie Denis, ne prends pas cela à la légère! Les animaux veulent fuir ta maison tellement les tensions sont fortes. Même eux, ont besoin d'amour! Marie a-t-elle déjà dit qu'elle avait hâte de quitter la maison?
- Elle le dit souvent. Elle a hâte d'avoir dix-huit ans pour s'en aller.
- Son oiseau l'a fait avant elle. Dès qu'il a eu une chance de se sauver, il s'est envolé. Et l'iguane de Francis est mort?
- J'ai racheté deux autres iguanes. Il y en a un qui refuse de manger, et l'autre bouffe pour deux, je ne sais pas ce qui se passe.

- Comme les animaux ont des leçons à nous donner! Ils nous préviennent de dangers, et souvent, nous ne les voyons même pas! J'ai rêvé à ton frère la nuit dernière. Il me disait qu'il t'enverrait bientôt un signe.

- Tu crois à ça?

- Bien sûr! Commence à y croire aussi, car c'est quelque chose de très réel! Depuis que je te connais, les signes du destin se manifestent sans arrêt.

- Germaine se demande ce qu'elle fait ici. Elle réalise qu'elle ne rit pas souvent, que je n'ai jamais un bon mot pour elle.

- Dis-moi Denis, t'arrive-t-il de penser qu'on pourrait se perdre tous les deux?

- Jamais! Je pense plutôt qu'on va se retrouver! Je ne serais pas sain d'esprit si je pensais autrement.

- J'ai tellement hâte que tu reviennes...

- Tu sais, je me sentirai un peu gêné devant ta famille et tes amis...

- Ne t'inquiète pas à ce sujet. C'est écrit dans la bible :

« Que celui qui est sans péché, lui jette la première pierre! »

***

Montant l'escalier pour rentrer chez elle, elle croise le fils de sa voisine qui descend, le dos chargé comme un mulet.

- Où t'en vas-tu comme ça?

- Je suis attendu dans un centre d'accueil pour jeunes.

- Qui est-ce qui te conduit?

- Je suis seul, je m'y rends en autobus.

- Attends-moi, je t'accompagne!

- C'est vrai Delphine? Je te suis reconnaissant...

En arrivant au centre d'accueil, elle s'entretient avec le responsable.

- Je veux que vous sachiez que mon petit voisin est un bon garçon, il n'est pas méchant.

- Vous savez madame, tous les jeunes en général sont de bons enfants, mais il suffit seulement de quelques mots pour leur enlever l'estime d'eux-mêmes.

- Comme vous êtes humain! Je vous remercie de vous occuper de mon petit voisin et je vous félicite pour la noble tâche que vous accomplissez.

La voisine vient frapper à sa porte. Delphine l'écoute se vider le coeur.

- Ton fils est en sécurité, je suis allée le reconduire; il te donnera des nouvelles bientôt.

- Merci Delphine, ça me rassure.

Après une journée bien remplie, une bonne nuit de sommeil s'impose.

***

Denis est à sa porte. Il est de bonne humeur.

- Je pense sans cesse à toi.

- Denis, y penser, ce n'est pas assez. C'est l'action qui conduit à l'espoir. Chaque minute, la vie nous oblige à choisir. Si tu veux maîtriser toutes les facettes de la situation, tu ne te décideras jamais.

- Germaine n'est pas prête.

- Germaine dirige nos deux vies. Tu attends qu'elle se décide à partir. Parce que je t'aime, j'ai choisi d'attendre, je t'ai choisi! Mais toi, tu n'auras jamais appris à prendre de décisions, à être autonome. Ça fait quatre fois que vous jouez la même pièce de théâtre, vous devez connaître votre rôle par coeur.

- Cette fois-ci, la fin de la pièce sera différente, crois-moi!

- Je te fais confiance, tu le sais.

Sur ces mots, il commence à l'embrasser ardemment. Il y a plus de six mois qu'elle le désire, qu'elle a envie d'être dans ses bras. Elle a peur de flancher...

- Je serai à toi quand tu seras libre.

- Nous pourrions peut-être prendre un apéritif avant le repas principal...

- Lorsque je passe à table, c'est pour prendre un repas complet, y compris le dessert!

Ils rient de leurs sous-entendus et décident de rester à jeûn, jusqu'à ce qu'il y ait quelque chose d'important à fêter. Après son départ, Delphine fonctionne au ralenti. Ce théâtre va-t-il prendre fin un jour? se demande-t-elle.

- Maman, je te félicite d'avoir tenu le coup, lui dit Philippe après avoir reçu ses confidences.

- Je me demande encore comment j'ai fait...

- Si ça continue, je vais clouer la photo de Denis avec l'inscription « Recherché » sur tous les poteaux de la ville.

- Merci Philippe de me faire rire ainsi, j'en avais besoin!

***

En route pour Mirabel, le directeur de la chorale s'informe :

- Qu'est-ce que tu entends par l'amour sans conditions?
- On pourrait en parler longtemps, mais ça se résume à cesser de vouloir tout contrôler et demeurer le coeur ouvert.
- Delphine, ce sont des mots tout ça!
- Des mots? Je ne crois pas. En ce qui me concerne, depuis un an, j'étudie pour comprendre ce que veut dire le verbe aimer. Je l'enseigne à qui veut bien l'entendre, mais avant de l'enseigner, j'ai pu vérifier que les résultats sont concluants. Je t'affirme que ça marche, que c'est la seule chose dont le monde a vraiment besoin! Mais l'amour se doit d'être patient...
- Mais si je change, tout le monde va dire que je suis tombé sur la tête!
- Tu ne devrais pas t'occuper de l'opinion des autres. Tout est possible, mais on doit d'abord se libérer des modèles des générations antérieures, pour ne pas transmettre à notre tour, des préjugés ou de fausses croyances.

Arrivés à l'aéroport, les amis d'outre-mer ont déjà procédé à l'enregistrement des bagages.

- Merci à tous pour votre hospitalité. Nous garderons d'excellents souvenirs de notre séjour au Québec, dit la directrice.

***

Toute la famille est invitée à souper chez Yves, le frère de Delphine. Ils aiment bien se retrouver en famille, autour d'une bonne table.

- Delphine, changeons de sujet. Parler d'évolution semble un peu énerver maman et son amoureux, lui dit Yves. A leur âge, c'est difficile de chambarder toute une philosophie de pensée. N'oublie pas que leur vie a été basée sur le matérialisme et l'individualisme.
- Ce n'est peut-être pas un hasard, si nous faisons partie toutes les deux de la même famille? lance Anne. C'est peut-être pour réussir à convaincre les incrédules?

***

C'est déjà le mois de mai! A la récréation, Delphine croise Ginette.

- J'ai appris à mettre de la joie dans ma vie. Tu ne me croiras pas, mais auparavant, je détestais laver la vaisselle; maintenant, je la fais en chantant, le temps passe plus vite.
- Je comprends très bien ce que tu veux dire. Tout ce que l'on fait par amour et joyeusement, nous reviendra au centuple, c'est

la loi du retour. Tu as compris comment diriger toi-même tes énergies, c'est formidable!

Se peut-il que les gens soient sur le point de comprendre qu'il y a d'autres façons d'évoluer que par les épreuves? Nous ne sommes peut-être plus obligés de souffrir pour grandir? Les connaissances peuvent sauver du temps, plusieurs années même, mais ce n'est pas suffisant. Les connaissances seules sont inutiles. La meilleure façon d'évoluer, c'est par l'amour. Rester ouvert aux autres, ouvrir son coeur, est assurément un gage de bonheur. Delphine en est convaincue.

***

Qui peut bien appeler de si bonne heure?
- Delphine, je n'ai pu résister à l'envie de te parler, lui dit Denis. J'aimerais tant te voir!
- Il est préférable qu'on ne se revoie pas, tant que tu n'auras pas pris une décision.
Elle l'entend à peine respirer au bout du fil. Elle sait qu'elle l'a découragé.
- Je dois te quitter Denis, sinon je serai en retard à l'école.

Arrivée en classe, elle a mal à la tête. Elle n'aime pas le savoir dans cet état. Après son premier cours, profitant d'une période libre, elle prend la chance qu'il soit encore à la maison, se souvenant que Germaine suit des cours toute la journée.
- J'attendais ton appel, j'avais deviné que tu rappellerais. Je souhaitais venir déjeuner avec toi demain, mais après ce que tu viens de me dire...
Elle cède encore. Ils se verront demain.

A son réveil, Delphine est prise d'un désir fou envers l'homme de sa vie. Si je ne suis pas dans ses bras bientôt, il y aura une dingue de plus sur la terre! pense-t-elle.

Regardant par la fenêtre, elle le voit arriver. Dès qu'il descend de voiture, elle constate à sa démarche, que quelque chose ne va pas.

- Es-tu encore perturbé suite à ce que je t'ai dit hier?
- Non, ce n'est pas ça, il y a autre chose. Hier, as-tu téléphoné chez moi vers seize heures?
- Non, tu le sais bien, c'est hier matin que je t'ai appelé. Pourquoi?

- Parce que Germaine m'a dit avoir reçu un appel téléphonique vers seize heures, et que personne ne parlait au bout du fil. Après avoir raccroché, elle a composé le code qui affiche le dernier numéro.
- Et alors?
- C'était le numéro de ton école.
- Mais Denis, je te jure que je n'ai pas téléphoné à seize heures. Jamais je n'aurais fait cela, je savais que tu n'étais pas chez toi. De toute façon, tu sais bien que je ne t'appelle jamais.
- Qui a pu téléphoner de l'école, si ce n'est toi?

Pour Delphine, c'est très clair.
- Mais Denis, c'est simple. Après mon appel du matin, il n'y a personne d'autre qui a téléphoné chez toi. Quand Germaine est arrivée à la maison, elle a dû composer le code pour savoir si quelqu'un avait appelé. Malheureusement, je l'avais fait de l'école; c'était pour te rassurer en plus! Comme elle ne peut t'avouer que de temps à autre, elle surveille si quelqu'un t'appelle, entre autres, moi, elle a inventé toute cette histoire d'appel anonyme. Elle cherche à me discréditer à tes yeux. Elle a dû inventer le seize heures, ne sachant pas à quelle heure j'avais téléphoné.

Devant son air confus, Delphine réplique :
- C'est parce qu'elle sait que tu ne l'aimes pas qu'elle te surveille. Je ne penserais même pas à surveiller un homme, si j'étais certaine qu'il m'aime, j'aurais confiance. Tu sais que je ne mens pas. Germaine et moi n'avons pas les mêmes valeurs. Elle a dû terriblement souffrir du manque d'amour dans son enfance pour agir ainsi. Mais maintenant, c'est une adulte; elle sait très bien ce qu'elle fait.
- Je te crois Delphine, je te jure que je te crois.

***

Allant rendre visite à la mère de Denis, elle ne peut s'empêcher de raconter ce qui vient de se passer. Personne ne semble surpris...
- Avant de rencontrer Germaine, lui raconte Charlène, Denis a aimé une fille qui était enceinte d'un autre homme. Il accepta quand même le bébé et l'éleva durant deux ans. Un beau matin, son amie l'a quitté, emmenant avec elle l'enfant et tous les meubles. Il ne les a jamais revus. Il était très attaché au petit garçon qu'il considérait comme le sien. Il eut beaucoup de peine.
- C'est peut-être à ce moment-là que Denis a cessé de croire en l'amour? Cette fille a probablement abusé de sa confiance et de sa générosité.

- Quant à Germaine, à mon avis, Denis l'a épousée sans trop se poser de questions.

- Charlène, je réalise que nous sommes plusieurs de ma génération à s'être mariés sous de fausses valeurs : la sécurité, l'argent, la sexualité, la peur de la solitude, la désertion d'une famille dysfonctionnelle... Mais où était le véritable amour dans tout cela?

- Tu me parles de ta génération, mais que penses-tu de la mienne? Où voulais-tu que j'aille avec cinq enfants? Sans le sou et sans travail... Plusieurs de ma génération ont dû vivre dans une cage pas toujours dorée! Delphine, je crains pour ta santé. Tu devrais peut-être oublier mon fils.

- Je me porte à merveille, et durant ce temps, je développe ma patience et ma tolérance. Et puis je l'aime; si je n'étais pas certaine qu'il m'aime aussi, il y a longtemps que je l'aurais laissé.

***

C'est la journée "portes ouvertes" à l'école, pour fêter le vingt-cinquième anniversaire de celle-ci.

Delphine revoit avec plaisir d'anciens directeurs, d'anciennes collègues. Les conversations vont bon train; tout se passe dans la bonne humeur et les souvenirs sont en vedette.

Vers la fin de la journée, quatre de ses anciens élèves aimeraient revoir le local de classe. Ils montent à l'étage et s'assoient sur les pupitres.

- Delphine, veux-tu nous donner un cours?

- Vous voulez un cours? Ce sera le cours de votre vie!

Elle leur explique comment elle travaille les valeurs de vie avec ses élèves. Ils l'écoutent attentivement. Delphine sent leur conscience s'ouvrir doucement et le sourire apparaître sur leurs lèvres.

- Tu devrais enseigner cela au collège, les jeunes auraient avantage à entendre ces cours.

- Seulement par votre exemple, votre entourage pourrait se transformer.

- Facile à dire...

- Je vous le répète, aimer véritablement est la chose la plus difficile à réussir dans une vie...

En quittant l'école, la directrice lui donne un bouquet de fleurs qui a servi à la décoration des tables. Ce petit cadeau est une appréciation pour son implication dans le comité de cette fête. Delphine adore les fleurs!

***

Elle est réveillée par le téléphone.

- Delphine, avec tout ce que tu lis présentement, essaies-tu de me changer?

- Je ne peux te changer Denis, il n'y a que toi qui puisse réussir à le faire. Je t'ai tout simplement dit que si nous n'avions pas les mêmes valeurs, ça ne pourrait aller entre nous deux. L'amour-fidélité est au premier plan dans ma vie, et ça, ce n'est pas négociable.

En raccrochant, elle se dit qu'il progresse lentement, à pas de tortue. Mais Delphine sait que la tortue, nez par terre, voit tout ce qui se passe...

***

C'est la fête des Mères. Ses fils lui offrent des fleurs et un livre. A la fin de la soirée, elle repense à ce qu'est sa vie présentement. Elle remonte au moment où elle a connu Denis.

Comment puis-je l'aimer à ce point? songe-t-elle. J'aurais dû trancher lors du voyage à Cayo Coco, lorsqu'il demeurait sur ses positions à propos de ses sorties familiales. Pourquoi ne l'ai-je pas fait? Moi si indépendante et autonome!

***

- Delphine, j'admire ta patience, lui dit Sylvie.

- Il faut croire que les moments de bonheur avec lui devaient être plus intenses que ses mensonges.

- Tu sembles avoir de grandes réserves d'amour. Ça lui en prend du temps pour vérifier ses sentiments!

- C'est parce que son amour n'a pas atteint la maturité. N'oublie pas qu'il n'y croyait plus... Il a tout un ménage à faire. En attendant, c'est difficile, je l'admets. Par contre, je préfère qu'il règle ses dépendances pendant qu'il est encore avec Germaine. Je n'aurais pas supporté longtemps qu'elle sabote notre bonheur par sa jalousie ou ses crises de pouvoir. Je connais beaucoup trop de femmes qui sont aux prises avec la rancune de l'ex-conjointe, ce qui crée une relation plus qu'inconfortable.

***

J'aimerais bien avoir un signe concret de Denis, se dit Delphine. En tournant le coin de la rue, elle croit rêver : Denis est dans le stationnement, n'osant sortir de sa voiture. Elle sait qu'ils ne devaient pas se voir, mais il est là, tout près d'elle. Il est toujours dans sa voiture, semblant attendre son approbation pour descendre.

- Tiens, tu arrives juste au bon moment! Au moins j'aurai quelqu'un pour m'aider à monter mes colis.

Une fois dans la maison, il s'effondre en disant :
- Delphine, je viens chercher de l'amour! Je suis vide, je n'aime plus personne sauf toi. Il fallait que je te parle, j'arrive de chez ma mère. Comme je sais que tu la vois à l'occasion, c'est peut-être ce qui m'a incité à arrêter chez toi.
- Lui as-tu téléphoné à la fête des Mères?
- Je n'ai même pas pensé à cela. En la quittant tout à l'heure, je ne l'ai pas embrassée, ma soeur non plus. Une fois parti, j'ai voulu retourner, mais j'étais gêné.
- Ta mère m'a dit être peinée, elle trouve que tu ne penses pas souvent à elle. Si elle et Germaine ne s'entendent pas, toi au moins, tu pourrais y aller avec les enfants. **C'est pendant qu'ils sont vivants qu'il faut dire à nos proches qu'on les aime; après, il est trop tard.**
- Les enfants ne veulent pas y aller.
- C'est évident, ils ont eu le cerveau lavé, tout comme toi! A première vue, elle semble forte Germaine, mais cette force, à mon avis, cache une immense faiblesse. Elle contrôle tout pour ne pas souffrir.
- Delphine, je pense à louer une chambre près de chez nous, et ainsi être près des enfants s'ils ont besoin de moi.
- Et continuer la petite vie de famille comme si de rien n'était...
- Non, pas cette fois-ci. Je ne veux pas que les enfants ratent leurs sports d'été. Germaine ne s'en occuperait pas sérieusement, je dois être là.

Une fois de plus, il repart plein d'énergie. Ça lui permettra de tolérer un peu plus longtemps la situation. Delphine sait que le fait de se voir, ne fait que retarder les choses.

***

Elle est sans nouvelles de lui depuis une semaine. En sortant de l'école, une surprise l'attend : il est là!

Après lui avoir raconté un voyage à Ottawa, comme parent accompagnateur de la classe de sa fille, il ajoute :
- J'aurais aimé parler de toi avec le professeur de Marie, je voulais lui dire combien je t'aime mais je n'en ai pas eu l'occasion.
- Le moment était peut-être mal choisi. Accompagner des élèves, c'est toute une responsabilité. Ce n'était probablement pas l'endroit idéal pour aborder un tel sujet.

- Tu as raison. J'aimerais bien qu'elle commence à parler à Marie.

- Pour lui dire quoi?

- Qu'un divorce, ce n'est peut-être pas aussi dramatique que l'on pense, qu'elle ne sera pas la seule à vivre cela.

- Mais Denis, toi, en as-tu parlé avec Marie?

- Non, pas encore.

- Et tu voudrais que son professeur le fasse? Mais ce n'est pas sa responsabilité! Si Marie était au courant de tes intentions, son professeur pourrait sûrement lui être de bon conseil, mais ne lui demande pas de faire le travail à ta place, sois sérieux!

- C'est vrai, tu as raison.

- Donc, si je comprends bien, rien n'a changé, tu n'as pas encore parlé aux enfants?

- Ça viendra.

Il la prend dans ses bras et lui caresse le dos. Elle ne comprend pas pourquoi il hésite tant. La peur semble encore l'habiter.

***

Plusieurs agents de voyages sont invités à aller passer la journée à New-York.

- Nous ne pourrons tout voir en une seule journée, lui dit Louise. Partons du Rockfeller Center, puis marchons jusqu'au Times Square. Sur Broadway, nous en profiterons pour visiter quelques hôtels.

- Savais-tu que c'est à New-York que mes parents ont fait leur voyage de noces?

- Pour l'époque, c'était une belle destination! répond Louise.

Quand elles passent devant le Radio City Music-Hall, Delphine pense aux merveilleux souvenirs que ses parents ont racontés maintes fois sur cette salle de spectacle aux six milles places.

Elles montent à l'étage supérieur d'un autobus pour un tour de ville, d'une durée de deux heures.

- Je pourrai me vanter de m'être faite aérer à New-York, dit Delphine, le temps est plutôt froid pour une fin de mai.

- Regarde l'Empire State Building!

- C'est joli toutes ces maisons bordées d'arbres! Serait-ce Greenwich Village?

- T'as deviné! C'est ici que vivent les artistes, les poètes, les écrivains et les musiciens, lui répond Louise.

- Regarde au loin, la statue de la Liberté! Je suis surprise de voir tant de verdure, dans cette ville où tout frôle la démesure.

Continuant la visite à pied, un peu de magasinage s'impose : on ne peut aller à New-York sans rapporter de souvenirs. Delphine achète des T-Shirts pour les trois hommes de sa vie.

Elles sont déjà de retour vers Montréal.
- C'était une visite-éclair Louise, mais ce fut un plaisir de visiter New-York avec toi.
- On aime les mêmes choses Delphine. C'est toi qui m'as donné le goût des voyages. Je n'oublierai jamais mon premier voyage à Paris avec toi! Tu m'as ouvert les yeux sur le monde. Quelle merveilleuse semaine on y a passée!

***

Denis a quelques réparations à faire chez la voisine. Il a planifié son horaire pour venir dîner avec Delphine. Ils n'ont pas tellement faim.

Il la prend dans ses bras et commence à la caresser. Il la berce doucement. Delphine ne veut pas que ça aille plus loin, sa vision de leurs retrouvailles est toute autre.

- Germaine prépare quelque chose, elle est songeuse...
- Tu attends vraiment qu'elle prenne la décision n'est-ce pas? Si tu es incapable d'agir, c'est que ton amour pour moi n'est pas assez fort.
- Je pense à toi tout le temps, tu le sais que je t'aime.
- Parfois je me le demande... je n'en suis plus certaine.
- Je passerai te voir demain matin, j'aurai dix minutes devant moi.
- Dix minutes, qu'a-t-on le temps de se dire en dix minutes? Je suis fatiguée de ramasser les miettes...

Après son départ, elle remarque qu'il a apporté le T-Shirt acheté à New-York. Comment va-t-il expliquer la présence de ce nouveau vêtement? se demande Delphine.

***

Quelle belle journée aujourd'hui!
- Allons nous asseoir sur le banc, de l'autre côté de la rue. Denis, mon amour pour toi a commencé par de l'admiration. Je me demande bien comment va finir notre histoire?

- Même si je ne suis pas encore avec toi, je n'appartiens plus à Germaine, tu le sais.
- Je ne te comprends pas... Je dois partir pour l'école.

Elle le quitte rapidement, lui donnant un baiser du bout des lèvres. Il semble insatisfait, mais elle démarre quand même en toute hâte.

Delphine pourrait comparer Denis à un guerrier pacifique où la vie de tous les jours devient son terrain d'entraînement. Actuellement, il est au service de ses enfants par devoir, par sens des responsabilités. Un jour, il servira par amour, car le véritable service commence lorsque la conscience habite le coeur.

Samedi matin, descendant de sa bicyclette, elle s'arrête quelques minutes dans un parc pour refaire ses énergies. C'est l'endroit idéal, les arbres sont imposants. Tout à coup, elle aperçoit deux fillettes d'environ trois ans qui sont accompagnées d'un adulte. Elle surprend leur dialogue.

- Tu n'es pas gentille avec moi!
- Mais oui je suis gentille, c'est toi qui ne l'es pas!
- Non, c'est toi! Tu devrais me prêter ton ourson.
- L'ourson, il est à moi!

Elle a bien failli leur donner un cours sur l'amitié. Déjà, à trois ans, ces petites bonnes femmes usent de pouvoir. Le partage, elles ne semblaient pas connaître. Le monde n'est pas à la veille de changer... pense Delphine.

Elle file chez Charlène. Les soeurs de Denis sont là. Elles dînent joyeusement. Pendant qu'elle est à la salle de bain, on sonne à la porte. Elle croit comprendre que c'est quelqu'un de la famille.

J'espère que ce n'est pas la tante Laurence à qui Germaine s'est confiée, il paraît qu'elle ne veut absolument pas me connaître, songe Delphine.

Au moment où elle pense à cela, elle sait d'office que c'est elle. Je ne vais tout de même pas demeurer dans la salle de bain! Après tout, je n'ai absolument rien à me reprocher, je suis une invitée, se dit-elle.

Elle prend son courage à deux mains et respire profondément. Elle est fin prête à affronter l'ennemie!

Charlène la présente à une cousine qui la salue avec un magnifique sourire. Quant à la tante Laurence, réalisant qui elle est, elle s'enfuit hâtivement dans le couloir.

Cindy l'invite à s'asseoir parmi eux. Une fois qu'elle est bien assise, Delphine la regarde dans les yeux et lui tend la main avec le plus beau des sourires :

- Bonjour, moi c'est Delphine; je suis enchantée de faire votre connaissance.

- ...

Ça ne semble pas réciproque, pense Delphine.

Pauvre femme! Elle semble bien plus mal à l'aise qu'elle, coincée dans ses vieux principes... Si elle savait à quel point son cher Denis est malheureux avec Germaine, elle remercierait probablement Delphine de l'aimer autant! Peut-être qu'un jour, elle comprendra enfin que les véritables sentiments sont plus forts que tout. En pensée, Delphine lui souhaite beaucoup d'amour dans sa vie.

- Je rentre Charlène; la conversation sera sûrement différente sans moi.

- Je te téléphonerai bientôt Delphine. Merci pour ta visite.

Je suis quand même fatiguée de passer pour ce que je ne suis pas, songe Delphine.

***

Elle reçoit un courrier de son amie Sarah qui habite la Floride. Elle est curieuse de lire ce que cette femme d'une grande sagesse a pu répondre à sa longue lettre où elle lui raconte sa vie avec Denis. Par le passé, ses conseils ont toujours été précieux pour elle.

*« Le détachement est la clé pour demeurer libre. Le travail à faire est au niveau du coeur pour atteindre l'âme. Si Denis et toi voulez réussir avec Germaine et les enfants, sortez de cette conscience physique et intellectuelle, car seulement ce qui rejoint le véritable amour, part de l'âme. Et lorsque ceci est atteint, il n'y a plus de barrières! Là où il y en avait, elles s'écroulent. Ayez la sagesse de les laisser s'effondrer en leur temps d'existence leur appartenant! Il ne sert à rien de forcer les choses. Remettez cela entre les mains du destin, et l'amour qui vous unit vous reviendra sûrement. N'oublie pas Delphine que **l'heure la plus sombre vient juste avant le lever du soleil.** Cesse d'attendre, car ce qui doit arriver arrivera de toute façon. »*

Delphine croit comprendre ce qu'elle veut dire. Il y a longtemps que son amour pour Denis est un amour plein d'âme, mais lui n'a pas encore accédé à ce niveau. Pour ce faire, elle doit complètement l'abandonner à lui-même. Il n'a pas fini de vivre certaines choses avec Germaine. Il doit terminer complètement cette relation avant de continuer sa route avec elle. Elle doit encore lui laisser du temps.... Si c'est vraiment un lien du coeur qui le relie à elle, ils se retrouveront et à ce moment-là, plus rien ni personne ne les empêchera d'être heureux.

Sylvie et Margot lui ont si souvent répété : « Coupe tout! Quand son réfrigérateur sera vide, il aura deux choix : le débrancher ou le remplir. »

Que c'est difficile! Ne plus le voir, ni lui parler! Combien de temps durera cette épreuve? Y a-t-il quelque chose de plus douloureux que d'être séparée de celui que l'on aime?

Elle est décidée maintenant à le laisser aller. S'il l'aime véritablement, il lui reviendra. Elle s'endort cette nuit-là, soulagée de sa décision.

*****

On sonne à la porte. C'est le professeur de Marie.

- Je t'apporte la cassette-vidéo que Denis a préparée pour la classe de Cybel. Nous devons bientôt visiter votre école, et la cassette doit être visionnée avant la rencontre. Denis a réalisé un beau montage dans ma classe. Il a aussi filmé plusieurs activités qui ont également eu lieu à l'école.

Après son départ, un peu curieuse de nature, Delphine insère la cassette dans son appareil. Elle aperçoit Marie qui fait la présentation des autres élèves. Delphine remarque qu'elle est toujours aussi mignonne.

Tout à coup, Denis a filmé ce qui semble être une fête dans la cour de l'école. Elle reconnait Germaine, pour l'avoir déjà vue en photo. Comme cette femme est jolie lorsqu'elle sourit! pense Delphine. Elle n'arrive pas à la trouver antipathique, c'est curieux! Elle éprouve une grande compassion à son égard.

*****

Elle assiste, avec une de ses nièces, au concert donné par la chorale de la ville. Lorsqu'elle entend les enfants chanter, elle est remplie d'espoir concernant l'avenir. Est-ce que tout le monde dans la salle saisit bien les messages qui passent à travers les chansons?

« Qui a vraiment le droit de faire ça à des enfants qui croient ce que disent les grands? »

Si les enfants croient ce que les adultes disent, peut-être serait-il temps de leur dire la vérité, sinon, ils apprendront le mensonge et l'illusion.

« La paix sur terre, c'est ma prière, plus de tendresse, moins de promesses. »

Cette chanson est connue aux quatre coins du monde. Peut-être faudrait-il la vivre aussi?

« La balade des gens heureux. »

Combien sont vraiment heureux?

« Pourquoi le monde est sans amour? »

Pourquoi, donc?

« Tout va changer ce soir. »

Oui, il faudrait vraiment tout changer. Qui est prêt à changer?

Durant le concert, un petit garçon d'environ cinq ans avait de la difficulté à retenir son pantalon à la taille. C'était tellement drôle de voir cet enfant dans toute sa naïveté, arrêter de chanter et essayer de sauver ce qu'il y avait à sauver.

Le directeur lui faisait de gros yeux, mais l'enfant n'arrivait pas à régler son problème. Dans la salle, ça riait de plus belle. Le directeur, en bon grand-papa qu'il est, l'aida à se rhabiller. Delphine espère que cet enfant ne s'est pas fait disputer, car il a mis de la gaieté dans le coeur de tout le monde!

***

Comme les vacances approchent à grands pas, Delphine procède à l'évaluation de l'année. Elle remet à chacun et chacune une carte, avec un petit mot personnel à l'intérieur.

- J'ai bien apprécié les cours sur les valeurs de vie, Delphine. Je me souviendrai de cela toute ma vie, lui dit un élève.

***

C'est le spectacle de fin d'année, donné par plusieurs élèves de l'école. En entrant dans la grande salle, Delphine aperçoit la classe de Marie qui visite celle de Cybel. Marie cherche le regard de Delphine à plusieurs reprises, esquissant un léger sourire.

A l'entracte, les élèves sortent pour la récréation. Comme Delphine est de surveillance ce jour-là, elle circule parmi eux. Passant à côté de Marie, elle remarque que celle-ci pleure. Inquiète et intriguée, elle s'empresse d'en informer son professeur.

- Il semblerait que la fille de Denis est très perturbée de te voir, lui dit Cybel.

- Je ne suis quand même pas pour me cacher dans ma propre école!

- Marie aurait dit aux élèves que tu avais été la maîtresse de son père, et que cette situation la rendait mal à l'aise.

- Je la comprends un peu, mais je pense que si vraiment elle avait eu honte, elle aurait évité d'en parler. Le fait de vanter la chose prouve qu'elle m'accorde un certain intérêt. Pauvre petite! Je n'ai jamais été la maîtresse de son père. Comment peut-elle savoir? Un jour, j'espère que la vérité éclatera, je suis fatiguée d'être jugée de la sorte. J'ai hâte que Denis m'appelle, je veux mettre les choses au clair.

Au retour de l'école, comme s'il avait entendu sa prière, il appelle.

- Je travaille toute la soirée à quelques pas de chez ta mère. Peux-tu venir me rejoindre?

- Non, c'est impossible; ce soir, c'est le pique-nique de fin d'année. J'ai promis à mes élèves que je serais présente.

- As-tu vu Marie aujourd'hui?

- Oui, et ça s'est très mal passé.

Elle lui explique ce qui est arrivé.

- Denis, je suis fatiguée de passer pour ce que je ne suis pas. L'autre jour, ta tante, aujourd'hui Marie. Ça suffit. J'ai écrit une lettre que j'aimerais bien te lire si tu veux m'écouter.

Mon Bel Amour,

Entre un homme et une femme, il y a une possibilité de plusieurs sortes d'amour. L'amour physique, qui est présentement absent entre nous. L'amour intellectuel, qui se traduit par les pensées et les rêves. Vient ensuite l'amour du coeur qui conduit finalement au dernier, l'amour de l'âme.

Je suis beaucoup trop dans ta tête. Tu n'es pas tout à fait passé au lien du coeur, tu n'as pas assez de volonté. Tes pulsions sont un manque de volonté, et ton incapacité à agir également. Tu ne peux pas supporter l'odieux de la responsabilité de la séparation.

Tu n'es pas capable de te relever toi-même et il te manque le vouloir pour aller chercher de l'aide.

J'ai hâte de te voir passer du rêve à la réalité. Je t'accorde encore un peu de temps, mais en attendant, je ne veux plus te voir ni t'entendre. C'est dans la solitude que tu trouveras la vérité.

Je n'ai plus besoin de ton énergie, tu ne m'apportes plus rien, et moi je n'ai plus rien à te donner. Tes courtes visites occasionnelles sont tellement superficielles, qu'elles peuvent tuer l'amour que j'éprouve encore pour toi. Tu es aveugle dans ce qu'il y a de meilleur dans ta situation, change de lunettes!

Tu détiens un grand pouvoir, celui de réussir ta vie ou de la détruire. Actuellement, tu dérives comme un bateau sans gouvernail, n'accomplissant rien de constructif. Quand la réponse viendra du coeur, tu sauras quoi faire.

C'est à ce moment que tous tes doutes et tes craintes disparaîtront. Tu seras ferme et solide comme le roc. Peu importe le vent et les tempêtes qui feront rage au dehors, tu seras intouchable.

Sois fort et courageux. Tu possèdes à l'intérieur une vérité que personne ne peut t'enlever. Ne perds plus ton temps à essayer de tout éclaircir avec ta raison. Si tu continues à stagner, l'amour risque de s'éteindre. Tu ne grandiras jamais, si tu ne te tiens pas debout sur tes propres jambes.

L'amour ne connaît aucune barrière. Je te le répète, tu es la plus belle fleur que j'ai connue, avec une essence unique, mais tu n'es pas dans la bonne terre et le bon environnement. Si tu ne te déracines pas pour aller vivre au soleil, tu vas faner et mourir. Tu es trop jeune pour que j'aille porter des fleurs sur ta tombe. C'est l'amour qui fait vivre, le non-amour tue!

Si tu n'arrivais pas à réveiller ta volonté, ne t'en fais pas pour moi. L'expérience vécue avec toi, m'aura seulement préparée à un amour plus grand encore. Pourquoi désespérer? Il y a tant de ciel au-dessus de moi! L'amour que je t'ai donné me reviendra. J'entends bien diriger le vaisseau de ma vie vers des rivages où le bonheur m'attend.

Je te sors de mes pensées maintenant, je ne garde que le lien du coeur. La vérité verra bientôt le jour. Je saurai finalement si j'ai eu raison de te faire confiance. J'ai toujours été sincère depuis le début de notre relation. Je t'ai excusé, défendu, aimé envers et contre tous, et je continuerais de le faire devant la terre entière s'il le fallait.

Heureusement que ta famille me soutient. Ta mère sait d'instinct, qu'un amour comme celui-là n'arrive qu'une fois dans une vie. Elle voudrait tant que tu sois heureux, et toi, tu joues à l'indifférent.

Lorsqu'on a une mère comme la tienne, qui t'aime et qui veut ton bonheur, on ne peut se permettre de la renier ainsi. J'ai promis à Charlène qu'un jour, le voile tomberait.

Je n'ai plus rien à dire... Je garde confiance en toi, mais j'ai l'impression de tirer sur une charrue qui refuse d'avancer.

J'y croyais si fort...

D'une voix éteinte, Denis lui répond :

- Ce matin, je suis allé prier sur les tombes de mon père, de mon frère, et celle de ma grand-mère. Si tu savais comme je me trouve moche, fautif. Tu n'entendras plus parler de moi, je vais m'en aller seul pour un certain temps. Je suis triste car en plus, ce matin, j'ai perdu la chaînette de mon frère que j'avais toujours au cou.

- Mais le voilà ton signe, ne vois-tu pas qu'il te montre le détachement? Essaie de lâcher prise, c'est la clé de la liberté! Accepte de perdre quelque chose, pour gagner autre chose de beaucoup plus grand. Rappelle-toi que je t'aime, je suis avec toi de tout coeur, mais la situation ne peut plus continuer ainsi.

Après avoir raccroché, elle éprouve un grand soulagement. Elle n'a pas du tout envie de pleurer, elle a plutôt le coeur léger. Elle part immédiatement pour l'école. Parents et élèves sont déjà sur l'herbe.

Elle circule parmi la foule, parlant aux uns et aux autres; elle s'attarde davantage à écouter les aveux de la mère d'un élève.

- Mais ton histoire d'amour est presqu'identique à celle que l'on vit Denis et moi!

- Toi, tu le sais qu'il t'aime, n'est-ce pas? Ne sois pas inquiète, le destin se chargera bien de vous réunir. Il a fallu deux ans pour que l'homme qui est devenu mon mari, se décide à couper les liens avec le passé. Il y a dix ans de cela. Depuis ce temps, tous les jours, il me dit qu'il est heureux et qu'il m'aime. Toutes mes souffrances ont été largement récompensées et un chemin de bonheur est désormais tracé pour nous.

Quel beau témoignage! Quel message d'espoir cette femme lui donne!

***

C'est la dernière journée avec les élèves. Comme dernier cours sur les valeurs de vie, Delphine leur parle de la liberté.

« Nous avons la chance de vivre dans un pays libre. Nous pouvons circuler comme bon nous semble, nous avons le droit de parole ainsi que le droit de vote. Ceci est une liberté extérieure nécessaire à tout être humain.

Mais la vraie liberté se situe au-dedans de nous. Ne soyez jamais esclaves de vos désirs, de l'argent où d'une autre personne. Seuls les désirs du coeur comptent, les désirs égoïstes à des fins d'orgueuil peuvent nous perdre. L'argent est une forme de manipulation facilement exercée de nos jours. L'argent doit être à notre service et non l'inverse, il faut cesser d'adorer ce faux dieu.

Nous ne devons pas dépendre de qui que ce soit pour être heureux. Plus on dépend de quelqu'un, plus on risque de se sentir coupable, et un sentiment constant de culpabilité nous enlève notre liberté.

Etre libre signifie prendre des engagements en rapport avec le coeur. Etre libre, c'est accepter de changer. **Le changement est la clé qui ouvre le coeur et l'esprit.** *Ne résistez pas aux changements, vous vous rendriez la vie plus difficile. Là où il y a la vraie liberté, on y trouve la paix, et là où il y a la paix, on y trouve l'amour.* **C'est l'amour qui ouvre toutes les portes,** *car lorsqu'on a l'amour au coeur, on voit le meilleur en chacun, donc on attire le meilleur. L'amour trouve toujours un chemin, il suffit de le prendre. Il faut lâcher prise, libérer le passé et avancer, le coeur rempli d'amour et de gratitude. »*

Delphine sait qu'elle ne peut pas tous les atteindre, mais si elle a réussi à faire comprendre à quelques-uns que **l'amour est la clé qui les conduira à la liberté**, elle n'aura pas perdu son temps.

- Tu sais Delphine, j'essaie de faire comprendre à mon père tout ce que tu dis. Mes parents sont divorcés, mais mon père est jaloux de ma mère et il veut la poursuivre devant les avocats. Je lui ai dit ceci: « Ecoute papa, je ne suis qu'un petit garçon, et pour cette raison, je dois t'obéir. Mais ce que j'ai dans la tête, ça tu ne pourras jamais me l'enlever, tu ne pourras jamais contrôler mes pensées. Si tu fais du mal à maman, je t'assure que je te rendrai la vie intolérable. C'est une bonne mère et je l'aime.»

Les luttes de pouvoir chez les parents implantent la violence et l'agressivité chez l'enfant. Quand l'un des deux parents attaque l'intégrité de l'autre, l'enfant se sent le besoin

de menacer l'un pour protéger l'autre, alors qu'il devrait avoir la liberté d'aimer ses deux parents.

Quelle leçon à tirer de cet enfant de onze ans! Malgré le divorce de ses parents, il a su conserver son équilibre. C'est encourageant de savoir qu'une telle force de caractère puisse habiter un enfant.

Les élèves quittent l'école. C'est toujours difficile pour Delphine de se détacher de ceux avec qui elle a vécu dix mois de sa vie, mais les vacances seront les bienvenues.

***

Par un bel après-midi, assise au soleil sur la terrasse, Delphine rêve à son bel Amour. Subitement, elle se lève et va chercher son courrier. Ses mains tremblent en reconnaissant l'écriture de Denis. Elle ouvre l'enveloppe et y découvre sa carte d'affaires toute modifiée.

« Homme à tout refaire. Amour, tendresse, sensualité. Union de qualité. Garantie à vie. Téléphone : ???? »

A l'endos de la carte, c'était écrit :
Patience mon Amour,
Mon coeur est à toi;
Mon corps bientôt le sera,
Assurément, et pour toujours!

Ce message laisse-t-il sous-entendre que Denis ne peut plus feindre l'amour où il n'est plus? Serait-il devenu l'ami de son coeur? A-t-il finalement compris que chaque être humain est la clé de sa propre transformation?

Delphine a lu quelque part que :
« Chacun de nous est un miroir pour l'autre, et lorsqu'on lui renvoie la plus haute image de lui-même, il est condamné à se hisser à cette hauteur, sous peine d'apparaître dans toute la médiocrité de l'autre lui-même limité. »

Delphine a composé sa symphonie sur une note qu'on disait fausse. Elle a toujours pensé qu'il y avait des lois invisibles qui gouvernent l'Univers et qui échappent au contrôle de qui que ce soit. N'est-ce pas ce qu'on pourrait appeler le pouvoir du Destin?

****

REMERCIEMENTS

Je tiens à remercier ma mère, Georgette Décarie, qui m'a donné la vie et qui m'a appris la générosité.

Je tiens à remercier également mes enfants Patrick et Philippe de m'avoir soutenue dans ma recherche sur l'amour.

Ma gratitude va de toute évidence à Dorothée Desrosiers, ma grande amie et collaboratrice de tous les instants. Elle m'a souvent redonné confiance en moi-même lors des moments de découragement.

Je m'en voudrais de passer sous silence la merveilleuse influence de Médina et de Sylvie Lemay qui m'ont aidée à découvrir le chemin de l'évolution spirituelle.

Plusieurs amis et amies m'ont soutenues dans cette grande aventure : Louise Bissonnette, Denise Lelong, Solange Leroy, Michèle Charlebois, Claudette Tremblay, Monique Bétournay, Céline Bolduc, Andréa Beauregard, Gisèle Daoust, Francine Saulnier, Véronique Birs, Monique Pelletier, Ginette Hébert, Monique Lapierre, Constance Caron, Monique Dion, Marie-Michèle Couturier, Sylvie Brisebois, Manon Villeneuve, Monique Geoffrion, Nicole Quintal, Marylène Desrues, Hélène Bahl, Diane Paré, Yvette Lafleur, Annie Bernier, Jocelyne Dupont, Anne Robidoux, Estelle Gendreau, Sheena Macleod, Yves Descary, Louise Keating, Lorraine Wright, Nathalie et Guy Di Fulvio. Leurs encouragements me permettaient de continuer l'écriture de ce livre.

Je remercie personnellement ces parents d'élèves pour leur confiance en moi : Otilia Rolita, Monique Gagnon, Louise Gratton, André Caisse, Suzanne Guertin, Louise Lacroix, Sylvie Moisan, Mireille Harnois, France Charest, Carmen Campeau, Hélène Bédard, Johanne Lussier, Anik Theunissen-Delisle.

Mes stagiaires, Mélissa Vermeys, Line Lecourt, Stéphanie Veilleux et Caroline Pelchat furent des aides précieuses auprès des enfants.

J'accorde une attention particulière à Marie Coupal. Comme écrivain, ses conseils furent précieux.

Je dois beaucoup aussi à Christine Mercier, lectrice de dernière heure, qui a su mettre la touche finale au manuscrit.

Une reconnaissance sans limite va à mon éditeur, François Doucet, qui a su me faire confiance en acceptant de publier ce livre.

Finalement, les derniers mais non les moindres, un gros merci à tous mes élèves qui furent des guides sur le chemin de l'expérience.

TABLE DES MATIERES

Chap. 1   - Le hasard n'existe pas 5

Chap. 2   - Un bonheur furtif 11

Chap. 3   - Cayo Coco 27

Chap. 4   - Le Lac du Cerf 43

Chap. 5   - Ma Normandie 55

Chap. 6   - Les retrouvailles 67

Chap. 7   - La rupture 93

Chap. 8   - Les valeurs de vie 107

Chap. 9   - Le sens de la vie 131

Chap. 10   - Le secret du bonheur 153

Chap. 11   - Ces enfants de ma vie 177

Chap. 12   - L'attente dans l'espoir 191

BIBLIOGRAPHIE

Les livres suivants m'ont apporté la lumière pour écrire cette histoire d'amour. Je ne les ai pas seulement lus, je les ai étudiés, pour en arriver à les enseigner. Je vous les recommande de tout coeur.

BOURBEAU, Lise, « Ecoute ton corps », Editions E.T.C. inc. 1987

BOURBEAU, Lise, « Qui es-tu?», Editions E.T.C. inc. 1988

BOURBEAU, Lise, « Ecoute ton corps, Encore!», Editions E.T.C. 1994
Je suis reconnaissante à Lise Bourbeau de m'avoir fait connaître les principes masculin-féminin. J'ai pu comprendre toute ma vie d'un seul coup. En ce qui concerne la métaphysique, « Qui es-tu? » est un ouvrage de références extraordinaire.

BRADSHAW, John, « Le défi de l'amour », Le Jour Editeur, 1992
L'ouvrage de monsieur Bradshaw est inestimable. J'ai énormément appris sur les différents niveaux de l'amour, et sur les familles sectaires. J'ai surtout compris qu'« Au soir de notre vie, c'est sur l'amour seul que nous serons jugés. »

CADDY, Eileen, « La petite voix, méditations quotidiennes », Collection Findhorn, Le souffle d'or. 1986
Ce livre est sur ma table de chevet. C'est une lecture quotidienne extraordinaire qui m'a permis de lâcher prise, dans un abandon total. Je le recommande fortement.

COELHO, Paulo, « L'alchimiste », Editions Anne Carrière, Paris 1994.
COELHO, Paulo, « Sur le bord de la rivière Piédra je me suis assise et j'ai pleuré », Editions Anne Carrière, Paris, 1995.
COELHO, Paulo, « Le pèlerin de Compostelle », Editions Anne Carrière, Paris 1996.
Monsieur Coelho doit sûrement me connaître pour avoir écrit d'une façon philosophique mon histoire d'amour. Ce livre m'a aidée à persévérer durant l'attente de mon berger. Merci monsieur Coelho!

COUPAL, Marie, « Le rêve et ses symboles », Editions du club Québec Loisirs inc. avec l'autorisation des éditions de Mortagne. 1993
    Avec ce livre, j'ai pu analyser tous mes rêves. Les définitions de Madame Coupal sont claires et faciles à comprendre. Chaque fois que j'analysais un rêve, je comprenais que j'étais dans la bonne direction.

DOUCET, François, et GARIÉPY, Jean- François, « Les yeux de l'intérieur, mes yeux d'enfant », Les Éditions l'Art de s'apprivoiser. 1993.
    Ce merveilleux bouquin illustre bien que nos rêves peuvent devenir réalité; il suffit d'y croire et de saisir le profond enseignement dans chaque petite chose de la nature.

DOUCET, François, « Le pardon, la clé de la spiritualité », Les Editions l'Art de s'apprivoiser. 1995.
    L'auteur exprime bien que le pardon est un outil essentiel pour guérir nos blessures. Aucune progression n'est possible si nous restons prisonniers de nos jugements et de nos peurs.

GRAY, Martin, « Vivre debout », Editions du club Québec Loisirs inc. avec l'autorisation des éditions Robert Laffont. 1993
    Martin Gray m'a appris la patience et la passion. Je lui en suis très reconnaissante. Son côté humain demeure le plus bel exemple.

MILLMAN, Dan, « Le voyage du guerrier pacifique », Editions Vivez Soleil, 1990.
MILLMAN, Dan, « Le voyage sacré du guerrier pacifique », Editions Vivez Soleil, 1993.
    Dan Millman possède un humour qui fait revivre. Son explication du « saut dans le coeur » est unique. On y redécouvre l'amour de la vie.

MOORE, Thomas, « Le soin de l'âme », Editions du club Québec Loisirs inc. Avec l'autorisation des éditions Flammarion ltée. 1994
MOORE, Thomas, «Les âmes soeurs » , Le Jour Editeur 1995
    Monsieur Moore m'a fait découvrir la profondeur de mon âme. A travers l'amour, j'ai pu découvrir la nature angélique de l'Autre.

NORWOOD, Robin, « Ces femmes qui aiment trop », Editions Stanké 1986.
    Ce livre offre d'excellentes explications sur les

dépendances amoureuses, et on y trouve une belle définition de l'amour.

PECK, Scott, « Le chemin le moins fréquenté », Editions Robert Laffont, Paris 1987.
        A l'aide ce livre, j'ai compris la définition du véritable amour.

POISSANT, Marc-André, « La vie nouvelle », Editions Merlin, 1994.
        L'oeuvre de Monsieur Poissant m'a aidée à ne jamais abandonner, à dépasser mes limites et à comprendre que l'attente n'est qu'un moment. J'espère que mon appréciation compensera pour le silence des critiques, car ce livre est un petit bijou!

RAINVILLE, Claudia, « Vivre en harmonie avec soi et les autres »
Editions du club Québec Loisirs inc. Avec l'autorisation des Editions F.R.J. inc. 1990
        Avec Claudia Rainville, j'ai appris le courage et la détermination.

REDFIELD, James, « La Prophétie des Andes », Editions Robert Laffont 1994
        Avec James Redfield, je découvris comment fonctionne l'être humain, et les secrets de l'univers. A lire absolument.

ROBBINS, Anthony, « Pouvoir illimité », Editions Godefroy en co-édition avec Editions frémontel. 1989
        Bravo pour le chapitre sur les systèmes de valeurs, et celui sur la programmation neuro-linguistique.

ROMAN, Sanaya, « Choisir la joie », Ronan Denniel, éditeur. 1986
        A l'aide de ce livre, j'ai appris à mettre de la joie dans ma vie. C'est la base de toute transformation.

ROMAN, Sanaya, « Choisir la conscience », Ronan Denniel, éditeur. 1986
        Ce livre m'a ouvert la conscience et m'a fait découvrir l'amour inconditionnel.

SCHMDT, K.O. « Le hasard n'existe pas », Editions Astra, Paris. 1956
        Monsieur Schmidt m'a vraiment convaincue que le hasard

n'existe pas et que nous sommes responsables de notre propre destin.

SPINETTA, Jean, « Initiation dans l'ère du Verseau », Collection Mickaël, St-Michel éditions, 1990
J'y ai appris les secrets de la nature, et comment diriger l'énergie. Très belles explications sur l'inconscient collectif.

J'ai écrit cette histoire d'amour sous l'inspiration des musiques de Patrick Bernhardt, de Yanni et de Kitaro, ainsi que sur la douce mélodie de "La Symphonie des Bois."

QUELQUES LIVRES D`ÉVEIL
PUBLIÉS PAR

Éditions l'Art de s'Apprivoiser Inc.

Les Yeux de l'Intérieur
Ami l'enfant des Étoiles
La pensée guérit
Connexion avec la Conscience divine
Le Pardon

Cuisine Végétarienne

Je mange avec la nature
(cuisine santé)
Je mange les desserts de la nature
(sans sucre, sans oeuf, sans produits laitiers)
La boîte à lunch santé
Napperons
(les combinaisons alimentaires)

Coédition avec Ariane

Les Neuf Visages du Christ
Une Vérité à réclamer
La vraie nature de la volonté

Adresse Internet

www.enter-net.com/apprivoiser

Adresse de courrier électronique

apprivoiser@enter-net.com

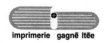

imprimerie gagné ltée

IMPRIMÉ AU CANADA